Treinamento

OBRAS DA AUTORA PUBLICADAS PELA EDITORA RECORD

Trilogia A submissa

O dominador
A submissa
O treinamento

TARA SUE ME

Treinamento

Tradução de
RYTA VINAGRE

1ª edição

EDITORA RECORD
RIO DE JANEIRO • SÃO PAULO
2015

CIP-BRASIL. CATALOGAÇÃO NA FONTE
SINDICATO NACIONAL DOS EDITORES DE LIVROS, RJ

Sue Me, Tara

M551t O treinamento / Sue Me, Tara; tradução de Ryta Vinagre. – 1ª ed. –
Rio de Janeiro: Record, 2015.
(A submissa; v.3)

Tradução de: The Training
Sequência de: O dominador
ISBN 978-85-01-03689-6

1. Ficção americana. I. Vinagre, Ryta. II. Título. III. Série.

14-12537

CDD: 813
CDU: 821.111(73)-3

Título original em inglês:
THE TRAINING

Copyright © Tara Sue Me, 2013

Publicado mediante acordo com NAL Signet, membro da Penguin Group (EUA) Inc.

Texto revisado segundo o novo Acordo Ortográfico da Língua Portuguesa.

Todos os direitos reservados. Proibida a reprodução, no todo ou em parte, através de quaisquer meios. Os direitos morais da autora foram assegurados.

Direitos exclusivos de publicação em língua portuguesa somente para o Brasil adquiridos pela
EDITORA RECORD LTDA.
Rua Argentina, 171 – Rio de Janeiro, RJ – 20921-380 – Tel.: 2585-2000, que se reserva a propriedade literária desta tradução.

Impresso no Brasil

ISBN 978-85-01-03689-6

Seja um leitor preferencial Record.
Cadastre-se e receba informações sobre nossos lançamentos e nossas promoções.

EDITORA AFILIADA

Atendimento e venda direta ao leitor:
mdireto@record.com.br ou (21) 2585-2002.

A Cyndy, Danielle e Kathy.
Grande parte desta história não existiria sem vocês.
Um obrigado nunca será o suficiente.

Agradecimentos

Antes de tudo, agradeço muito a meu marido, o Sr. Sue Me. Não sei o que ele esperava quando se casou comigo 17 anos atrás (tínhamos 5 anos quando nos casamos, caso você esteja se perguntando), mas tenho uma forte suspeita de que não atendi exatamente às expectativas dele. Obrigada por seu apoio. Sei que nem sempre foi fácil, mas você esteve a meu lado em todos os momentos. Ou pelo menos esteve quando finalmente confessei o que gostava de escrever...

Abraços, beijos e amor eterno a meus dois filhos. Minha mais fervorosa esperança é de que vocês não fiquem traumatizados pelo resto da vida por causa de toda a comida "para viagem", pratos descartáveis e: "Sim, mamãe está editando. Sim, de novo."

Muito amor e gratidão a Danielle e Cyndy. A história não teria sido a mesma sem vocês (a venda nos olhos foi ideia sua, Danielle, e ficou perfeito!). Odeio imaginar como teria sido sem vocês.

Obrigada, Ccchellesss, pelos envelopes.

A Amy, que nunca desistiu, e a Gereurd por seguir em frente.

Minha mais profunda gratidão, respeito e admiração por todos da Penguin por ser o grupo mais incrível com que se pode trabalhar.

Jhanteigh, jamais vou me esquecer de quando recebi seu e-mail no carro e parei no estacionamento mais próximo para lê-lo. Sou eternamente grata por você ter visto algo em mim (e nunca vou passar por um Burger King sem sorrir).

Claire, você é meu porto seguro neste mundo louco. Obrigada por sua paciência e orientação.

A todos que de alguma maneira me apoiaram, gostaria que minha memória fosse boa o suficiente para poder me lembrar de todos. Há um pouco de vocês em tudo o que faço.

E mais uma vez à Srta. K, me faltam palavras. Obrigada por ser uma amiga de verdade. Sou abençoada por ter você em minha vida, e você vai ter que me aguentar para sempre.

Capítulo Um

ABBY

A viagem de carro de volta à casa de Nathaniel demorou mais do que deveria. Ou então só pareceu ter levado mais tempo. Talvez fosse nervosismo.

Inclinei a cabeça para o lado, pensando.

Talvez não fosse exatamente nervosismo. Devia ser a expectativa.

Expectativa porque depois de semanas de conversas, semanas de espera e semanas de planejamento, estávamos finalmente aqui.

Finalmente estávamos de volta.

Ergui a mão e toquei a coleira: a coleira de Nathaniel. As pontas de meus dedos dançaram sobre as linhas familiares e seguiram o traçado dos diamantes. Virei a cabeça de um lado para o outro, voltando a me familiarizar com a sensação de usá-la.

Não havia palavras para descrever como eu me sentia usando a coleira de Nathaniel de novo. O mais próximo que eu poderia chegar seria comparar isso a um quebra-cabeça. Um quebra-cabeça com a última peça finalmente encaixada. Sim, nas últimas semanas, Nathaniel e eu vivemos como amantes, mas ambos nos sentíamos incompletos. O fato de ele recolocar a coleira em mim — de ele me reivindicar — era o que estava faltando. Parecia estranho até para mim, mas enfim eu me sentia pertencendo a ele novamente.

O carro alugado finalmente chegou à casa de Nathaniel e parou em sua longa entrada para veículos. Luzes bruxulearam das janelas. Ele tinha ajustado o temporizador, prevendo minha chegada ao anoitecer. Um pequeno gesto, mas comovente. Um gesto que mostrava, como grande parte do que ele fazia, que pensava sempre em mim.

Chacoalhei as chaves enquanto subia pela entrada para carros até a porta da frente. As minhas chaves. Da casa dele. Ele tinha me dado aquele molho de chaves uma semana antes. Eu não morava com ele, mas passava bastante tempo em sua casa. Ele disse que fazia sentido que eu mesma pudesse abrir a porta e trancá-la quando saísse.

Apollo, o golden retriever de Nathaniel, correu para mim quando abri a porta. Acariciei sua cabeça e permiti que saísse por alguns minutos. Não o deixei do lado de fora por muito tempo; eu não sabia se Nathaniel estaria em casa logo, mas, se chegasse cedo, eu queria estar pronta. Queria que o fim de semana fosse perfeito.

— Senta — falei para Apollo depois de parar na cozinha para encher sua tigela com água. Apollo obedecia a todas as ordens de Nathaniel, mas felizmente desta vez ele me deu ouvidos. Em geral me seguia escada acima, mas, esta noite, se o fizesse, seria esquisito.

Logo saí da cozinha e subi até meu antigo quarto. Aquele que seria meu nos fins de semana.

Tirei a roupa, colocando-a em uma pilha arrumada na beirada da cama de casal. Quanto a isso, Nathaniel e eu tínhamos chegado a um acordo. Eu dormiria na cama dele de segunda a quinta, sempre que ficasse para passar a noite, mas na sexta e no sábado dormiria no quarto que ele reservava para suas submissas.

Agora que tínhamos um relacionamento mais tradicional durante a semana, queríamos ter certeza de que manteríamos o clima ideal nos fins de semana. Seria mais fácil para nós dois preservá-lo se dormíssemos em quartos separados. Seria mais fácil para nós dois, sim, mas talvez mais para Nathaniel. Ele raramente compartilhava a cama com suas submissas, e ter um relacionamento amoroso com uma delas era novidade para ele.

Entrei na sala de jogos, nua. Nathaniel havia me levado àquela sala no fim de semana anterior — explicando, conversando e me mostrando coisas que eu nunca havia visto e vários objetos dos quais nunca tinha ouvido falar.

No fundo, era um cômodo despretensioso: pintado de marrom-escuro, com piso de tábua corrida, armários de cerejeira elegantes, até uma mesa comprida entalhada em madeira de lei. Porém, as correntes e algemas, o banco e a mesa de couro acolchoado, e o banco de madeira para açoitamento denunciavam o propósito do espaço.

Um travesseiro solitário esperava por mim abaixo das correntes penduradas. Eu me ajoelhei nele, me ajeitando na posição que Nathaniel explicou que eu deveria assumir sempre que esperasse por ele na sala de jogos: a bunda repousando nos calcanhares, as costas retas, a mão direita em cima da esquerda em meu colo, os dedos não entrelaçados, a cabeça baixa.

Eu me posicionei e esperei.

O tempo se arrastava.

Enfim ouvi Nathaniel entrar pela porta da frente.

— Apollo — chamou, e, embora eu soubesse que chamava o cachorro para levá-lo para fora de novo, aquilo servia também para me avisar que tinha entrado na casa. Para me dar tempo de me preparar, ou para ver se ouviria passos no andar de cima que lhe diriam que eu não estava pronta para sua chegada. Senti orgulho por saber que ele não ouviria nada.

Fechei os olhos. Agora não demoraria. Imaginei o que Nathaniel estaria fazendo: levando Apollo para fora, talvez lhe dando comida. Estaria tirando a roupa lá embaixo? Em seu quarto? Ou entraria na sala de jogos ainda de terno e gravata?

Não importa, disse a mim mesma. *O que Nathaniel planejou será perfeito de qualquer forma.*

Apurei os ouvidos: ele estava subindo a escada. Sozinho. O cachorro não o seguia.

De algum modo, o clima na sala mudou quando ele entrou. O ar tornou-se carregado, e o espaço entre nós parecia falar. Nesse momento, entendi — eu era dele, sim. Eu tinha chegado à conclusão certa. Porém, mais que isso, e talvez ainda mais importante: ele era meu.

Meu coração disparou.

— Muito bom, Abigail — disse ele, aproximando-se para ficar na minha frente. Estava descalço. Notei que tinha tirado o terno e vestido calça jeans preta.

Fechei os olhos novamente. Esvaziei minha mente. Eu me concentrei e me obriguei a continuar parada sob sua análise.

Ele andou até a mesa e ouvi uma gaveta ser aberta. Por um instante, tentei me lembrar de todo o conteúdo nas gavetas, mas me forcei a parar e mais uma vez obriguei minha mente a se aquietar.

Ele voltou, colocando-se a meu lado. Alguma coisa firme e de couro roçou minha coluna.

O chicote de equitação.

— Postura perfeita — disse ele enquanto o chicote corria por minhas costas. — Espero ver você nesta posição sempre que eu te disser para entrar neste cômodo.

Fiquei aliviada por Nathaniel estar satisfeito com minha postura. Eu queria tanto agradá-lo esta noite. Mostrar a ele que eu estava preparada para isso. Que nós estávamos preparados. Ele tinha andado tão preocupado.

É claro que não se podia perceber nenhuma preocupação nem dúvida naquele momento. Nada em sua voz. Nada em sua atitude. Seu comportamento na sala de jogos era de completo controle e confiança.

Ele arrastou o chicote de equitação pela minha barriga, descendo, e depois subindo. Me provocando.

Droga. Eu adorava o chicote de equitação.

Mantive a cabeça baixa, mesmo querendo ver seu rosto, olhar em seus olhos. Mas sabia que o melhor presente que poderia dar a ele seria minha confiança e obediência absolutas, por isso fiquei de cabeça baixa, com o olhar fixo no chão.

— Levante.

Eu me ergui devagar, sabendo que ficaria bem abaixo das correntes. Normalmente ele as mantinha presas no alto, mas nesta noite estavam soltas e pendiam para baixo.

— Da noite de sexta-feira até a tarde de domingo, seu corpo é meu — disse ele. — Como combinamos, a mesa da cozinha e a biblioteca ainda são suas. Lá, e somente lá, você poderá falar o que quiser. De maneira respeitosa, é claro.

Suas mãos percorreram meus ombros, descendo pelos braços. Uma delas deslizou entre meus seios até onde eu estava molhada e ansiosa.

— Isso — disse ele, esfregando meus grandes lábios — é de sua responsabilidade. Quero que se depile completamente com a maior frequência possível. Se eu achar que negligenciou esta responsabilidade, você será castigada.

E, mais uma vez, tínhamos concordado com isso.

— Além disso, é sua responsabilidade garantir que a depiladora faça um trabalho aceitável. Não vou admitir nenhuma desculpa. Está entendido?

Eu não disse nada.

— Pode responder — falou ele. Percebi o sorriso em sua voz.

— Sim, mestre.

Ele passou um dedo entre meus lábios e senti seu hálito em minha orelha.

— Gosto de você sem pelos. — Seu dedo circulou meu clitóris. — Escorregadia e macia. Nada entre sua boceta e o que eu decidir fazer com ela.

Merda.

Depois ele foi para trás de mim e pegou minha bunda com as mãos em concha.

— Tem usado o seu plug?

Esperei.

— Pode responder.

— Sim, mestre.

Seu dedo voltou à frente de meu corpo e mordi o interior da boca para não gemer.

— Não vou pedir novamente — disse ele. — A partir de agora é sua responsabilidade preparar seu corpo para receber meu pau da maneira que eu decidir. — Ele correu o dedo pela borda da minha orelha. — Se eu quiser meter na sua orelha, espero que ela esteja pronta. — Ele enganchou o dedo em minha orelha e puxou. Continuei de cabeça baixa. — Você entendeu? Responda.

— Sim, mestre.

Ele ergueu meus braços acima da minha cabeça, prendendo primeiro um pulso, depois outro, nas correntes ao lado.

— Você se lembra disso? — Seu hálito quente fazia cócegas na minha nuca. — Do nosso primeiro fim de semana?

Novamente, não falei nada.

— Muito bem, Abigail — elogiou ele. — Apenas para que não haja nenhum mal-entendido, pelo resto da noite, ou até que eu diga o contrário, você não poderá falar ou emitir qualquer som, de maneira alguma. Só há duas exceções... A primeira é que você pode usar as palavras de segurança a qualquer momento que achar necessário. Não haverá repercussões ou consequências depois do uso delas. Segunda, quando eu perguntar se você está bem, espero uma resposta imediata e sincera.

É claro que ele não esperou por uma resposta. Eu não daria nenhuma. De repente, suas mãos desceram ao lugar em que eu ansiava por ele. Como estava de cabeça baixa, vi um de seus dedos deslizar para dentro de mim e mordi a parte interna da boca mais uma vez para não gemer.

Merda, as mãos dele eram ótimas.

— Você já está bem molhada. — Ele empurrou mais fundo e girou o punho. *Merda.* — Em geral, eu mesmo provaria você, mas esta noite estou com vontade de compartilhar.

14

Ele se retirou e o vazio foi imediato. Antes que pudesse pensar sobre isso, senti seu dedo escorregadio em minha boca.

— Abra, Abigail, e prove o quanto você está pronta para mim. — Ele passou o dedo por meus lábios abertos antes de colocá-lo em minha boca.

Eu já havia sentido o meu gosto, por curiosidade, mas nunca tanto de uma só vez e nunca do dedo de Nathaniel. Parecia algo tão depravado, tão selvagem.

Merda, isso me deixava excitada.

— Veja como você é doce — disse ele enquanto eu sentia meu próprio gosto no dedo de Nathaniel.

Tratei seu dedo como se fosse seu pau: passando a língua por ele, no início chupando gentilmente. E eu o queria. Queria Nathaniel dentro de mim. Chupei com mais intensidade, imaginando seu pau em minha boca.

Você só gozará quando eu der permissão e eu serei muito mesquinho com minhas permissões. As palavras que ele dissera no escritório flutuaram por minha mente e reprimi o gemido antes que ele saísse de minha boca. Seria uma longa noite.

— Mudei de ideia — disse ele quando terminei de limpar seu dedo. — Afinal, também quero provar. — Ele esmagou sua boca contra a minha e a abriu à força. Seus lábios eram brutais: poderosos e exigentes em sua busca para sentir meu sabor.

Droga. Eu teria um ataque se ele continuasse assim.

Ele recuou e ergueu meu queixo.

— Olhe para mim.

Pela primeira vez desde que entrou no quarto, vi seus olhos: verdes, estavam fixos em mim. Sua língua correu pelos meus lábios e ele sorriu.

— Cada vez é mais doce do que a anterior.

Obriguei meus olhos a permanecerem nos dele, embora eu quisesse ver seu peito, desfrutar da visão de seu corpo perfeito. Mas seu corpo não era para meu prazer, então mantive os olhos fixos nos dele.

15

Nathaniel rompeu nossa ligação ao se virar e se dirigir à mesa. Colocou alguma coisa no bolso, e eu baixei a cabeça quando ele voltou.

Deu cinco passos na minha direção; depois a escuridão cobriu minha visão.

— Totalmente à minha mercê — disse numa voz tão suave quanto o cachecol de seda que cobria meus olhos.

Ele acariciou meus seios. Dedos longos pegaram meus mamilos e os apertaram, puxando e torcendo.

Merda.

— Pensei em trazer os grampos esta noite — disse ele, beliscando o bico de um seio.

Duas vezes merda.

Tínhamos conversado sobre os grampos, embora eu nunca os tivesse sentido ou usado. Senti um frio na barriga. Nathaniel prometeu que eu ia gostar dos grampos, que a breve sensação de dor valeria o prazer que eles provocariam.

— Pensei nisso — continuou ele. — Mas decidi por outra coisa.

Um metal frio correu por meu peito. Parecia um cortador de pizza com espinhos. Ele o passou lentamente, contornando um seio, depois o outro. A sensação era incrível. Não chegou perto de nenhum dos mamilos. Em vez disso, ele girava a roda cada vez mais para perto e a afastava. E então de repente eram duas, uma espelhando os movimentos da outra. Provocando e atiçando, porém jamais atingindo exatamente onde eu precisava. Rodaram cada vez mais próximas, depois se retraíram novamente. A cada volta chegavam mais perto e eu sabia que teria um ataque se ele não me tocasse logo.

E então ele tocou — as rodas correram por meus mamilos exatamente onde eu precisava de alívio. Foi tão bom que esqueci onde estava, o que estávamos fazendo e gemi de prazer.

— Aaaaah.

Ele recuou imediatamente.

— Mas que merda, Abigail — disse ele, tirando o cachecol dos meus olhos. — É a segunda vez em menos de duas horas. Agora e mais cedo no escritório. — Ele puxou meu cabelo para trás com tanta força que não tive alternativa senão olhá-lo nos olhos. — Está me fazendo acreditar que não queira isso de verdade.

Lágrimas arderam em meus olhos. Eu queria tão desesperadamente fazer tudo com perfeição este fim de semana. Em vez disso, já tinha me atrapalhado duas vezes: uma no escritório dele e mais uma vez na sala de jogos. Mas o pior de tudo era saber que eu havia decepcionado Nathaniel.

Eu queria pedir desculpas. Dizer a ele que lamentava e que me comportaria melhor. Mas ele me disse para não falar e o melhor a fazer era obedecer a esta ordem.

— Vejamos — disse ele, ainda me olhando nos olhos. — Qual é a penalidade para a desobediência durante uma encenação?

Ele sabia do castigo tão bem quanto eu. Provavelmente melhor. Ele levantou a questão apenas para me fazer suar.

— Ah, sim — acrescentou, como quem se recorda. — O número de golpes para a desobediência durante a encenação fica a critério do dom.

A critério do dom.

Merda.

O que ele decidiria?

— Poderiam ser vinte. — Ele correu a mão por meu traseiro. — Mas isso encerraria todo o jogo pela noite e não creio que nenhum de nós queira isso.

Puta merda, não.

Ele não daria vinte, daria?

Baixei os olhos e tentei ao máximo não ceder à tentação de olhar para o chicote de equitação.

— Eu dei três mais cedo a você, no escritório — refletiu ele —, e obviamente não adiantaram nada.

Meu coração batia contra o peito. Eu tinha certeza de que ele também via isso.

— Oito — disse ele por fim. — Farei novamente as três anteriores e acrescentarei cinco. — Ele se curvou e sussurrou: — Da próxima vez, acrescentarei mais cinco para um total de 13. Depois disso irá a 18. — Ele deu um puxão forte no meu cabelo. — Confie em mim. Não vai querer 18.

Puta merda, não, eu não queria 18. Não queria nem as oito que estavam por vir.

Ele soltou meus pulsos. A lata de pomada na mesa, ignorada. Por ora não haveria massagem de alívio.

— Para o banco, Abigail.

Merda.

Merda. Merda. Merda. Merda. Merda.

Eu era capaz, disse a mim mesma enquanto caminhava até o banco. *Nós* éramos capazes de fazer isso. Não era nada parecido com a última vez. Ele havia explicado o fato de não ter me prestado cuidados depois da última vez. E esta noite seriam apenas oito chibatadas.

Eu cuidaria para que não houvesse mais nenhuma.

Mas, por pior que tenha sido a última vez, não foi a ideia da dor que fez com que eu andasse mais devagar. Foi a decepção comigo mesma. Decepção com minha desobediência, a culpa por meus atos terem obrigado Nathaniel a me castigar em nosso primeiro fim de semana de jogos. Na primeira hora de nosso primeiro fim de semana.

Acomodei meu corpo no sulco macio do banco, querendo que isso acabasse para continuarmos com nossas ocupações mais agradáveis.

Ele não me fez esperar. Quase imediatamente depois de eu ter baixado na posição, começou a me espancar com a mão.

Aquecimento.

Ele bateu rapidamente em meu traseiro. Os tapas eram mais fortes do que o espancamento erótico.

— Como estou decepcionado por fazer isso tão cedo —
disse ele.

Sim. Era isso que mais me doía.

— Mandei você contar em meu escritório. — Ele pegou
alguma coisa ao lado do banco. — Mas, como eu ordenei que
você não falasse nem soltasse nenhum pio, desta vez *eu* terei
de contar.

O ardor da tira de couro se espalhou pelo meu traseiro.

— Um — disse ele, com a voz forte e firme.

E mais uma vez.

— Dois.

Ai.

No quinto, lágrimas silenciosas escorriam por meu rosto.
Suguei o lábio inferior para não dizer nada.

— Mais três — disse ele, esfregando onde tinha golpeado.

Depois do seguinte, ele falou:

— Seis. — Eu sabia que ele não estava aplicando muita
força nos golpes.

Mais dois. Só mais dois e seguiríamos adiante.

— Sete.

E finalmente:

— Oito.

Eu o ouvia respirar com dificuldade atrás de mim e pisquei intensamente para me livrar das lágrimas. Ele baixou a
tira e ouvi seus passos se afastando.

Instantes depois, suas mãos estavam de volta, passando alguma coisa fria e molhada em mim.

— Você está bem? — sussurrou ele.

Soltei o ar num suspiro trêmulo de alívio.

— Sim, mestre.

Suas mãos continuaram acariciando enquanto ele falava.

— Já conversamos sobre isso. Detesto ter de castigá-la,
mas não posso admitir lapsos e infração às ordens. Você sabe
disso.

Sim, eu sabia. Da próxima vez me esforçaria mais.

Ele foi até a lateral do banco e se abaixou para que seu rosto ficasse no nível do meu. Com muita gentileza, beijou primeiro uma bochecha, depois a outra. Meu coração martelava freneticamente enquanto seus lábios se aproximavam cada vez mais dos meus. E então, enfim, me beijou na boca: lenta, suave e demoradamente.

Suspirei.

Ele recuou e seus olhos dançaram com um brilho malicioso.

— Venha, minha linda. — Estendeu a mão. — Quero sentir o gosto dessa boceta doce.

Capítulo Dois

NATHANIEL

Ela segurou minha mão e eu a apertei antes de soltá-la. Não cambaleou enquanto saía do banco e se deslocava até a mesa.

— Parágrafo dois — eu disse.

Achei que talvez fosse necessária uma punição neste fim de semana; nosso primeiro "de volta a nossos papéis". Vivemos as últimas semanas como amantes e, embora tenhamos desfrutado de nossa relação, faltava algo para os dois. Entretanto, este fim de semana fundamental também seria o mais difícil.

Castigá-la nunca foi meu ato preferido, mas me senti aliviado. Agora eu sabia que podia fazê-lo. Jamais duvidei de que *ela* conseguiria lidar com isso.

Olhei-a e me senti afundar ainda mais no estado mental necessário. Eu não fazia isso havia vários meses, mas fiquei surpreso em ver como me sentia confortável ao restabelecer a mim mesmo. Como sempre, ela estivera certa: estávamos prontos.

Voltei meu foco para Abigail. Ela estava posicionada de costas, os braços ao lado do corpo, os joelhos dobrados e afastados. Uma descrição exata do parágrafo dois.

— Estou muito satisfeito que você tenha se lembrado — observei. Embora ela não se mexesse nem reconhecesse minhas palavras de maneira alguma, eu sabia que meu elogio lhe servia de estímulo.

Meus olhos percorreram seu corpo. Apreendi a longa linha de seus braços e de suas pernas, o modo confiante com que ela se oferecia a mim. *Pura perfeição.*

Coloquei as mãos em seus quadris e subi pelo tronco até os braços, capturando suas mãos e levando-as acima da cabeça. Nossos olhos se encontraram por um momento.

— Feche os olhos — eu disse a ela.

Dobrei seus cotovelos e a prendi na mesa. Passei os dedos pela barriga e pelos quadris, evitando tocar seu traseiro, e prendi seus tornozelos à mesa. A pele dela estava arrepiada. Quando terminei, me afastei.

Merda.

O que a visão dela provocava em mim...

— Tire um minuto e sinta, Abigail. Sinta como você está exposta. — Os mamilos dela endureceram com minhas palavras. *Excelente.* — Como está vulnerável.

Deixei que o peso do que eu disse fosse apreendido, sabendo o quanto ela se sentiria indefesa na posição atual.

— Posso fazer com você o que eu quiser — falei, ainda sem tocar nela. Ainda deixando que somente minhas palavras a acariciassem e a excitassem. — E pretendo fazer muito mais.

Peguei uma almofada e a deslizei sobre sua bunda. Seu traseiro ainda estaria dolorido. Além disso, esta posição me dava um acesso melhor. Pensei por um momento em lembrar que ela não podia chegar ao clímax antes que eu lhe desse permissão, mas achei melhor não falar. Ela precisava aprender. Eu tinha certeza de que ela se lembraria disso e, na eventualidade de que não se recordasse, isto faria parte do treinamento. Embora 13 golpes além dos oito que eu já tinha aplicado fossem encerrar o jogo.

— Tão bonita — murmurei.

Comecei por seu pescoço e fui descendo. Passando as mãos pelos ombros delicados, meus polegares roçaram a beira da coleira perto da cavidade da garganta. Afaguei seu corpo suavemente por alguns minutos, permitindo que ela se acostumasse com seu estado, amarrada e indefesa. Permitindo que tivesse tempo de se concentrar em meu toque e em mim. Aos poucos, minhas mãos ficaram mais rudes, porém ela continuou em silêncio.

Posicionei-me entre suas pernas e passei o dedo por seus lábios escorregadios. Ela se assustou um pouco, mas continuou parada e em silêncio.

— Hmmmm — eu disse, colocando a mão em seu sexo, meu polegar no clitóris e o dedo médio quase entrando. — Eu me servir desse jeito excita você. Não é, minha safada? — Empurrei mais fundo. — Ser amarrada deixa você excitada. — Meu polegar a acariciava. — Ou o fato de saber que você me pertence ou que farei com você o que eu quiser? — Deslizei um segundo dedo para dentro. — Quem sabe as duas coisas? — perguntei aos sussurros.

As duas, eu sabia. Sem dúvida nenhuma, as duas.

Retirei os dedos e baixei a cabeça para dar um beijo suave em sua pele nua. Ela estremeceu abaixo de mim. Eu a abri gentilmente antes de correr a língua por sua fenda. Mais uma vez ela estremeceu, mas continuou em silêncio. Eu a lambi de novo, desfrutando de seu sabor doce, sentindo o leve tremor de sua pele enquanto ela se esforçava para permanecer imóvel e em silêncio para mim. Minha língua penetrou mais fundo e arrastei a ponta para seu clitóris, terminando com um leve giro. Em seguida, usei os dentes, roçando nela só um pouco.

Acariciei suas coxas enquanto a lambia e mordiscava, fazendo cócegas em sua pele com toques leves como pluma. Depois me empurrei para ela, mordendo com mais força, estendendo seu prazer e fazendo com que ela se aproximasse perigosamente do limite.

Vi exatamente quando ela começou a tentar conter o clímax: sua respiração ficou entrecortada e as pernas começaram a tremer. Soprei uma vez, lançando um jato longo e firme de ar quente por seu clitóris inchado. Ela se retesou enquanto evitava o orgasmo.

Eu não queria que ela fracassasse em seus esforços e sabia que se tocasse sua carne sensível de novo, ela seria incapaz de conter o clímax. Afastei-me, acariciando a parte superior das coxas e descendo pelas pernas. Trazendo-a de volta do limite. Interrompendo a expectativa.

Ela expirou profundamente, e seu corpo relaxou.

— Você se saiu bem, Abigail. Estou muito satisfeito.

Um leve sorriso se insinuou em seu rosto.

Sim, minha linda. Encontre sua alegria em meu prazer.

Ela já estava amarrada na mesma posição por tempo suficiente. Desamarrei primeiro os braços. Começando pelos pulsos e descendo para os ombros, acariciei gentilmente qualquer possível torção, colocando seus braços ao lado do corpo assim que terminei. Em seguida baixei as pernas e repeti os gestos na parte inferior do corpo, desamarrando os tornozelos e massageando as panturrilhas com delicadeza. Quando acabei, coloquei-as de modo que ficassem penduradas na beirada da mesa, com os joelhos ainda afastados.

Saí do lado dela, indo ao armário na outra extremidade do quarto. Abri uma porta, coloquei o vibrador no bolso e peguei o açoite de pele de coelho. Voltei à mesa, meus pés descalços pisando suavemente no chão de madeira. Eu pisava com mais força do que o normal, querendo que ela ouvisse e soubesse onde eu estava.

Seus olhos ainda estavam fechados.

Excelente.

— Consegue adivinhar o que eu tenho? — perguntei, embora soubesse que ela não responderia. Seu corpo continuou relaxado. Com muita gentileza, passei as tiras do açoite por seu peito. — Um açoite. — Corri as pontas mais para baixo, deixando que fizessem cócegas na barriga. — Diga, Abigail, gostaria que eu açoitasse você?

Sua respiração ficou presa na garganta.

— Talvez eu esteja sendo meio cruel. Ordenando que você continue em silêncio enquanto uso um brinquedo novo. — Bati de leve com as tiras do açoite em sua barriga. — Mas você fará o que eu pedir, não é? Fará tudo o que eu quiser. —

Este seria o estado em que eu a levaria em algum momento, no qual ela confiaria seu corpo completamente a mim. Quando ela me daria tudo o que tinha e mais. Porém ainda não tinha chegado a esse ponto. Ela podia achar que sim, mas eu sabia muito bem; isso levaria tempo.

Não tive pressa, mais uma vez, e lentamente trabalhei por seu corpo. Usando o açoite não só para dar prazer, mas também para lembrá-la que eu estava no controle. Poderia usá-la, sim, mas jamais a machucaria. Eu lhe mostraria que podia confiar em mim. Ela estava em segurança.

Passei a golpear. O açoite caiu suavemente em seus peitos, primeiro em um, depois em outro, as pontas roçando seus mamilos sensíveis. Levei as tiras macias mais para baixo, ganhando velocidade aos poucos. O pelo de coelho era macio. Eu pretendia passar para a camurça, mas isso tinha sido antes da punição. Queria trabalhar lenta e suavemente nela e temia que a camurça fosse demais depois do espancamento.

Passei o açoite para a mão esquerda e corri os dedos da direita entre suas pernas, roçando levemente seu clitóris, depois mergulhando um pouco em sua umidade evidente.

Perfeito.

Devolvi o açoite para a mão direita e bati na parte superior da coxa. As pontas das tiras do açoite correram por sua entrada. Ergui a mão para golpear de novo.

— Faz cócegas, Abigail? — perguntei a ela. — Com atrito suficiente para causar dor, mas macio o bastante para dar alívio?

Continuei por mais alguns minutos, trocando de posição e alternando onde caíam as pontas. De imediato notei quando seu corpo ficou tenso demais.

— Relaxe, Abigail. — Passei o pelo em sua barriga. — Não usarei nada mais duro em você esta noite e, a essa altura de nosso jogo, eu te avisaria antes.

Ela soltou o ar e a tensão deixou seu corpo.

— Isso mesmo — disse, passando o açoite mais uma vez por seu peito. — Apenas sinta. — Arrastei as tiras por seu corpo e bati novamente no clitóris. — Confie em mim.

Tirei o vibrador do bolso e o liguei, deixando que ela o ouvisse antes de usá-lo.

— Aguenta mais? — perguntei, sabendo que ela conseguiria.

Com uma das mãos, continuei usando um açoite e, com a outra, aos poucos empurrei o vibrador para dentro dela. Sabia que se empurrasse com força e rápido demais eu a faria chegar ao clímax. Então, pressionei lentamente, permitindo que ela se acostumasse ao zumbido baixo.

Meu pau ficava cada vez mais duro, pressionando minha calça, mas empurrei meus desejos para um lugar afastado da mente e me obriguei a me concentrar nela. Esta noite era dela, para que se acostumasse com nosso novo arranjo, para que eu tentasse recuperar sua confiança. Apresentando um novo tipo de controle, algo que eu jamais tinha levado tão longe.

Lentamente, coloquei o vibrador nela e o tirei enquanto continuava a provocar com o açoite. As tiras de pelo caíram em seus peitos ao mesmo tempo que eu empurrava o vibrador mais fundo. Alternei o ritmo para que ela ficasse em dúvida.

Quando percebi que ela lutava para evitar o orgasmo, retirei o vibrador e o coloquei junto ao açoite na mesa. Fui para o lado dela e afaguei gentilmente seu rosto.

— Abra os olhos, minha linda.

Ela piscou algumas vezes antes de focalizar em mim.

A confiança e o amor que vi em seus olhos quase me deixaram sem fôlego, mas me recompus.

— Você está bem?

— Sim, mestre — sussurrou ela.

Curvei-me e rocei seus lábios com os meus.

— Você está indo muito bem — comentei, antes de me afastar. — Pode ficar de olhos abertos.

Passei a seu lado e abri o zíper da minha calça. Ficando perto o suficiente para que ela me ouvisse, mas longe de sua visão periférica, para que ela não pudesse ver, e baixei minha calça jeans e engoli em seco quando minha ereção se libertou.

Merda.

Não tinha certeza de quanto tempo *eu* aguentaria. Fiquei parado por alguns minutos, tentando decidir o que fazer, e afaguei distraidamente meu pau algumas vezes.

Eu me livrei da calça e fui até a mesa. Ela ficou imóvel, piscando de vez em quando, com a respiração constante. Meus olhos vagaram por ela: de seus mamilos duros e pontudos, descendo à pele macia da barriga cujo gosto eu sabia de cor — ela teria um leve sabor salgado a essa altura. Precisei de muito controle para não correr à mesa e me enterrar fundo nela.

Mas como eu podia esperar que ela aprendesse o controle se eu mesmo não podia demonstrar que o dominava?

Belisquei um dos mamilos.

— Os grampos amanhã, eu acho — falei, dando um aperto firme no outro mamilo. Ela respirou fundo. — Mas, por enquanto, fique de quatro e empine esse lindo traseiro para mim.

Ela se mexeu de pronto, rolando de lado e se colocando sobre as mãos e os joelhos.

— Mantenha sua postura, de pernas abertas — instruí.

Quando ela se posicionou, recuei e lentamente baixei a mesa. Minha mesa acolchoada era feita sob medida, com um mecanismo automático para subir e descer. Depois de ter chegado na altura que eu queria, coloquei-me atrás dela.

— Chegue para trás até que eu diga para você parar.

Ela recuou e coloquei a mão em seu traseiro.

— Já basta.

Passei as mãos em seu traseiro.

— O que você acha, Abigail? Atormentei você o bastante?

— Empurrei meus quadris contra ela para que me sentisse. — Devo deixar que você tenha meu pau?

Ela baixou a parte superior do corpo, pousando os cotovelos, e esperou.

— Hmmmmmmmm — murmurei, desfrutando da visão de Abigail completamente aberta, esperando por mim. Completamente aberta e pronta. Dei-lhe um leve tapa. Àquela altura a dor do espancamento já teria melhorado um pouco. O tapa que dei serviu apenas para excitá-la ainda mais.

Coloquei as mãos em seus quadris e lentamente a penetrei.

Merda.

Eu a comi no banho naquela manhã. Eu a havia comido duas vezes na noite anterior. Por que sempre era tão bom, porra, toda vez? Minha cabeça tombou para trás enquanto eu arremetia mais fundo.

É tão bom. Tão certo.

Merda.

Foco.

Afastei-me um pouco e provoquei seu clitóris com a ponta dos dedos.

— Você se saiu tão bem essa noite que vou deixar que goze. — Retirei ainda mais. — Ou talvez a faça esperar até amanhã.

E, com essa, comecei um ritmo lento e provocante. Tirando quase tudo. Esperando o que parecia um tempo exagerado. Entrando novamente. Reduzi ainda mais o ritmo. Desfrutando da sensação de estar dentro dela. Certificando-me de que ela sentisse cada centímetro de mim. Sentindo-a se esticar enquanto eu a preenchia mais uma vez.

E então, finalmente, passei a um movimento mais rápido. Mas só um pouco. A cada estocada, eu passava o dedo ao redor de seu clitóris, evitando propositalmente qualquer contato direto com ele.

— Acompanhe meu ritmo — ordenei. Em minha estocada seguinte, ela se empurrou para trás, me recebendo mais fundo.

Isso.

Mantive o ritmo constante. Seus peitos cabiam perfeitamente nas minhas mãos conforme eu me movia junto com ela. Belisquei o mamilo, imaginando os grampos que eu colocaria ali no dia seguinte; ela jogou a cabeça para trás em êxtase enquanto eu a levava à beira do prazer mais uma vez.

Belisquei um dos mamilos e passei os dedos pelo bico duro. Ela se empurrou para mim mais forte, mostrando-me o que sentia sem dizer nada ou produzir qualquer som. Minhas mãos correram pela lateral de seu corpo e, sob a ponta dos meus dedos, sua respiração ficou entrecortada. Mais curta. Nenhum de nós aguentaria por muito mais tempo.

Intensifiquei meu ritmo, dando estocadas fortes e firmes enquanto sua respiração ficava mais acelerada.

— Adoro ficar dentro de você — eu disse, cravando os dedos em seus quadris em um esforço inútil de me aproximar mais. Ir mais fundo. Qualquer coisa. — O jeito como seu corpo se estica. — Minhas palavras saíam ofegantes enquanto eu acelerava o ritmo. — Como ele me aceita. — Meus quadris se balançaram e entrei mais fundo. — Merda.

Minhas palavras se dissolveram em grunhidos e não tive certeza do que dizia. O mundo desapareceu. O tempo desacelerou. Só existíamos nós dois.

O corpo dela tremia embaixo do meu.

— Devo deixar você gozar? — provoquei. Sua única resposta foi outra arremetida para trás. — Ou devo ser realmente cruel? — Parei de falar por um segundo enquanto ia mais fundo. — Fazer você esperar até amanhã? Deixar você desejando a noite toda?

Eu me movi mais rápido, minhas estocadas eram longas e duras. Ela ficou paralisada; seu corpo era rígido e tenso por reprimir o clímax. Meu saco doía com a necessidade de gozar.

Curvei-me sobre suas costas e sussurrei.

— Goze com vontade para mim, amor. — Meu dedo girava em torno de seu clitóris e minha voz ficou ainda mais baixa. — Quero ouvir você. — Rocei seu clitóris com a ponta do dedo.

O grito ecoou no quarto silencioso.

Merda.

Meti nela de novo.

— Puta. Que. Pariu — gritou ela enquanto seu corpo se fechava ao meu redor. Seu orgasmo desencadeou o meu e eu gozei com a mesma intensidade que ela o fez.

Completamente exausto, o corpo dela baixou na mesa, flácido. Curvei-me para a frente e descansei nos cotovelos, beijando suavemente a base de suas costas enquanto me esforçava para que minha respiração voltasse ao normal. Ela não se mexeu.

— Você está bem? — perguntei.

— S-sim. — Ela respirou fundo. — Mestre.

Subi por seu corpo, acariciando e beijando ao fazê-lo, escalando a mesa até ficar mais perto antes de por fim me afastar dela.

— Se sente quando estiver pronta. Fique à vontade para falar.

Ela ficou deitada por mais alguns minutos, assim não tive pressa nenhuma: esfregava seus músculos, mordiscava e roçava sua pele levemente com os lábios.

— Você foi muito bem — eu disse junto à sua nuca. — Estou muito satisfeito.

Ela rolou o corpo com um leve sorriso de orgulho e não pude deixar de beijá-la com suavidade. *Por que cheguei a pensar que era uma boa regra não beijar?*

— Tire algum tempo — falei. — Tome um banho, beba um pouco de água... O que você quiser... E me encontre na biblioteca daqui a trinta minutos.

Capítulo Três

ABBY

Foi, tranquilamente, sem sombra de dúvida, sem nem mesmo precisar pensar, o orgasmo mais incrível da minha vida. De algum modo, não poder falar ou mesmo gemer *e* ter de esperar pela permissão tornou tudo muito mais intenso. E então, enquanto eu saía da sala de jogos, lembrei-me de seu sussurro rouco. *Goze com vontade para mim, amor. Quero ouvir você.* Eu quase gozei de novo.

Amor.

Estremeci só de pensar nisso.

A primeira coisa que percebi quando entrei em meu quarto foi o balde de gelo sobre a cômoda. Engraçado é que, só ao ver a garrafa de água no balde foi que percebi a sede que sentia. É claro que Nathaniel teria pensado nisso. Ele pensava em tudo.

Bebi metade da garrafa antes de notar a camisola despretensiosa esperando por mim ao pé da cama. Sorri. Nathaniel esteve muito ocupado preparando tudo antes de entrar na sala de jogos. Deixei a água e peguei a roupa. Era de um verde delicado e não era claramente sensual, nem reveladora; me senti uma rainha vestida nela.

Como tinha muito tempo antes de ir para a biblioteca, tomei um banho rápido, deixando que a água quente escorresse por minha pele ainda sensível. Depois de vestir a camisola, descobri outra surpresa: o cetim frio deslizava pelo calor de minha pele. Roçava suavemente no leve ardor deixado por nosso início de noite, de modo que até do outro lado da casa eu sentia o toque de meu mestre.

Parei assim que saí do quarto.

Meu mestre.

Era a primeira vez que pensava nele como *meu mestre* em vez de *Nathaniel*. Não me prendi a isso por muito tempo e desci a escada com pressa, ansiosa para estar perto dele de novo.

Ele esperava por mim na biblioteca, de pé junto à mesa de bebidas. Seus olhos percorreram meu corpo quando entrei.

— A camisola fica linda em você, Abigail.

Abigail. Como um lembrete de que, embora esta fosse a minha biblioteca, ainda era fim de semana, eu ainda estava com sua coleira e deveria me comportar de acordo.

Ele vestia sua calça de algodão caramelo de cordão e aparentava estar bem. Baixei os olhos para a ponta de meus pés. Vi que se enroscavam.

— Obrigada, senhor.

— Olhe para mim quando estivermos na biblioteca.

Ergui a cabeça e o olhei em seus olhos, que brilhavam, de uma maneira misteriosa, de emoção.

— Lembre-se — disse ele em voz baixa. — Este é seu espaço.

— Sim, senhor. — Na semana anterior, ele me disse que podia usar *senhor* na biblioteca ou à mesa da cozinha. Em qualquer outro lugar durante nossos fins de semana, ele esperava que eu o chamasse de *mestre*.

— Como está se sentindo? — perguntou ele, acrescentando rapidamente: — Quanto à camisola, digo.

— Deliciosa. — Balancei os quadris e o cetim roçou mais uma vez na vaga dor em meu traseiro.

Ele sorriu como se soubesse exatamente o que eu sentia. Quem poderia dizer? Ele provavelmente sabia mesmo. Tudo que fazia era calculado.

— Venha para dentro — chamou ele, gesticulando para que eu entrasse na biblioteca. Ergueu uma taça de vinho. — Vinho tinto?

— Sim, por favor.

Gesticulou para o chão na frente da lareira vazia. Pilhas de almofadas estavam espalhadas por ali com cobertores felpudos entre elas, formando um lugar convidativo para nos sentarmos. Sentei-me, hesitante, numa almofada grande.

Ele se juntou a mim segundos depois e me passou uma taça de vinho. Notei que ele mesmo não tinha nenhuma. Não foi um grande choque, considerando o que ele me disse dias antes.

— *Você provavelmente pensou que eu estava sendo melodramático na noite da festa de Jackson e Felicia* — *disse ele enquanto nos sentávamos em seu sofá de couro terça-feira à noite depois do jantar.* — *Quando falei que sua partida quase me matou.*

— *Pensei mesmo* — *admiti.* — *Nunca havia imaginado que você tivesse uma tendência a fazer drama.*

— *Fiquei péssimo depois que você foi embora. Começou assim que voltei, depois de seguir você até em casa.*

Eu não sabia aonde ele queria chegar com isso. Falar daquela época de nossa vida não era algo que me agradasse. Certamente ele sentia o mesmo.

Ele franziu a testa.

— *Não sei o quanto bebi naquele dia, mas quando Jackson me encontrou, eu estava tentando incendiar a biblioteca.*

— *Você o quê?* — *perguntei.*

Seus olhos se fecharam.

— *Não me lembro muito bem. Não me lembro de várias partes do que aconteceu. Eu apenas...* — *Ele se interrompeu por um momento.* — *Eu só precisava falar com você. De certa forma parecia importante.*

— *Você poderia ter morrido* — *eu disse, chocada com a indiferença com que ele falava sobre colocar fogo na própria casa.*

— *Provavelmente não. Eu estava bêbado demais para fazer qualquer coisa. Pelo menos é o que digo a mim mesmo. Não é como se eu tivesse desejado morrer. Eu não queria morrer. Eu só queria...*

— *Incendiar a casa?* — *sugeri.*

— Não. — Ele negou, balançando a cabeça. — Só a biblioteca.

— Isso não faz sentido — argumentei. — Não dá para colocar fogo apenas na biblioteca. A casa inteira também se incendiaria.

— Eu sei. Tenho certeza de que na hora fez sentido para mim. Só me lembro realmente da dor, do vazio e do desespero.

Peguei a mão dele e a acariciei, dizendo:

— Não me admira.

Ele beijou os nós de meus dedos.

— Não te admira o quê?

— Não me admira que Jackson tenha ficado como ficou.

Seus lábios pararam de me beijar.

— Ele te contou alguma coisa? Eu juro que, se ele falou, vou dar uma surra nele.

Fiz com que ele se calasse com o dedo.

— Não. Ele nunca disse nada. Mas Felicia... — Eu ri, me lembrando de sua explosão no dia que ela chegou em casa com uma aliança. — Felicia me criticou muito. Agora faz sentido. Ela ouviu Jackson falar sobre como minha partida afetou você.

— Por um bom tempo, ele vinha para minha casa todo dia — refletiu ele. — Eu matei toda a família de preocupação. Em algum momento contei a ele que sua partida foi culpa minha. E não sua.

Minha mão pousou em seu joelho e eu o apertei gentilmente.

— Deve ter sido por isso que ele me abraçou na noite da festa. Notei uma mudança naquela noite.

— Desculpe se ele a tratou como se nosso término fosse culpa sua. — Ele suspirou, um ruído triste e pesaroso. — Havia tanto que eu devia ter dito a você.

— É por isso que, de agora em diante, vamos conversar — eu disse. — E muito. Sobre tudo.

Conversar sobre tudo. Provavelmente era o que ele tinha em mente para a biblioteca.

Ele estendeu um prato.

— Sei que você jantou cedo. Está com fome?

Meu estômago respondeu com um ronco e ele sorriu. Por que eu não havia percebido que estava com fome?

Queijo e biscoitos, amêndoas, uvas e cerejas desidratadas cobriam o prato. Ele o baixou entre nós e peguei um pedaço de queijo cheddar. Quando terminei, peguei um punhado de amêndoas e as comi. Ele se serviu de algumas uvas e de um cubo de queijo Gruyère.

O lanche foi bom e bem-vindo, mas certamente ele tinha outro motivo para pedir que eu fosse à biblioteca. Podíamos ter feito isso na cama. Ele poderia ter me dito para fazer um lanche na cozinha. Por que ele queria se encontrar comigo na biblioteca?

Pode perguntar a ele, eu disse a mim mesma. Embora eu soubesse que esta era minha biblioteca, ainda era estranho apenas me dirigir a ele como eu fazia durante a semana.

Eu começava a entender o que ele queria dizer com conversar.

Não tínhamos conversado muito da última vez em que usei a coleira.

Mas o que eu devia dizer? *Obrigada pelo orgasmo maravilhoso?*

Ele pigarreou.

— Não farei isso toda noite, mas pensei que seria uma boa ideia se nós conversássemos sobre o último encontro. — Ele sorriu para mim. — Porque foi nossa primeira noite. E apenas a sua segunda vez na sala de jogos.

Acompanhei o desenho da filigrana dourada no prato.

— Preciso que isso seja uma conversa de mão dupla — insistiu ele.

— Eu sei — falei por fim. — É só que é... estranho.

— Talvez ajude falar dessa estranheza.

Nós dois pegamos uma uva ao mesmo tempo e nossos dedos se tocaram. Eu puxei o meu de volta.

— Está vendo? — perguntou ele, como a voz embargada de emoção. — Por que você fez isso?

Respirei fundo.

— Só estou tentando manter os dias da semana, Nat... Quer dizer, senhor, separados dos fins de semana. — Olhei a travessa. — É mais difícil do que pensei que seria.

Ele ergueu minha cabeça para que nossos olhos se encontrassem.

— Por quê?

— Não quero estragar tudo. Não quero passar dos limites.

— Duvido muito que você passe dos limites. — Ele deu um leve sorriso. — Você pode ter dificuldades em outras áreas, mas não creio que mostrar respeito na biblioteca ou à mesa da cozinha venha a ser algum problema para você.

— Fala assim porque isso — apontei dele para mim e de volta a ele — é fácil para você. Você está acostumado com *isso*.

— Eu argumentaria que *isso* — ele indicou o espaço entre nós — é novidade para mim. — Olhou para o teto e franziu a testa. — Mas, pensando bem, talvez você tenha razão em outros aspectos.

Sei que tenho.

— Ainda é um fato — continuou ele — que não podemos conversar de maneira sincera sobre a encenação se você não se abrir e relaxar comigo.

Dei um suspiro profundo.

— Agora, o que... — Ele tirou a travessa de comida do caminho, pegou minha taça e a colocou de lado. — O que vamos fazer a respeito disso?

Meu coração começou a bater mais rápido.

— Estou apanhando para pensar em algo.

O canto da boca dele se ergueu.

— Bem, não tinha em mente fazer você apanhar.

Minha cabeça se levantou de repente.

— Legenda? — perguntei, usando meu jeito antigo de determinar se ele estava brincando.

— Sim — disse ele. — Foi uma piada, e não foi das boas. Só estou tentando deixar o clima um pouco mais leve.

— Sua voz baixou a um sussurro e seus olhos se tornaram misteriosos. — Venha cá.

Aproximei-me e ele pegou meu rosto nas mãos.

— Será que vou conseguir fazer com que você relaxe? — Ele beijou minha bochecha. — Que fale abertamente? — Beijou a outra. — Que me diga como você se sente?

O toque dele era a ligação pela qual ansiava, era o que eu, sem saber, precisava, e me senti derreter sob suas mãos. Seus lábios foram de meu rosto à orelha.

— Isso — disse ele, sentindo meu corpo reagir.

Virei o rosto para ele e nossos lábios se roçaram suavemente. De forma inconsciente me aproximei mais e seus braços envolveram meus ombros. Ele me trouxe para perto de seu peito e nos virou para que ficássemos recostados nas almofadas.

— Melhor assim? — sussurrou ele.

— Muito — respondi, fechando os olhos. — Obrigada.

Ele acariciou meu cabelo por alguns minutos e ouvi seu coração bater forte.

— Tudo bem — disse ele. — Vamos fazer assim... Você me diz do que gostou.

Conversamos sobre nossos questionários por horas. Sobre o que desfrutávamos e o que queríamos tentar. Por que falar de algo que havíamos feito me deixava constrangida? Eu disse a mim mesma que era loucura. Nathaniel tinha me visto inteiramente. Havia me tocado por completo. Não havia por que me constranger.

— Não poder fazer nenhum barulho foi muito intenso — eu disse.

— Muito intenso significa *adorei; vamos fazer de novo?* — perguntou ele. — Ou muito intenso quer dizer *detestei; nunca mais vamos fazer isso?*

Respirei fundo e senti o aroma amadeirado dele. Alguém mais tinha tomado banho recentemente.

— Hmmm. Adorei; vamos fazer de novo.

— Acho que você pode suportar mais — comentou ele.
— Da próxima vez, vamos ver se consegue ir um pouco além.

Meu corpo formigou de expectativa. *Ir um pouco além da próxima vez.* Eu só podia imaginar o que ele queria dizer com isso. Fiquei feliz por ele achar que eu suportaria mais. Sinceramente, no final, pensei ter atingido o limite do meu controle.

— Gostei do açoite — eu disse, querendo mudar de assunto. — Não era o que eu esperava.

Sua mão desceu pela lateral do meu corpo.

— Decidi usar apenas pelo de coelho neste fim de semana. — A pressão de seus dedos ficou mais forte contra meu traseiro. — Mas falei sério sobre os grampos. Vou usá-los amanhã. — Ele se curvou e falou suavemente em meu ouvido. — E é bom que você esteja usando seu plug.

Assenti com a cabeça, de repente incapaz de falar. O formigamento em meu corpo se intensificou e se deslocou mais para baixo, pousando bem entre minhas pernas.

Ai.

— As oito chibatadas? — perguntou ele.

— Doeram muito.

— Eram para doer mesmo.

— Eu sei. Entendo perfeitamente essa parte. — Levantei a cabeça. — Você não pareceu surpreso. Sabia que eu ia me atrapalhar tão cedo?

— Achei que poderia se atrapalhar. Faria sentido. Mas não quis dizer nada antes que acontecesse. Que impressão isso teria dado?

Deitei a cabeça em seu peito.

— Provavelmente eu não teria acreditado em você.

— Provavelmente não — disse ele.

— O que mais doeu foi saber que decepcionei você.

— Essa foi a parte da noite de que eu menos gostei — disse ele. — Ter de castigar você. Mas você aprendeu. Não repetiu o erro.

Eu não queria ficar remoendo meu fracasso

— Sua vez. Qual foi sua parte favorita?

— Olhe para mim — disse ele, e virei a cabeça para encontrar seu olhar. — Minha parte favorita foi você. A confiança que você tem em mim. Sua obediência. A alegria que você encontra em me dar prazer.

Balancei a cabeça.

— Não é isso que quero dizer. Eu quero dizer...

— Shhhhh... — Ele me silenciou. — Ainda não terminei.

Fiz beiço.

— Você — disse ele lentamente — é *extraordinária* quando me serve. E esta, minha linda, foi minha parte preferida. *É* a minha parte preferida.

Descobri que não conseguia me conter. Levantei a cabeça e o beijei, nossos lábios mal se tocando.

Eu te amo, eu queria dizer, mas não sabia se era permitido. Não sabia se seria sensato. Talvez fosse melhor não dizer certas coisas durante o fim de semana. Pelo menos por enquanto. Tínhamos muitos outros dias para sussurrar nosso amor.

Ele não costumava dizer que me amava. Mencionou isso, talvez, apenas algumas vezes. Não me incomodava que ele não falasse muito sobre seus sentimentos. De alguma maneira, a raridade de suas palavras as tornava mais especiais.

Ele não tentou aprofundar o beijo, nem eu. Ambos sentimos que, naquele momento, o simples toque de nossos lábios já dizia o suficiente. Caímos num silêncio confortável enquanto eu ouvia a batida firme de seu coração e desfrutava da segurança de seus braços.

— Alguma coisa de que você não tenha gostado? — perguntou ele.

— Não. Eu não mudaria nada. — Sabia que, com o tempo, seria mais fácil falar. Perguntei-me como seria a conversa se e quando ele fizesse algo que não me agradasse.

— Você?

— Nada.

Não sei quanto tempo ficamos na biblioteca. Ele só voltou a falar quando o relógio sobre a cornija da lareira soou a meia-noite.

— Você deve ir para cama, se já acabou de comer.

— Eu sei — falei. Enquanto me desvencilhava de seus braços, senti imediatamente a ausência de seu toque.

Ele se levantou comigo e tocou meu ombro enquanto eu me virava para sair.

— Café da manhã na sala de jantar às oito. Vamos para a sala de jogos logo depois. Não me importo se você fizer isso esta noite ou amanhã de manhã, mas quero a sala de jogos limpa antes do café da manhã.

Uma onda renovada de desejo me tomou pela forma tão discreta como ele me deu uma ordem.

— Sim, mestre.

Ele me deu um leve beijo.

— Boa noite, Abigail.

Fiquei me revirando por um tempo, mas o motivo me escapava. Eu já havia dormido na cama pequena por muitas noites. Dormi nela mais vezes do que na cama dele, verdade seja dita. Por que estaria com dificuldades para cair no sono? Ele estava bem ali no corredor. Decidimos dormir em quartos separados nos fins de semana. Era o arranjo que eu queria. Que ele queria. Aquele que *nós* queríamos.

Perguntei-me se o sono também escapava dele.

Justamente quando decidi desistir e ir à biblioteca para me servir de um conhaque, escutei: o som suave e provocante de um piano. A melodia ao mesmo tempo delicada e reconfortante em sua simplicidade.

Suspirei de prazer e fechei os olhos.

Não me revirei mais.

Capítulo Quatro

NATHANIEL

Eu previ que não conseguiria dormir. De algum modo sabia que seria difícil tê-la de volta à minha casa como minha submissa, embora fosse o que quiséssemos — o que precisávamos. Trouxe-me certo alívio que ela quisesse passar a sexta e o sábado à noite em seu antigo quarto. A insinuação que ela fizera na biblioteca, de que nosso relacionamento era fácil para mim porque eu estava acostumado com isso, não podia estar mais distante da verdade. Todo o nosso relacionamento era um território inexplorado.

Saí da biblioteca depois de tocar piano e voltei para cima. A porta do quarto dela estava fechada, o que me deixou com a dúvida de se ela já havia dormido ou se estava se revirando, inquieta. Também achei que o sono não lhe viesse logo. Algo em minha mente sussurrava que devia tê-la feito dormir no chão do meu quarto.

Parei ao chegar à minha porta.

Eu a fiz dormir no chão do meu quarto uma vez. Teria feito qualquer outra submissa dormir no chão na primeira noite depois de lhe dar a coleira.

Isso significa que eu não seria capaz de ser ao mesmo tempo seu dom e seu amante?

Não me permiti chafurdar nesses pensamentos. Em vez disso, minha mente vagou para a imagem dela usando minha coleira. Minha coleira e mais nada. Pensei em nossa conversa na biblioteca — no quanto eu queria comê-la. Tirar sua camisola e passar as mãos pelas curvas de seu corpo...

Meu pênis ficou inconvenientemente duro e passei a mão pelo cós da calça para segurá-lo. Lembrei-me de cenas daquele mesmo dia:

De joelhos em meu escritório.

Esperando por mim na sala de jogos.

Reprimindo um gemido enquanto eu lhe informava sobre meus planos com os grampos.

Meus olhos caíram novamente na porta do quarto dela.

Ela podia não estar dormindo no chão do meu quarto, mas ainda era minha submissa. Estava ali para me servir sempre que eu quisesse.

Abri a porta e a vi dormindo.

— Acorde — mandei.

Ela resmungou alguma coisa sonolenta e rolou para mim.

— Agora, Abigail.

Com os olhos pesados de sono, ela se sentou lentamente. Seu cabelo caía pelos ombros, desarrumado — o sono não tinha chegado rapidamente. Ela passou a mão na clavícula para endireitar a alça da camisola.

— Você dorme nas noites de sexta e sábado quando for conveniente para mim. — Baixei a calça pelos quadris e a tirei. — E neste momento dormir *não é* conveniente.

Seus olhos caíram em minha ereção. Isso. Ela sabia exatamente do que eu estava falando.

— Mas estou me sentindo cordial esta noite, então deixarei que você decida como vai querer isso — eu disse.

Ela piscou algumas vezes.

— Como o senhor quiser, mestre.

— Acho, Abigail — andei até a cama —, que acabei de te dizer o que me agradaria. — Curvei-me sobre ela. — Quero que você decida como vai tomar meu pau.

Seus olhos baixaram novamente. Estaria ela constrangida? O que era isso? Ela precisava superar qualquer constrangimento. O constrangimento não tinha lugar em nossa relação.

42

Enganchei os dedos sob as alças de sua camisola e a tirei por sua cabeça.

— Seja lá o que decida — eu disse a ela —, quero você sem isso.

Quando a camisola estava fora e ela ficou nua, ergui uma sobrancelha para ela. Ela ainda não havia dito nada.

— Acabou o tempo. Você não respondeu com rapidez suficiente, então decidirei por você. — Virei-a na cama e empurrei seus ombros para que ela ficasse deitada de costas, com a cabeça pendurada pela beira. — Como você decidiu não falar quando eu te fiz uma pergunta, farei um uso melhor da sua boca.

Tive de me curvar um pouco, mas coloquei as mãos em seus quadris e pressionei para a frente para que meu pau roçasse seus lábios.

— Faça um bom trabalho e talvez eu deixe você voltar a dormir.

Fechei os olhos enquanto ela me envolvia. Seu calor era tão bom que minha ereção ficou ainda mais dura enquanto eu penetrava em sua boca. Levei a mão a sua barriga para verificar sua respiração e comecei a dar estocadas, entrando mais fundo.

Ela me tomou todo, relaxando a garganta e chupando enquanto eu metia em sua boca lentamente. Sua língua me envolveu e me afagou quando eu saí dela, só para me acariciar novamente quando voltei a entrar.

Eu sabia que, mais uma vez, ela havia me desobedecido. Tinha feito uma pergunta, pedido uma resposta e ela não me deu nenhuma. Eu precisava tratar desta questão.

— Estou pronto para gozar — avisei quando meu alívio tornou-se iminente. Dei uma estocada mais forte em sua boca. — Você não vai engolir. Segure meu gozo na boca até que eu ordene o contrário.

Fiquei imóvel quando meu orgasmo me atingiu, cravando os dedos na pele macia de sua cintura.

Merda.

Ela ficou imóvel enquanto eu saía para pegar minha calça e não se mexeu quando me virei para ela mais uma vez.

— Sente-se.

Ela se sentou, respirando pelo nariz, com as bochechas ligeiramente estufadas. Aproximei-me e peguei seu queixo na mão.

— Quando eu lhe disser que quero uma resposta, eu quero uma resposta. Engolir meu esporro é uma honra que eu não te dou levianamente. Entendeu? — Ela fez que sim com a cabeça e apertei suas bochechas. — Saboreie meu gosto em sua boca, porque você é a única pessoa no mundo capaz disso. A única submissa com permissão para me servir. — Puxei seu queixo para cima. — A única que escolhi para usar minha coleira.

Seus olhos lacrimejaram e senti uma leve onda de desconforto, mas ainda assim insisti. Eu precisava causar uma forte impressão neste fim de semana: lembrá-la que não estava mentindo quando lhe disse que da última vez foi fácil.

Passei o polegar livre em suas pálpebras e enxugar as lágrimas ali. Provei meu argumento, que foi compreendido.

— Vejo decepção em seus olhos. Engula, Abigail. — Mantive a mão em seu queixo e observei sua garganta enquanto ela obedecia.

Embora eu soubesse que este fim de semana não seria fácil, não me ocorreu o quanto seria difícil para nós dois.

Eu queria restabelecer minha ligação com ela de alguma maneira, queria que ela soubesse que estávamos bem, mas fiquei completamente perdido sobre como fazê-lo. Nunca enfrentei nada parecido na vida.

Ela ficou sentada diante de mim, de olhos baixos, a decepção ainda marcando suas feições. Procurei pelas palavras certas a dizer. Qualquer coisa que lhe garantisse que estávamos bem. Que isto era um leve abalo em nossa jornada e ela não deveria ficar aborrecida. Entretanto, ainda me sentia receoso em sussurrar elogios de amor depois da reprimenda que tinha lhe dado.

E então me veio a inspiração. Curvei-me e sussurrei:

— "Pois devo amar porque vivo. /E a vida em mim é o que você dá."

Certamente ela se lembraria dos últimos versos de "Porque ela me perguntaria por que a amava", de Christopher Brennan, um dos últimos poemas recitados numa série de leituras de poesia organizada pela biblioteca onde ela trabalhava.

Ela ofegou, reconhecendo, e eu sorri. Sim. Ela se lembrava.

Afastei-me, meus lábios roçando seu rosto.

— Boa noite, minha linda.

Eu a ouvi farfalhando pela casa depois que voltei a meu quarto e fui para cama. Estava limpando a sala de jogos, provavelmente incapaz de voltar a dormir após ter sido despertada.

Rolei na cama e olhei para o relógio. Eram duas horas da manhã. Merda, estava tarde. Tolamente, imaginei como teria sido o primeiro fim de semana de Paul e Christine há alguns anos, quando entraram em acordo. Ele provavelmente ainda estava acordado. Da última vez que conversamos, ele falou que o filho, Sam, passava por uma crise desagradável de cólica. Ainda assim, mesmo que estivesse acordado, eu duvidava que ele ficasse satisfeito em receber um telefonema meu. Ligaria para ele depois do café da manhã. Ou do almoço.

Afastei-me do despertador e esperei até ouvi-la voltar para o quarto antes de permitir que o sono me dominasse.

Ela me esperava na sala de jogos logo depois do café da manhã. Estava sentada sobre os joelhos, com as mãos cruzadas sobre o colo e a cabeça baixa. Exatamente como eu havia instruído que ela esperasse por mim naquele cômodo. A visão dela, em posição e usando apenas minha coleira, fez com que meu pau ganhasse vida.

— Perfeição — eu disse. — Eu não esperava nada menos do que isso. — Senti o orgulho se irradiar do corpo dela. — Se levante, Abigail. Deixa eu ver o que me pertence.

Bonita pra caralho, pensei quando ela se levantou.

Ela olhava para baixo, mas eu podia sentir sua expectativa e excitação. O quarto praticamente zumbia.

Coloquei-me atrás dela e passei a mão na lateral de seu corpo, notando a velocidade crescente de sua respiração. Curvei-me um pouco para sussurrar em seu ouvido.

— Vou exigir um pouco mais de você hoje. — Ela estremeceu sob minhas mãos. — Quero que se lembre que posso fazer isso porque confio que vai usar as palavras de segurança, se for necessário. — Peguei um seio com a mão em concha. — Vou permitir que você faça barulho e goze, se for necessário. Ainda exijo sua completa sinceridade quando perguntar como você está.

Fui ao armário e peguei dois grampos de mamilo ligados por uma corrente. Seus olhos me acompanharam enquanto eu voltava e me postava diante dela.

— Também vou deixar seus olhos descobertos. Quero que você veja o que estou fazendo.

Baixei a cabeça e chupei um mamilo. Corri a língua em volta da ponta, fazendo-a gemer. Suguei mais intensamente e estendi a mão para acariciar o outro. Quando ele começou a tremer sob meu toque, mudei de lugar e dei a mesma atenção ao outro seio.

Por fim, endireitei-me e peguei seu seio esquerdo nas mãos. Afaguei-o — acariciando e beliscando, vendo sua pele se encher de arrepios. A parte seguinte doeria um pouco; eu precisava ter certeza de que ela estava pronta.

— Respire fundo, minha linda — instruí, beliscando seu mamilo com uma das mãos enquanto abria um grampo com a outra. Depois que ela puxou o ar, passei gentilmente o grampo nela.

Ela soltou a respiração em um arquejar curto.

Deslizei a mão por seu corpo e acariciei entre suas pernas.

— Muito bem.

Repeti o procedimento com o outro mamilo — agindo lentamente, avaliando sua reação. Eu a observava de maneira atenta. Ela fechou os olhos por um instante e estremeceu, mas estava bem.

— Você está bem? — perguntei ao terminar.

Ela sorriu.

— Sim, mestre.

Retribuí seu sorriso.

— Olhe para baixo, Abigail. Veja que garota safada você é.

Meus olhos acompanharam os dela e captei a visão de seus mamilos atrevidos: enfeitados com meus grampos, a corrente ligeiramente pendurada.

— Vamos fazer um joguinho — eu disse. — Quero que você tire a minha roupa. — Ela ainda olhava os próprios peitos. — Olhe para mim. — Quando ela levantou a cabeça, continuei: — A condição é que, sempre que você tocar no meu pau, eu ganho o direito de puxar essa corrente. — Afastei-me um passo. — Vamos começar agora.

Fechei os olhos e esperei que ela começasse. Eu só vestia calça. Seria difícil, mas não impossível, que ela tirasse minha roupa sem tocar meu pênis. Os grampos eram novidade para ela. Se os detestasse, se os temesse ou sentisse dor demais, eu sabia que meu pau não seria tocado nos próximos cinco minutos.

Quando minha calça caiu no chão, contei quatro toques de sua mão. O último foi uma carícia descarada subindo por meu pênis enquanto ela se colocava de pé.

Quatro.

Escondi o sorriso.

— Quantos puxões consegui? — perguntei.

— Quatro, mestre.

— Hmmmmmm. Quatro. — Peguei a corrente e dei um leve puxão. Ela soltou um gemido gutural que bateu diretamente em meu pênis.

Merda, como eu amo essa mulher.

— Você me deve mais três. Vou cobrar mais tarde.

Voltei a meu armário e peguei uma corda de seda. Quando voltei às costas dela, peguei seus braços e os puxei para trás. Sem nenhuma pressa e amarrando a corda com o maior cuidado, atei seus braços de forma gentil, mas segura.

— Gosto de você nesta posição — eu disse, voltando a ficar de frente para ela. — Seus peitos empinados, se oferecendo silenciosamente a mim. — Passei o dedo por baixo da corrente, vi seus olhos e dei um lento puxão para cima.

Suas pálpebras tremularam.

— Ahhh — gemeu ela.

— Gosta disso, não é?

Ela soltou outro gemido.

— Sim, mestre.

Ergui o canto da boca em um sorriso, satisfeito por ela ter aceitado tão bem os grampos.

— Abra as pernas. — Passei a mão entre elas; ela estava escorregadia e pronta.

Quase.

Eu precisava que ela ficasse mais excitada. Mais sensível.

Ajoelhei-me entre suas pernas e dei um beijo em seu clitóris, depois me afastei e soprei-o com delicadeza. Em seguida, lambi sua fenda de baixo para cima, ainda concentrando minha atenção no clitóris. Beijei suavemente a parte interna de suas coxas e tracei uma linha que terminava entre elas, onde mordisquei mais seu clitóris. Eu o chupei. Estendi a mão para cima, segurei a corrente e puxei. Ela gritou e trabalhei em seu clitóris com mais intensidade, aproximando mais o prazer e a dor em sua mente. Rocei os dentes e dei outro puxão firme com a corrente. Senti espasmos do corpo dela contra mim.

Larguei a corrente e deslizei dois dedos para dentro dela, alcançando o ponto — *bem ali* — que eu sabia que a deixaria totalmente louca. Girei a língua por seu clitóris e meti os dedos nela mais uma vez.

Ela ofegou e gozou.

Merda.

Ouvi sua respiração pesada ao me levantar e notei um leve rubor tingindo sua pele. Os seios pareciam estar bem, mas ela já tinha ficado com os grampos por tempo suficiente para a primeira vez.

— Respire fundo, minha linda — eu disse, pegando um com uma das mãos e gentilmente cobrindo seus seios com a outra. Seu hálito sobre meus ombros e peito. — Mais uma vez — falei. — Solte o ar devagar.

Desta vez, quando ela esperou, soltei o grampo com a maior delicadeza possível. Ela puxou o ar com mais intensidade enquanto o sangue voltava.

— Você está bem? — perguntei.

— Sim, mestre — respondeu ela numa voz tensa.

— Muito bem.

Coloquei a mão entre suas pernas mais uma vez e afaguei sua pele ainda sensível. Ela balançou os quadris para mim.

— Respire fundo de novo. Solte o ar devagar. — Retirei o outro grampo, deixando que os dois e a corrente caíssem no chão. Enfiei o dedo dentro dela, roçando levemente seu clitóris com o polegar, na esperança de aliviar parte da dor. Seu cabelo fazia cócegas em meu rosto enquanto eu murmurava o quanto estava satisfeito com ela. O orgulho que sentia. Ela suspirou.

— Abra mais as pernas — mandei, recuando.

Deixei-a ali por alguns minutos, sabendo que ela sentia o ar quente entre as pernas. Sabendo que cada nervo dela estava atiçado. Estava linda.

Filho da puta de sorte.

Peguei o lubrificante de aquecimento na mesa e voltei a me colocar atrás dela. Estendi a mão e passei a ponta dos dedos de leve por seus mamilos delicados. Ela gemeu em resposta, movimentando os quadris na minha direção.

Soltei uma risada curta. Minutos depois, passei o lubrificante em meu pênis e nos dedos.

— Há pouco tempo você me disse que ter meu pau na sua bunda fazia você se sentir completamente tomada.

Ela deu um salto quando passei o lubrificante em seu traseiro.

— Pronta para ser tomada de novo, Abigail?

Capítulo Cinco

NATHANIEL

Ela murmurou alguma coisa que não consegui entender.

— Ou você fica quieta ou fala de modo que eu possa ouvir — eu disse, dando um tapa forte em sua bunda. — Entendeu?

— Sim, mestre.

— Muito bem. — Segurei suas mãos atadas. — Agora, curve-se para a frente.

Ela se moveu lentamente, orientando-se. Mantive um firme aperto em suas mãos com a mão esquerda, querendo que ela percebesse que podia se deixar levar e confiar em mim. Suas pernas estavam bem abertas, dando-lhe uma postura firme e, a mim, uma visão incrível.

— Muito bem, Abigail. Adoro quando você abre sua bunda nesta posição. — O dedo lubrificado da minha mão direita traçou círculos nela. — Vamos ver se você estava me dizendo a verdade sobre usar o plug. — Enfiei um pouco o dedo dentro dela. — Estou louco para meter meu pau bem aqui.

Ela gemeu e se empurrou contra mim. Meu dedo deslizou ainda mais fundo.

Merda.

Lentamente, eu a comi com o dedo, certificando-me de manter o aperto firme em suas mãos para garantir que ela não caísse. Sua cabeça tombou entre os joelhos, o cabelo tocando o chão e se balançando contra o piso a cada arremetida do meu dedo.

Meti outro dedo dentro dela. Empurrando lentamente. Alargando. Preparando. Ela ainda estava apertada demais.

Enquanto ela se acostumava com meus dedos, comecei a repensar meu plano. Comê-la aqui, no chão, não ia dar certo. Eu não poderia segurá-la, trabalhar seu corpo e penetrá-la sem provocar uma tensão desnecessária em seus braços e ombros.

Percorrendo o quarto, meus olhos caíram no banco de açoitamento.

Perfeito.

— Sentiu saudades disso? Sentiu saudade de me ter preparando sua bunda para o meu pau? — Empurrei ainda mais fundo. Meu pênis ansiava pelo atrito e, por mais que quisesse retirar o dedo e penetrá-la, eu sabia que não podia. Ela acreditava que eu faria isto de uma forma que fosse boa para ela, e eu valorizava essa confiança.

Interrompi o movimento dos dedos e ela também parou de se mexer. Quando tive certeza de que ela estava pronta, soltei seus braços. Mantendo os dedos dentro dela, passei a outra mão entre suas pernas e afaguei sua umidade.

— Muito bem, Abigail. Você *esteve mesmo* usando o plug. Sentiu falta do meu pau, não foi? — Rocei seu clitóris.

— Ahhh! — gemeu ela. — Sim, mestre.

Continuei provocando seu clitóris com uma das mãos enquanto a alargava lentamente com os dedos da outra. De vez em quando, ela soltava um leve gemido de prazer.

— Vou tirar os dedos. Quando eu fizer isso, quero que você vá para o banco de açoitamento.

Uso para aplicar as punições, certa vez eu disse ela. *Mas serve também a outros.* Ela se lembraria? Será que eu poderia ter esperanças de levá-la a um estado em que ela confiasse implicitamente em mim?

Tirei os dedos dela, deslizando lentamente, e contornei seu clitóris uma última vez.

— Fique de pé para mim — eu disse, puxando suas mãos.

Ela se ergueu lentamente, o cabelo caindo com suavidade em torno do rosto.

— Para o banco, minha linda.

Ela não hesitou. Sabendo, assim eu esperava, que não tinha feito nada para merecer um castigo.

— Tenho muito orgulho de você — falei quando ela se posicionou. — Pelo modo como confia em mim.

Ela estava recurvada sobre o banco com o traseiro para mim: seus braços estavam às costas e ela se manteve de pernas abertas. Fui atrás dela e me curvei.

— Pode sentir nesta posição, não pode? — perguntei, deslizando um dedo preparado para dentro dela de novo, levando a parte superior de seu corpo a se mover contra o banco. — Seus mamilos. — Retirei um pouco e seu corpo se mexeu ligeiramente. — Como eles roçam no banco a cada vez que meto a minha mão?

Mais uma vez trabalhei para alargá-la com os dedos e deslizei a mão entre suas pernas para roçar sua boceta. Eu queria que ela ansiasse por mim. Queria que ela estivesse louca pelo meu pau. Um movimento de seu corpo contra o banco, meus dedos alargando-a gentilmente, outros dedos mexendo em seu clitóris; tudo isso funcionava para levá-la a esse ponto.

Ela gemeu.

— Do quê? — perguntei. — Do que você precisa?

— Ahhh! — gemeu enquanto eu metia mais fundo.

— Do que você precisa? — Dei um tapa em sua bunda e ela soltou outro gemido. — Fale.

— Do senhor. — Ela ofegou. — Em mim.

— Pronta para mim? — Retirei os dedos e encostei a cabeça do pau nela.

— Por favor.

Tive que ir em frente lentamente. Esta era apenas a segunda vez. Ainda ia doer.

— Calma — eu disse, mais para mim mesmo do que para ela. Entrei gentilmente nela, cerrando os dentes contra a necessidade ardente de dar uma investida.

Parei de mexer os quadris e mergulhei dois dedos em sua umidade.

— O que você faz comigo — sussurrei. — Acontece a mesma coisa com você?

Sua única resposta foi um gemido quando meus dedos circularam seu clitóris. Avancei com os quadris e parei de súbito quando ela puxou o ar com força.

— Você está bem?

— Sim, mestre — disse ela com a voz tensa. — Mais. Por favor.

Deslizei mais para dentro dela. Recuei. Fui mais fundo. Mantive os dedos e, quando penetrei, senti meu pênis entrando e saindo.

Caralho.

Arremeti ainda mais fundo da vez seguinte, pressionando-a ainda mais contra o banco, e meti tudo. Seus músculos se enrijeceram em volta de meus dedos.

— Solte. — Minha voz era tensa. — Quando você quiser.

Ela arqueou as costas e meus dedos bateram fundo dentro dela. Comecei num ritmo lento; meu pau arremetendo enquanto os dedos saíam e roçavam seu clitóris. Depois eu tirava meu pênis, com os dedos deslizando para dentro.

Talvez ela tivesse pensado que eu a possuía quando a comia desse jeito, mas a verdade era o contrário: era ela quem me possuía por completo. Cada respiração, cada batida do coração, cada nervo do meu corpo gritava seu nome. Gritava a necessidade por ela. Ela me engolia inteiro. *Me* possuía.

Joguei a cabeça para trás e acelerei o ritmo. Seu corpo raspava com mais força o banco.

— Ah — gemeu ela, contraindo-se de novo em volta do meu pênis.

Isso.

Meti o dedo mais fundo.

— Ahhhh, — sussurrou ela. — Não dá... Não dá...

— Então vá em frente — sussurrei em resposta, metendo mais fundo.

Ela gozou com um leve gritinho.

Meti de novo, deixei o desejo me dominar e gozei dentro dela.

Ficamos deitados por vários segundos, nossa respiração ofegante e o coração acelerado sendo os únicos sons perceptíveis. Finalmente relaxei e saí de dentro dela da maneira mais gentil possível.

— Você está bem? — perguntei.

— Ah, caramba, estou.

Sorri.

— Volto logo. Não se mexa.

Fui até o banheiro ao lado da sala de jogos e lavei as mãos, mas permaneci de olho nela. Do meu porta-toalhas aquecido, peguei algumas de banho, depois molhei várias toalhas de rosto na água quente, sabendo que estariam frias quando precisasse delas.

Estiquei as toalhas no chão. Quando voltei a ela, desamarrei delicadamente seus braços: beijando os pulsos, deixando que a corda caísse enquanto eu subia por seus braços, continuando a massageá-los de maneira suave até os ombros. Peguei um de seus braços e beijei a face interna do cotovelo antes de baixá-lo na lateral de seu corpo e fazer o mesmo com o outro. Parei ao lado dela e me ajoelhei para ficar à altura de seus olhos. Eles estavam profundos e escuros de prazer.

— Você me surpreende — falei. — Sempre. — Beijei-a com delicadeza. — Pode se levantar?

Ela assentiu e se ergueu.

— Venha se deitar nas toalhas. — Peguei-a pelo braço. — Estão aquecidas.

Depois de ela ter se acomodado, limpei seu corpo com as toalhas de rosto e terminei enrolando-a em mais toalhas felpudas. Ela quase gemia de prazer.

— Eu perguntaria se foi bom para você, mas realmente não acho que seja necessário — brinquei. Ela respondeu com uma risadinha baixa e provocante. Rocei meus lábios nos dela. — Está cansada?

— Hmmmmm. — Ela fechou os olhos. — Eu me sinto feito uma água-viva. Toda flexível. — Ela bocejou. — Talvez um pouco cansada.

Um pouco cansada?

Reprimi o riso. Ela tinha dormido talvez umas quatro horas. Provavelmente menos. Um pouco cansada, é claro.

— Quero que você descanse nas próximas horas. Faça um lanche, se quiser. Vou me virar sozinho. — Beijei-a de novo. — Vá tirar um cochilo.

Depois de ter preparado um sanduíche e visto que ela dormia confortavelmente, fui para a sala de estar e liguei para Paul.

Ele atendeu no segundo toque.

— Nathaniel?

— Oi, Paul — respondi.

— Como está indo com a Abby?

Ele sabia como este fim de semana era importante, sabia o quanto seria difícil para Abby e para mim. Eu tinha sorte de ter um amigo como ele com quem conversar. Sabia como estaria perdido se não tivesse com quem falar.

E Abby?

— Ah, não — eu disse quando me dei conta daquilo.

Quem Abby teria para conversar?

— Ninguém — murmurei.

Ela não tinha ninguém.

— Nathaniel? — disse Paul, a preocupação agora em sua voz, em vez de seu tom anterior tranquilo. — Está tudo bem com a Abby?

Ela tinha a mim e mais ninguém. Como era seu dom, será que eu realmente contava? Quem mais ela procuraria? Felicia mal aceitava nossa relação. As coisas com ela estavam mais fáceis, mas eu sabia que ela não aprovava nosso estilo de vida. Abby conversava frequentemente com Elaina, mas, embora a esposa do meu melhor amigo soubesse do nosso estilo de vida e o aceitasse, não serviria como um bom apoio para uma nova submissa.

— Mas que merda. — Arriei na cadeira. — Eu falhei de novo.

— Nathaniel — vociferou Paul, trazendo-me de volta à questão. — Como está a Abby?

— O quê? — Percebi que eu ainda estava ao telefone. — Abby? Está dormindo.

— Certo. Então, me diga, falhou como?

— Eu estava aqui pensando em como é bom ter você como apoio, alguém com quem conversar e como seria difícil se não tivesse isso. — Respirei fundo. — Abby não tem ninguém. — Semicerrei os olhos, me lembrando. — Tinha uma amiga amadora que morava na região, mas acho que elas não têm mais contato.

— Entendi.

— Quero dizer, ela tem a mim. Nós conversamos. — Pensei na biblioteca, em como ainda era difícil conseguir que ela falasse livremente enquanto usava minha coleira. — Às vezes.

— Mas, além de você, ela não tem nenhum amigo com esse estilo de vida? — perguntou ele. — Outra submissa com quem conversar?

— Não, não que ela tenha me contado. — Ela teria falado algo assim, não é?

— Já pensou em levá-la a uma festa? Em algum lugar onde ela possa conhecer gente? — perguntou Paul.

Na verdade, sim, já havia pensado. Estava em minha lista telefonar para alguns integrantes da comunidade depois do casamento de Jackson e Felicia.

— Sim — respondi. — Mas temos que ir a um casamento e voltamos a jogar neste fim de semana. Eu pensei... Porra. — Por mais ocupados que estivéssemos, eu deveria ter me certificado de que ela tivesse o apoio de que precisava.

— Você se lembra do que falei naquela visita? — indagou Paul.

— Visita? É assim que você chama? Quer dizer daquela vez em que me deu uma bronca por eu ser um monte de merda?

— É, isso.

— Você disse muita coisa. — Meu rosto ficava quente de vergonha ao lembrar que Paul teve de deixar o filho recém-nascido para me salvar de mim mesmo. — O que em especial?

— Sobre como eu queria que vocês dois nos visitassem quando estivessem juntos de novo.

Ok, eu realmente tinha me esquecido desta parte. Por mais improvável que fosse, quando ele disse isso, nunca pensei que Abby e eu de fato *voltaríamos*.

— Sei que Jackson vai se casar em duas semanas — disse ele. — Mas, quem sabe... talvez no fim de semana que vem?

— Ah? — Tentei visualizar o calendário... Podia dar certo. — *Ah*.

— Vou falar com Christine, ver se a mãe dela pode cuidar de Sam por algumas horas no sábado. — Ele parou, pensando. — Fale com Abby. Mande seus questionários; talvez possamos jogar juntos. Ou você ainda não partilha suas submissas de coleira?

Partilhar Abby?

Tentei imaginar outro homem colocando as mãos nela. Outro homem passando os dedos em seu cabelo. Os lábios de outro homem nos dela.

Nunca.

— Não partilho — falei quase num rosnado.

— Que pena. Nós quatro...

— Além do mais — eu o interrompi —, é um limite para Abby. — Eu sabia que partilhar nunca foi um problema para Paul ou Christine. No caso deles, tudo bem. Só não dava certo para mim.

— Neste caso, talvez possamos jogar para vocês dois. Quem sabe alguma coisa que Abby tenha listado como limite? Christine gosta de ser observada e nós dois precisamos de um tempo na sala de jogos.

Pensei nisso por alguns segundos.

— Parece uma boa ideia. Vou conversar com Abby.

Falamos sobre como estava indo meu fim de semana com Abby.

— Como foram as punições? — disse ele, quando falei que tinham sido necessárias.

— Difíceis — respondi com seriedade. — Para nós dois. Ela ficou aborrecida, e ao ver que isso aborreceu a mim...

— Você questionou se estava fazendo o que era certo — concluiu ele.

— Não me lembro de ter sido tão difícil com as outras.

— Suas submissas anteriores? — perguntou Paul.

— Isso. Não me lembro de me sentir assim.

— Eu me lembro — disse ele, com certa provocação na voz.

— De quê?

— De quando você me telefonou depois de ter castigado Beth pela primeira vez.

— Beth? — Tentei me lembrar. — Isso já faz séculos.

— E na época você ficou aborrecido, tanto quanto está agora. Talvez até mais.

Eu queria me lembrar. As coisas com Beth já pareciam fazer parte de um passado tão remoto, estavam tão distantes de onde me encontrava agora.

— Como você não se lembra do incidente, provavelmente não se lembra do que eu disse a você — acrescentou ele.

— Cacete, Paul, fala logo.

— É inteiramente normal que você tenha dificuldade de causar dor a alguém, mesmo no tipo de relacionamento em que está. Se você achasse fácil, eu ficaria preocupado.

— Eu sei, mas...

— Nada de mais. A maioria dos dominadores que conheço enfrenta a mesma dificuldade.

— Como foi para você e Christine? No primeiro fim de semana depois que vocês começaram a se ver também de um ponto de vista romântico?

— Christine e eu somos diferentes de você e Abby — argumentou. — Entramos numa relação de 24 horas por dia, sete dias por semana.

— Pensei que isso fosse antes de vocês começarem a namorar — comentei.

— Não, foi depois.

— Hmmm — eu disse, tentando imaginar ter esse estilo de vida com Abby. — Quanto tempo durou?

— Alguns meses. Não deu certo para nós. Difícil demais. — Pude perceber, por sua voz, que ele sorria. — Então, veja bem, Nathaniel, todo mundo tem seus problemas.

— Ainda?

— Sim — disse ele. — Ainda. Mas é claro que agora são problemas diferentes.

Suspirei, mais por alívio do que qualquer outra coisa. Era normal passar pelo que eu estava passando. Abby e eu ficaríamos bem. Só levaria algum tempo para que tudo se acertasse.

— Quais são seus planos para amanhã? — perguntou ele.

— Estou tentando decidir se devo convidá-la para dormir aqui amanhã — falei, remoendo a ideia. Abby havia dormido quinta-feira aqui comigo, e eu não sabia se ela queria ficar até segunda.

— Não sei se é uma boa ideia — observou ele.

— Por quê?

— Você é novo nesta relação dupla. E, para ser franco, acho que Abby é capaz de lidar com isso melhor do que você. — Ele hesitou. — Acho que talvez você precise lidar com as suas emoções amanhã à noite. Não sei se tê-la em casa depois deste fim de semana seria uma boa ideia.

Não tinha pensado nisso, mas ele devia ter razão. Eu precisava de tempo para compreender inteiramente os acontecimentos do fim de semana, mesmo depois de ter discutido o assunto com ela. Talvez fosse melhor para mim resolver isso sozinho.

Afinal, ainda tínhamos a noite de segunda. E a noite de terça. E a noite de quarta...

O choro de Sam interrompeu minha concentração.

— Ai. Ele nunca dorme — disse Paul. — Preciso ir.

— Já estou reconsiderando este fim de semana — brinquei.

— Não culpo você.

Nós nos despedimos depois de eu prometer conversar com Abby e ligar para ele durante a semana.

Não tinha largado o telefone havia dois minutos quando ele voltou a tocar.

Jackson.

— E aí — eu disse. — Como vão as coisas?

— Felicia e eu queríamos convidar você e Abby para um churrasco amanhã à noite. Para inaugurar a casa.

Jackson e Felicia tinham acabado de comprar uma casa nova perto da cidade depois de Jackson decidir que sua cobertura não serviria para um casal recém-casado. Eles começaram a fazer a mudança no fim de semana anterior, embora eu soubesse que *tecnicamente* Felicia ainda morava com Abby.

Outra conversa que precisa acontecer o quanto antes.

— Um churrasco? — perguntei.

— Sabe como é. Carne. Batata. Comida de homem. Mas eu posso fazer um peixe também, se você quiser.

— Carne está ótimo — eu disse, pensando freneticamente. — A que horas? — Queria tirar a coleira de Abby e ter uma conversa sobre o fim de semana antes que fizéssemos outra coisa no domingo à noite.

— Não sei. Isso importa? Tem algum voo marcado?

— Que tal lá pelas cinco? — Isso nos daria duas horas. Não era o ideal para nosso primeiro fim de semana, mas serviria.

— Às cinco está ótimo — disse ele. — Ah, não, amor —
eu o ouvi dizer a alguém, provavelmente Felicia. — Isso precisa ficar lá. É coisa do futebol.

Pigarreei discretamente.

— Desculpe, Nathaniel. Sabe como são as mulheres, né?
Eu amo Felicia, mas minhas merdas têm que ficar no lugar
onde coloquei.

Quando desligamos, olhei para minha sala de estar.

Sabe como são as mulheres, né?

Eu realmente não sabia.

Capítulo Seis

ABBY

— Obrigado por me servir neste fim de semana — disse ele depois de tirar a coleira às três da tarde de domingo. Seus dedos faziam carinho no meu pescoço exposto e minha pele se deliciava com o amor que sentia em seu toque.

— Obrigada por me permitir te servir — eu disse. Jamais quis que ele pensasse que eu não aproveitava tanto quanto ele de nossos fins de semana. Em especial considerando os erros que cometi.

Era loucura, mas eu me sentia diferente depois de ele ter tirado a coleira. Era difícil descrever. Eu não a chamaria de um peso. Não era um fardo, mas, assim que ela foi retirada, soube exatamente o que Nathaniel quis dizer quando falou em me colocar em certo estado mental.

Dei uma espiada nele e senti um sorriso surgir em meus lábios.

— Vai se sentar comigo? — perguntou ele. — Para que possamos conversar?

Algo nele também tinha mudado. Ele estava diferente. Agia de um modo diferente. Menos seguro de si.

Eu me perguntei se não seria minha imaginação.

O eu dos dias de semana o provocava. O eu da semana anterior teria uma resposta mordaz e rápida.

Mas passei os últimos dois dias e meio cedendo a meus desejos mais primitivos e eles não incluíam dar respostas implicantes.

É claro que ele sabia disso.

— Eu tinha esperanças de que você ficasse mais — ele se interrompeu, procurando pela palavra — *desinibida* sem a coleira.

Tudo bem, isso era demais.

— Acha que eu estava inibida nesse fim de semana? Quando fiquei assim? Quando estava curvada e nua no banco de açoitamento? Ou quando estava amarrada à sua mesa acolchoada? — Bati o dedo na testa. — Ah, já sei. Foram os grampos de mamilo, não foram? Sem dúvida nenhuma os grampos de mamilo.

Não tive a oportunidade de chegar à minha próxima resposta petulante. Respirei fundo, preparando-me para uma boa provocação sobre as atividades da noite de sábado, mas as mãos dele pegaram o meu rosto e ele me puxou para um beijo longo e apaixonado.

— Aí está você — comentou quando nossos lábios se separaram, suas mãos ainda em meu rosto. Seus olhos se fixaram nos meus. — Eu sabia que você estava aí em algum lugar.

Passei as mãos em seu cabelo, puxando as mechas desgrenhadas.

— Nunca fui embora — eu disse.

— Eu sei. Só tive medo de que você não falasse. De que isso fosse estranho.

— Preciso de alguns minutos. Eu só tenho que... — franzi a testa — ... me *adaptar* é a palavra certa?

— "Adaptar" funciona — disse ele, apontando para o sofá. — Pode se sentar comigo? Pareceu ajudar sexta-feira à noite.

Ele se sentou primeiro, dando um tapinha no lugar a seu lado.

— Coloque seus pés no meu colo. Vou fazer uma massagem neles.

— Estou tentada a dizer que você já foi muito generoso comigo. — Eu me acomodei no sofá, colocando os pés descalços no colo dele. — Mas sou louca por massagens nos pés.

Ele sorriu e pegou meu pé esquerdo, seus dedos longos fazendo mágica ao afagar entre meus dedos e puxá-los.

64

— Eu fui muito generoso? Como assim?

— Deixando que nós fôssemos nós mesmos — respondi. — Quem quer que quiséssemos ser.

— Isso significa que você não vai desistir e me dizer que não quer mais minha coleira?

— É claro que não. Por que você acharia uma coisa dessas?

Ele massageou meus pés em silêncio por alguns minutos, com a testa franzida.

— Estava em dúvida se fui rude demais, se peguei muito pesado. Estava me perguntando se você decidiria que não me quer. Não me quer *por completo*.

— Era nisso que você estava pensando? — perguntei.

— Era.

Eu precisava falar a ele sobre os meus temores. Precisava ser franca, considerando o quanto ele estava se esforçando para ser sincero comigo.

— Tive medo de que você não me quisesse. Que você decidisse que me treinar era trabalho demais. Que não valesse a pena. — Engoli o bolo na garganta. — Fiz muita coisa errada.

As mãos dele pararam.

— Foi nosso primeiro fim de semana. Eu fui mais severo e mais exigente do que antes. Eu ficaria mais surpreso se você não tivesse errado em nada.

— Sério? — Por algum motivo, eu me sentia melhor.

— Eu falei isso na sexta-feira à noite.

— É verdade, e mais ou menos uma hora depois eu fiz besteira de novo — repliquei.

— Preciso que você seja sincera comigo — disse ele, recomeçando a massagem. — Como você se sentiu quando não deixei você engolir?

— Sinceramente?

A única resposta que consegui tirar dele foi uma sobrancelha erguida.

— Tive medo de engasgar e cuspir tudo em você — eu disse, me lembrando. — E me senti muito mal por não responder e por saber que havia te decepcionado. Detesto essa sensação. — Minha voz baixou um tom. — Mas há certo poder em saber o quanto afeto você. Saber que você queria me despertar. Que precisava me despertar.

— Sim.

— Mas entregar este poder a você, dar rédeas soltas... — me interrompi.

Ele sorriu e esperou por minha resposta.

— Adoro essa parte — concluí.

— Mas e quanto à punição de verdade?

— Eu não adoro *essa* parte — respondi, depois percebi que ele começava a abrir a boca. — Sei que é uma punição. Não é feita para que eu goste.

— Foi eficaz?

— Foi.

— Então, serviu a seu propósito — disse ele. Depois acrescentou: — Por que você não respondeu?

— Meu cérebro trabalha demais. Fico pensando em como deveria responder, como você queria que eu respondesse. O que aconteceria se eu dissesse a coisa errada?

— A única coisa errada foi o que aconteceu. — Seus polegares giravam pela sola do meu pé, pressionando e esfregando o ponto bem abaixo de meu dedão. — Não vou te dar opções nos fins de semana frequentemente, mas, quando fizer isso, espero que você tome uma decisão. Podia ter escolhido qualquer coisa... Até mesmo a sua mão.

— Se eu dissesse que queria montar em você?

— Eu te dei alguma condição? — Os olhos dele ficaram sombrios. — Só queria que você escolhesse.

Uma imagem de nossos corpos se movendo juntos passou pela minha mente.

— E se eu te pedisse para fazer amor comigo? — O modo como ele entrou de rompante em meu quarto não combinava com essa imagem. Eu duvidava de que teria pedido a ele para fazer amor comigo, mas ainda queria saber o que ele teria feito.

Ele levou meu pé à boca e o beijou embaixo.

— As coisas teriam tido um final muito diferente.

— Você teria concordado? — perguntei.

— Sim. Se esta fosse sua decisão.

— Ah — deixei escapar, mais uma vez decepcionada comigo mesma.

— Abby — disse ele, como se percebesse minha tristeza. — Não deixe que um erro a desanime. É uma experiência de aprendizado.

— Mas foi uma oportunidade rara e eu a estraguei.

— E vai acabar estragando de novo. E eu vou estragar as coisas às vezes. Nós aprendemos. Nós seguimos em frente.

Ele passou ao outro pé, massageando lentamente de cima para baixo.

— Obrigada pelo poema — eu disse. Ele recitando "Porque ela me perguntaria por que a amava" foi exatamente o que eu precisava para me acalmar na madrugada de sábado.

— Não há de quê.

A casa nova de Felicia e Jackson era linda. Tinha cinco quartos, cinco banheiros, três lavabos e um grande deque no terraço. Passei muitas das minhas horas de almoço e noites indo a lojas de móveis, antiquários e fabricantes de tecido. Felicia era uma decoradora astuta. Sabia o que queria e, na maior parte do tempo, conseguia. É claro que ajudava estar noiva de um dos jogadores de futebol americano mais conhecidos do país.

Entretanto, havia certa tristeza ofuscando o tempo que eu passava com ela. Nós tínhamos sido vizinhas durante anos e era difícil acreditar que em menos de duas semanas ela iria embora. Quando eu não estivesse com Nathaniel, estaria totalmente sozinha.

A não ser...

Não, eu nem mesmo iria pensar nisso. Era cedo demais para sequer pensar em morar com Nathaniel. Mesmo que ele quisesse.

Certo?

Qual é o problema?, perguntei a mim mesma. *Quer dizer, você provavelmente vai ficar na casa dele a maior parte do tempo depois do casamento.*

Ainda assim...

Melhor não pressionar, decidi. Tudo ainda era novo demais para nós dois.

— No que você tanto pensa? — perguntou ele ao abrir a porta do carona. — Abby? — perguntou ele de novo, estendendo a mão para mim.

— Estou só pensando. — A mão dele era quente e firme segurando a minha. — Nada em especial.

— Me lembre de te perguntar uma coisa sobre o próximo fim de semana — disse ele enquanto subíamos a escada para a entrada da casa.

— Sobre o próximo fim de semana? — Levantei a cabeça para ele. Em geral Nathaniel não falava de seus planos para o fim de semana. — O que tem?

A mão dele apertou a minha.

— Mais tarde.

— Vocês chegaram — disse Jackson enquanto a porta se abria. — Entrem. Eu estava indo acender a churrasqueira. — Ele se abaixou e me deu um abraço com um braço só. — Felicia precisa da sua opinião na cozinha.

— Não — falei, retribuindo o abraço. — Ela só quer que eu sorria e concorde com a opinião dela sem dizer nada.

Ele riu.

— É, provavelmente é isso mesmo.

Entramos na cozinha, onde Felicia estava ocupada separando os ingredientes da salada. Depois que os homens pegaram a carne e a levaram para fora, minha amiga arqueou uma sobrancelha.

— Sem coleira? — perguntou ela.

— Pensei que você não quisesse saber dos detalhes. — Eu não tinha contado a ela sobre meu novo acordo com Nathaniel. Ainda assim, ela sabia que passei o fim de semana com ele e provavelmente deduziu o resto. Eu me sentei em uma das novas banquetas que tínhamos escolhido no começo da semana anterior. — Eu sabia que essas banquetas ficariam ótimas.

— Sim, elas são lindas. — Ela pegou um pé de alface e lavou na pia. — E não, eu não quero saber dos detalhes. Só pensei que você estaria usando a coleira. Você *passou* todo o fim de semana com ele. E *não* levou uma mala com roupas limpas.

A maldita era observadora demais, o que era um perigo.

— Ou você quer os detalhes ou não quer. Não dá para ter as duas coisas ao mesmo tempo. — Peguei uma faca. — Precisa de ajuda? — Ela me passou um pepino e comecei a fatiar. — Já que você perguntou, sim, eu usei a coleira dele nesse fim de semana. Mas só a uso nos fins de semana.

— Você pode fazer isso?

— Francamente, Felicia — eu disse, cortando o pepino em pedaços menores.

— Desculpe. Só estou preocupada com você. Em especial desde a última vez...

— É muita delicadeza sua se preocupar. — Eu a interrompi. — Mas não precisa. Não é nada parecido com a última vez.

— É melhor que ele tenha cuidado. Seria muito ruim se eu tivesse que assassinar o primo do meu marido.

Sempre que eu pensava que Nathaniel se tornaria primo de Felicia sentia uma dor no coração. Era como se ela tivesse com ele uma ligação que eu não tinha.

— Pelo menos tem diamantes — disse ela. -— Vai ficar bem com o vestido.

O comentário me pegou de guarda baixa. Eu não havia pensado em usar a coleira no casamento. Mas a cerimônia seria num fim de semana. Segundo nosso acordo, eu a usaria. Mordi os lábios enquanto colocava o pepino cortado na saladeira. Não era grande coisa. Já tinha usado a coleira perto da família de Nathaniel. Podia fazer isso de novo.

Mas era o casamento de Felicia.

De qualquer modo, não é grande coisa. Até parece que Nathaniel vai me empurrar num closet escuro e me bater com um cabide.

É claro que, por outro lado, isso poderia ser divertido.

Meu rosto ficou vermelho diante da ideia.

Não. Devo. Pensar. Nessas. Coisas.

Ou talvez ele me mandasse ir para debaixo da mesa e chupá-lo.

Não, ele nunca faria isso.

Salada, Abby, eu disse a mim mesma. *Você está fazendo uma salada.*

Mas, quanto mais eu tentava não pensar em servir a Nathaniel no casamento de Jackson e Felicia, mais eu pensava em servir a Nathaniel no casamento de Jackson e Felicia e mais minha imaginação corria solta. Quando a salada estava pronta, imaginei cenas e mais cenas possíveis na festa. Cada uma mais obscena e mais excitante do que a outra.

Vozes e risos vinham do corredor e levantei a cabeça, que eu mantinha abaixada enquanto lavava a faca, bem a tempo de ver Nathaniel e Jackson entrarem na cozinha.

Jackson provavelmente atrairia a maior parte dos olhares. Ele não somente era lindo, como tinha um corpo que clamava por atenção. E como estava sempre rindo e sorridente, era uma tendência natural querer estar com ele.

Mas era seu primo mais calado e despretensioso em que eu me concentrava. Mesmo da porta, sua presença me atraía. Nathaniel andava com uma elegância e confiança sutis que me deixavam totalmente hipnotizada. Meu olhar encontrou o dele e nos encaramos enquanto entrava no cômodo. Ele baixou um prato de carne, seus olhos ardendo nos meus. Meu olhar caiu em seus lábios carnudos e foi como se eu sentisse seu beijo de novo por minhas costas, depois de ter me tirado do banco de açoitamento no dia anterior. O modo como mandou que eu me olhasse depois de colocar os grampos.

Sua safada.

Meu rosto ficou quente e me concentrei na faca que eu ainda lavava.

— Você está bem, Abby? — perguntou Jackson. — Quer que eu ligue o ar-condicionado?

— Não. — Balancei a cabeça. — Estou ótima. Só com um pouco de calor. — Assenti para a água na pia. — Pratos.

Nathaniel, evidentemente, sabia muito bem o que eu estava pensando. Veio atrás de mim, tirou a faca de minhas mãos e a apoiou com delicadeza na bancada.

— Acho que isso já está bem limpo. — Ele me virou para que eu ficasse de frente para ele. — Você está bem?

Você está bem?

A pergunta com três palavras que ele sussurrou repetidas vezes nos últimos dias para garantir que eu estivesse bem, segura e capaz de continuar. Automaticamente verifiquei cada parte do meu corpo e da minha mente para garantir que minha resposta fosse verdadeira.

— Sim, mestr... — Parei imediatamente quando ele inspirou. — Quer dizer, sim, Nathaniel. — Fiquei na ponta dos pés e rocei os lábios em seu rosto. — Sim, eu estou bem. — Sussurrei em seu ouvido — Só cometi um pequeno deslize.

A expressão dele era indecifrável, quase como se estivesse avaliando se deveria ou não dizer alguma coisa.

— Eu me pergunto o porquê — murmurou ele consigo mesmo, mas não terminou o que queria perguntar.

— Ei, vocês dois — disse Jackson. — Parem com isso e vamos comer.

Percebi então que os braços de Nathaniel estavam ao meu redor e, para qualquer pessoa, provavelmente parecíamos um casal num abraço apaixonado. Meu olhar disparou para Felicia, mas ela fez apenas um pequeno gesto de aprovação com a cabeça e foi pegar os pratos nos armários.

— Vamos — disse ela a Jackson. — Vamos levar os pratos e a carne para fora. Não sei nem por que vocês a trouxeram para dentro, para começo de conversa. — Ela sorriu para Nathaniel e para mim. — Tragam a salada quando vierem.

— Está bem — respondi, meus braços ainda em volta de Nathaniel.

Felicia e Jackson saíram, discutindo se as batatas que ficaram na churrasqueira estariam prontas ou não.

— Desculpe — eu disse a Nathaniel quando os dois não podiam nos ouvir.

— Pelo quê?

— Eu não pretendia cometer nenhum lapso. Quando eu disse...

— Quero que faça uma coisa para mim — ele me interrompeu. — Quero que pare de pedir desculpas por tudo. Na verdade, quero que você passe o resto da tarde sem pedir desculpas. — Os olhos dele brilhavam. — Consegue fazer isso?

— Vou tentar. Não sei o que aconteceu aqui — admiti. — Ouvir você perguntar se eu estava bem incitou alguma coisa, eu acho.

— Fui eu. Preciso encontrar palavras novas. — Ele se afastou e pegou duas garrafas de molho na geladeira. — Ela só tem italiano e ranch? Não tem queijo bleu?

Dei de ombros e disse:

— Acho que a geladeira ainda não foi abastecida. Acha que consegue aguentar o italiano por uma noite?

Ele não respondeu, e em vez disso retornou à nossa conversa anterior.

— Quando entrei na cozinha e vi você na pia, você estava simplesmente... — ele franziu a testa — ... perplexa, confusa ou alguma coisa assim. — Ele pegou um pepino da salada e mastigou pensativamente. — Eu me pergunto se não deveríamos ter ficado lá em casa essa noite.

E eu me perguntava a mesma coisa. Era estranho ser um casal "comum" depois de um fim de semana tão intenso.

— Eu sei — concordei. — Mas acho que será bom. Jackson é muito divertido e eu quero... — peguei a saladeira e me dirigi à porta — ... quero mostrar a Felicia que estamos bem.

Saímos algumas vezes com Felicia e Jackson desde que reatamos. Embora parte de mim se perguntasse se Nathaniel e eu deveríamos ter ficado na casa dele, a maior parte queria estar novamente com Jackson e Felicia. Para provar, de algum modo, que éramos capazes de seguir em frente com esse relacionamento duplo.

Nathaniel e eu chegamos ao terraço justo quando Jackson tirava as batatas da churrasqueira.

— Bem na hora — disse Felicia.

Nathaniel colocou os molhos na mesa e tirou a tigela das minhas mãos. Depois foi para trás da cadeira e a puxou para que me sentasse.

— Não precisa fazer isso, sabia? — eu disse a ele, sentando-me enquanto ele empurrava a cadeira para perto da mesa.

— Pode fazer minha vontade? — Ele correu os dedos por minhas costas e depois para cima, parando em minha nuca com um aperto suave. Era como se ele se sentisse mais à vontade tocando em mim. Como se precisasse de contato físico comigo.

Olhei para Felicia e Jackson. Conversavam junto à churrasqueira. Felicia equilibrava uma travessa de batatas.

— Gosto de cuidar de você — disse Nathaniel, sentando-se.

— Você cuidou de mim o fim de semana todo — argumentei.

— Não. — Ele sorriu. — Você foi quem cuidou de mim.

Coloquei um guardanapo no colo.

— Que tal se combinarmos que cuidamos um do outro?

— Para mim estará ótimo. Mas você precisa aceitar o fato de que sempre vou puxar sua cadeira, abrir a porta do carro para você e me levantar quando você deixar a mesa. — Ele se curvou para cochichar: — Fui criado assim. Meu pai e meu tio faziam o mesmo com minha mãe e com Linda. E elas nunca serviram a eles como você serve a mim.

— Não que você saiba — rebati.

Ele riu.

— Não quero nem pensar nisso.

Jackson e Felicia chegaram à mesa.

— E aí — disse Jackson, sentando-se. — O que vocês dois andaram aprontando neste fim de semana?

Os olhos de Felicia se esbugalharam e eu quase ri, de tão cômico. O que ela pensou que eu ia fazer? Disparar um relatório completo com os detalhes do que fizemos?

— Abby me preparou uma rabanada deliciosa — disse Nathaniel, falando do café da manhã que fiz para ele naquele mesmo dia. Ele ergueu o copo para mim. — Esplêndida, como sempre. — Ele olhou para Felicia. — Ela já te deu a receita? Jackson adora rabanada.

Felicia balançou a cabeça.

— Não gosto muito de cozinhar. Acho que Jackson vai precisar se virar sem esta iguaria em especial.

E a conversa acabou se desviando de nosso fim de semana. Coloquei a mão no joelho de Nathaniel e ele baixou a dele para entrelaçar nossos dedos.

Apertei seu joelho. *Obrigada.*

Ele retribuiu o aperto. *Não há de quê*

— É melhor eu ir para casa — disse Felicia duas horas depois, quando o último prato foi colocado no lava-louça, depois de um jantar animado. — Abby prometeu me ajudar a terminar a distribuição dos convidados nas mesas.

Jackson se recostou na bancada.

— Pode me explicar de novo por que nos importamos com o lugar em que as pessoas vão se sentar?

Felicia bufou e pegou a bolsa ao lado da geladeira.

— Porque sim.

— Mas, amor, você já repassou a distribuição das mesas cinco vezes. — Ele piscou para mim, evidentemente gostando de fazer esta provocação a Felicia. — Vamos nos casar, independente de os Tompkins se sentarem ao lado dos McDonalds ou não.

Ela o ignorou.

— Você disse que seu pai ia chegar quando mesmo? — perguntou ela para mim.

— Quinta-feira antes do casamento — respondi, pegando a mão de Nathaniel. Ele tinha mencionado o quanto estava ansioso por conhecer meu pai. Um pensamento passou brevemente pela minha cabeça: *ele vai mencionar a coleira se eu estiver com ela?*

Ela pôs as mãos nos quadris.

— Acha que ele vai gostar de se sentar com os Tompkins? — perguntou ela.

— Nem eu acho que seria uma boa ideia — interveio Nathaniel. É claro que ele não acharia uma boa ideia. Quem iria querer o pai da atual namorada jantando à mesma mesa dos pais da ex?

— Neste caso, acho que Abby e eu temos muito trabalho pela frente — disse Felicia.

Nathaniel me empurrou para a porta.

— Levarei você em casa. — Ele fez que sim com a cabeça para Jackson. — O jantar amanhã ainda está de pé?

O primo só tinha olhos para a noiva.

— Se eu sobreviver até amanhã, sim. Vamos combinar uma coisa — disse ele a Felicia. — Não vou dizer mais nada sobre a distribuição das mesas se você deixar que os troféus fiquem na sala de estar.

As mãos dela ainda estavam nos quadris e seus lábios esboçaram um sorriso.

— Desde que você saiba que ainda acho que eles ficariam melhor no seu escritório.

Ele se aproximou exibindo um sorriso idêntico ao dela.

— E desde que você saiba que eu ainda não sei por que nos importamos com o lugar onde as pessoas irão se sentar.

Ele foi até ela. Abraçaram-se. Ele se abaixou e cochichou alguma coisa no ouvido dela. Felicia riu e abraçou-o com mais força.

Nathaniel e eu saímos da cozinha, ainda de mãos dadas, e passamos pela porta da frente.

— Almoça comigo amanhã? — perguntou ele.

— Sushi?

— Eu sempre quero sushi — disse ele. — Mas prefiro quando você e eu o preparamos.

Fomos para o carro dele.

— Então, que tal fazermos sushi na terça à noite e outra coisa para o almoço de amanhã?

— Terça à noite está ótimo — disse ele. — Tem planos para amanhã à noite?

Tirei um fiapo imaginário de sua camisa, só porque queria tocar nele.

— A última prova do vestido.

— Que divertido.

— Não muito, mas vou sobreviver. Especialmente se tiver a perspectiva de terça-feira para me deixar ansiosa.

Ele sorriu.

— Na terça à noite vamos fazer sushi. — Sua voz baixou. — Vai dormir lá em casa?

Curvei-me para ele.

— Sim — eu disse, e senti seu hálito em meu rosto.

Seus lábios roçaram os meus.

— Obrigado.

— Se eu não posso pedir desculpas — eu o abracei —, você não pode me agradecer.

O riso dele era caloroso e grave em meu ouvido. Afastei-me e sorri.

— Negócio fechado?

— Fechado.

Enquanto ele, mais uma vez, se aproximava de mim, fechei os olhos e senti seu cheiro. Tinha um aroma forte e amadeirado.

Nossos lábios se tocaram, no início gentilmente. Suspirei e passei os dedos por seu cabelo. Ele gemeu e separou os lábios, deixando o beijo mais intenso. Depois o que era gentil ficou apaixonado e o que era brando foi tomado pelo desejo. Mas nós dois sabíamos que não podíamos ceder à nossa necessidade. Não iria além do beijo.

Quando nossas bocas se separaram, ele suspirou em meu rosto.

— Eu te amo.

Capítulo Sete

ABBY

Liguei a panela elétrica de arroz e fui até onde Nathaniel cortava pepino, cenoura e abacate. Estendi a mão sob seu braço e peguei uma cenoura descascada.

— Ei. — Ele girou o corpo. — Eu estava me preparando para usar esta.

— Você tem muitas. — Dei uma mordidinha na cenoura crocante.

Ele semicerrou os olhos e me olhou com uma falsa cólera enquanto eu mastigava e engolia.

— Para sua informação — eu disse, balançando a cenoura na direção dele. — Eu nunca escolheria ervilha em vez de cenoura numa noite de terça-feira. A não ser que estivesse cozida. Detesto cenoura cozida.

Seus olhos se enrugaram nos cantos e sua boca se abriu num lindo sorriso.

— Entendido.

— Agora. — Peguei o descascador e outra cenoura. — Como eu o privei de sua cenoura descascada, o mínimo que posso fazer é descascar outra para você.

— Ah, sim — disse ele, a mão roçando ligeiramente meu ombro antes de se afastar de mim. — O mínimo.

Eu sabia que ele estava se esforçando muito, tentando deixar que eu ditasse o tempo que passávamos juntos nos dias úteis. Ele ficou hesitante no almoço do dia anterior, muito diferente do churrasco com Felicia e Jackson quando ele me tocou quase o tempo todo.

Virei-me para ele e acariciei sua mão.

— Gosto quando você toca em mim. Não se reprima por ter medo de que eu vá entender mal ou me sentir obrigada a fazer alguma coisa.

O sorriso dele ficou ainda maior.

— Você me conhece bem demais.

Fiquei na ponta dos pés e lhe dei um leve beijo.

— Às vezes.

A expressão em seus olhos me disse que ele não acreditava em mim. Decidi não pressionar. Além disso, havia outra coisa que queria discutir. Voltei-me para a bancada e comecei a descascar a cenoura.

— Você queria me perguntar alguma coisa sobre este fim de semana?

Ele pegou outra cenoura e trabalhamos lado a lado.

— Já te falei de Paul, não é? — perguntou ele.

Paul era o mentor de Nathaniel. Eu sabia disso. O homem que foi o instrutor dele. Nathaniel me contou uma vez que Paul foi a única pessoa a quem ele se submeteu. Minha mente ainda não conseguia entender isso: Nathaniel se submetendo a alguém. Mesmo que não houvesse sexo nenhum, a questão ainda me deixava desnorteada.

— E Christine? — perguntou ele.

A mulher de Paul. E submissa. Eles tinham um filho de três meses, Sam. Paul mandara para Nathaniel umas fotos do bebê gorducho por e-mail. Sam era uma gracinha e tinha um sorriso banguela maravilhoso.

— É claro que me lembro de você falar de Paul — eu disse. — É difícil me esquecer dele.

A imagem de Nathaniel se submetendo de boa vontade a qualquer um não é algo que se pudesse esquecer facilmente.

— Falei com ele. Ele nos convidou para ir a New Hanover neste fim de semana.

Neste fim de semana?

— Eu disse a ele que iria conversar com você, ver o que acha — continuou ele. — Você podia conversar um pouco com Christine. Ela é uma submissa e acho que seria uma boa ideia que você conversasse com alguém com quem tivesse isso em comum.

Continuei a descascar a cenoura. Alguém com quem conversar? Alguém que não fosse Nathaniel? Não seria esquisito? Como se começa uma conversa dessas, aliás? *Oi, meu nome é Abby e tenho um desejo de ser submissa?*

— Paul também disse que eles podem jogar para nós — disse Nathaniel. — Talvez com alguma coisa em sua lista de limites.

Ver os outros fazendo sexo?

O descascador escorregou da minha mão e caiu no chão.

Ele se abaixou e o pegou. Quando se levantou, segurou gentilmente meu rosto com as mãos em concha.

— Você marcou "assistir a outros" como *disposta a fazer* em seu questionário. E eu jamais violaria seus limites. Nunca.

Minha mente rodava em cem direções diferentes. Seria na sala de jogos de Paul? Como isso funcionava? Christine não se importaria?

— Você listou "nudez forçada perto de terceiros" e "exibicionismo entre amigos" como limites. — Ele não afastou a mão. — Eu não pressionaria esses limites neste fim de semana. Você continuará vestida e não vou te pedir para jogar na frente de ninguém.

Ficamos os dois em silêncio por vários segundos e suas palavras não ditas soavam em minha mente. Um lembrete de que, a certa altura, ele *pressionaria* meus limites.

Ele sorriu.

— E é terça-feira, Abby.

Terça-feira. Abby.

Ele esperou até a terça para abordar o assunto do fim de semana porque queria minha opinião sincera. Entendi imediatamente por que ele não me perguntou no domingo, nem quando eu quase o chamei de *mestre* na frente de Jackson e Felicia. Ele sabia que, se me perguntasse antes, minha resposta poderia ser afetada pelo fato de eu ter usado a coleira tão recentemente.

— Uau — eu disse. — Quando listei essas coisas não achei que algo aconteceria assim tão rápido.

— Você não quer ir?

Inclinei a cabeça.

— Não. Não é isso. Só preciso pensar um pouco.

Voltei aos legumes, cuidando para que tudo estivesse pronto quando o arroz estivesse cozido. Ele foi à geladeira e pegou o atum e a enguia — dando-me espaço, permitindo que tivesse tempo para pensar em minha resposta.

— Você já fez sexo com Christine? — perguntei.

— O quê? — Ele ergueu os olhos do peixe que desembrulhava. — Não.

— Já jogou com ela? — falei, repensando minha pergunta.

— Não. — Ele pegou uma faca e cortou o atum em fatias. — Mas já vi os dois.

— Esta seria minha próxima pergunta.

— Foi que pensei — disse ele.

Separei os legumes em pilhas pequenas — a minha pilha e a dele — e pensei mais na questão. Seria esquisito ficar sentada durante o jantar com um casal depois de vê-los em uma sala de jogos?

— Abby? — perguntou ele, lavando as mãos. — Paul e Christine são muito bem-vistos na comunidade e estão muito acostumados a lidar com o nervosismo. Pode ser um pouco desconfortável em alguns momentos, mas isto é algo com que os dois estão acostumados. Ele me disse que Christine fica excitada quando sabe que está sendo observada.

Pensei nisso. Lembrei-me de quando Nathaniel e eu transamos no Super Bowl. Uma corrente de excitação ainda percorria meu corpo sempre que eu pensava nisso.

— Christine seria uma boa pessoa para você conversar — disse ele. — Ela irá te entender e ajudar com quaisquer perguntas que você tenha mas que não se sinta à vontade para falar comigo. — Ele se aproximou e acariciou meu rosto. Seus olhos expressivos traíam o tom de voz tranquilo. — E ela se casou com o dominador dela.

Se casou com o dominador dela.

Será que Nathaniel e eu um dia chegaremos a esse ponto? Ele vai querer? Eu vou querer?

Pensei no quanto eu era íntima de Felicia e refleti como seria bom ter uma amiga com o mesmo estilo de vida e com quem pudesse conversar. Depois pensei em meu questionário e nos itens que tinha marcado como limites. Será que estaria disposta a mudar minhas respostas depois disso? Será que ver um dos meus limites se desenrolando diante de mim alteraria meu interesse?

— Vamos. — Eu sorri. — Vamos visitá-los.

Pensei que ele fosse me perguntar se eu tinha certeza, mas em vez disso me beijou suavemente.

— Vou telefonar para Paul amanhã.

Depois do jantar, levamos Apollo para brincar no jardim. Ele entendeu o que íamos fazer e correu na nossa frente, praticamente dançando de tão empolgado.

Nathaniel e eu fomos para fora, nossos braços se roçando de vez em quando. Ele jogou uma bola de tênis para Apollo quando chegamos às cerejeiras. O cachorro soltou um rosnado baixo e disparou numa corrida para pegar a bola e trazê-la de volta para outra rodada.

Eu ri quando Apollo quase tropeçou nas próprias patas ao se virar para nós. Ele parecia rir quando voltou.

— Que palhaço — eu disse.

— Ele gosta de se exibir para você — comentou Nathaniel, jogando a bola de novo.

Nós três brincamos de jogar e pegar por mais alguns minutos. Finalmente a temperatura se elevara e, embora ainda faltasse uma semana, parecia que Felicia e Jackson teriam um ótimo tempo para o casamento. Não sabia como Felicia conseguia; eu nunca seria capaz de planejar um casamento ao ar livre. Muitas coisas ficavam incertas.

— Quando acaba o contrato de aluguel de seu apartamento? — perguntou Nathaniel.

A pergunta dele me abalou e me atrapalhei ao jogar a bola. Felizmente, Apollo não se importou.

— Em meados de junho — respondi.

— E você vai renová-lo?

— Ainda não decidi.

Eu o ouvi respirar fundo ao meu lado.

— Estive pensando — disse ele.

Eu me preparei. Ele ia me convidar para morar com ele? O que eu diria? Como responderia? Joguei a bola para Apollo de novo e notei que minha mão tremia.

— Você vai se sentir mal por ficar sozinha sem ter Felicia na porta ao lado?

Tinha me feito a mesma pergunta inúmeras vezes.

— Não sei.

— Não sei se gosto de você ficando lá sozinha.

— Porque Felicia me protegia muito? Sou uma mulher adulta, sabia?

— Sei que é. Eu só me preocupo — disse ele.

— Talvez eu arrume um cachorro, ou leve Apollo comigo, ou arrume uma lata bem grande de spray de pimenta ou...

— Ou você pode vir morar comigo.

Prendi a respiração e desviei os olhos para seguir Apollo.

— Acho que isso depende.

— Depende de...?

— Se você quer que eu more com você porque me quer aqui ou porque está preocupado comigo.

Os olhos dele eram brandos e suplicantes.

— Você duvida que eu te queira?

— Não pareceu ser esse o principal motivo pelo qual me chamou para morar com você.

— Eu me atrapalhei — confessou ele. — Deixe eu tentar de um jeito diferente. — Ele pegou meu rosto nas mãos e ergueu meu queixo para que nossos olhares se encontrassem. — Eu quero você pela manhã quando seu cabelo está uma bagunça e você fica rabugenta antes de tomar café. Quero você ao anoitecer para que me conte como foi o dia enquanto preparamos o jantar juntos. E quero você à noite porque não há nada que eu ame mais do que dormir sabendo que você está perto de mim. — Ele roçou levemente os lábios nos meus. — Vem morar comigo?

Minha boca estava seca. Eu não conseguia falar.

— Abby?

— Sim.

Sorrindo mais uma vez, ele pegou minha mão e voltamos para dentro da casa.

Horas depois, eu estava no quarto dele, olhando-o levar Apollo para fora pela última vez. Através da vidraça do quarto, eu via o cachorro andando pelo jardim, o focinho na grama. Nathaniel estava a seu lado, olhando a lua, imerso em pensamentos.

Corri os olhos pela extensão do jardim, seguindo o longo caminho da entrada de carros até as árvores que a ocultavam. Não parecia real que dali a três semanas esta seria minha nova casa. Esta casa. Este jardim. E este quarto.

— No que você pensa tanto?

Meus olhos se voltaram para o jardim. Não vi nem ouvi Nathaniel voltar para casa. Virei-me para ele.

Ele ainda estava com a calça do terno que havia usado no trabalho e, embora tivesse tirado a gravata, ainda estava com a camisa branca. Os cantos de seus lábios se viraram para cima ao me pegar de guarda baixa e ele se aproximou.

— Eu estava pensando que em menos de um mês este será o nosso quarto — eu disse.

— Nosso quarto. — Ele veio a mim e colocou as mãos em meus ombros. — Gosto de como isto soa.

— Gosta? Você morou sozinho por tanto tempo que tenho medo de atrapalhar. De invadir a sua privacidade de algum modo.

— Passei toda a minha vida adulta pensando que havia alguma coisa errada comigo. E me sentindo um homem inferior por ser quem eu sou. — Ele levou a mão a minha face e um dedo longo percorreu a linha da minha clavícula. — Ter encontrado você. Ter você comigo assim? E você me querer? — O dedo dele passou a roçar meus lábios. — Não quero mais ficar sozinho. Eu quero você. Aqui, comigo.

Fechei os olhos enquanto ele me puxava para um beijo suave. Ele se afastou.

— Aliás, você está linda. Era o que eu ia dizer antes de você me distrair com a conversa sobre o *nosso* quarto.

Eu me senti extremamente satisfeita que ele tenha notado o vestido. Escolhi o modelo para nossa primeira noite juntos depois do fim de semana. Não era nada exageradamente caro, mas era do tom de prateado que ele gostava em mim e realçava vantajosamente minhas curvas.

— Você viu as costas? — provoquei. C decote era profundo, com alças finas atravessando de um lado a outro.

— Quando você estava na janela. Quase não falei nada, só para poder ficar parado admirando você.

Ele não era o único que admirava. Comecei pelo alto de sua camisa e fui descendo, abrindo um botão de cada vez.

— Por mais que goste de admirar você com sua camisa branca, prefiro admirar você sem ela.

Não tive pressa em tirar a roupa dele, desfrutando da ideia de que tínhamos a noite toda pela frente. Horas para curtir um ao outro, para nos amarmos, para nos reconectarmos com toques lentos e suaves. Senti-me animada ao saber que muito em breve poderíamos ficar assim toda noite durante a semana. Será que algum dia eu olharia para este quarto, com Nathaniel dentro dele, e o acharia familiar?

Suas mãos me acariciavam. Com uma ternura vagarosa, ele tirou o vestido por minha cabeça.

— Você ao luar — disse ele, as mãos correndo por meu corpo. — Tão lindo.

Era ele. Ele me deixava bonita. As palavras dele. O toque dele. O amor dele.

Antes que eu pudesse dizer alguma coisa, os lábios dele estavam nos meus e Nathaniel me beijava.

Estávamos os dois nus quando ele puxou as cobertas e fomos para a cama. Depois ele estava por cima de mim, beijando a cavidade na base do meu pescoço e sentindo meu gosto. Passei a mão por suas costas e o senti estremecer quando minhas unhas roçaram sua pele.

Sentindo-me corajosa, empurrei seu ombro e me sentei. Quando ele se deitou de costas, montei em seu corpo, roçando os mamilos, primeiro com a ponta dos dedos, depois com a boca. Quase me esquecera de como ele era doce — toda a masculinidade combinada com um toque silvestre.

Desci a sua barriga aos beijos enquanto minhas mãos afagavam mais embaixo. Evitei qualquer contato com seu pênis, concentrando-me, em vez disso, em outras partes dele: o umbigo, os pelos macios de sua barriga, a pele sensível pouco acima da virilha.

— Mas que merda, Abby — exclamou enquanto eu beliscava a pele de sua coxa. Eu estava muito perto de sua ereção e sabia que ele podia sentir meu hálito. Ele ergueu os quadris numa tentativa inútil de ter atrito, mas eu ainda não havia terminado de explorá-lo.

— Olhe para *você* à luz da lua — eu disse, afastando-me e observando como a luz clara brincava em sua pele. Sentei-me e passei o dedo de seu ombro à perna, mais uma vez desviando-me de onde ele mais precisava. Corri a mão lentamente e peguei suas bolas. — As sombras aqui. — Meus dedos dançaram por sua coxa. — A luz aqui.

— Vem cá — chamou ele, estendendo a mão para mim.

— Ainda não.

— Eu quero você. — Suas mãos roçaram meu braço.

— Espere.

Baixei mais na cama e lambi seu joelho. Levantei-o e o beijei na parte de trás.

— Agora é maldade sua — disse ele.

— Hmmmmm — eu disse, concentrando-me em memorizar a curva musculosa da panturrilha. Corri as mãos por sua perna e levantei seu pé. Procurei o ponto bem abaixo do osso do tornozelo. Encontrei e beijei a pele macia ali.

Ele suspirou.

— O que foi? — perguntei.

— Acho que ninguém nunca me beijou aí.

Beijei o ponto mais uma vez, passando a língua por ele.

— Quanta negligência.

Prestei igual atenção à outra perna e ao outro tornozelo, finalmente voltando a dar atenção ao corpo. De algum modo, desfrutá-lo tinha aumentado minha excitação. Ele se sentou e quando roçou a ponta de meus mamilos com os polegares, quase gozei.

Ele observou minha reação com um sorriso irônico.

— Ansiosa? — Baixou a cabeça e chupou um mamilo.

Puxei mais o seu cabelo.

— Ahhh, sim.

— Que pena — disse ele, passando ao outro.

Ele me baixou na cama, sua boca jamais deixando minha pele. Eu estava embaixo dele e seu toque era suave e leve, a boca e os lábios deslizando pelo vale entre meus seios, a língua escapulindo de vez em quando para me provocar.

Quando chegou ao umbigo, soltei um gemido. Ele baixou mais e me lambeu bem acima do clitóris. Depois soprou um jato suave de ar quente pela umidade, rindo baixinho de meu palavrão murmurado.

Puxei seus ombros, querendo que ele me cobrisse, querendo sentir seu peso em mim. Ele não me fez esperar e engatinhou para cima, abrindo gentilmente minhas pernas com os joelhos. Passei os braços por ele, que baixou a cabeça em meu pescoço.

Ele penetrou em mim lentamente, deixando-me sentir cada centímetro seu. Ou talvez sentindo cada centímetro de mim. Quando estava inteiramente dentro de mim, deslizei as mãos para sua bunda. Seus quadris se curvaram só um pou-quinho, preparando-se para a estocada.

— Espere — eu disse, imobilizando-o com as mãos.

— Merda — grunhiu ele em meu ouvido. — Por quê?

— Quero sentir você por um minuto — respondi, desfru-tando do leve estiramento de tê-lo tão fundo dentro de mim.

Ele disse alguma coisa aos murmúrios, mas ficou parado.

Em pouco tempo ficou difícil resistir ao fato de tê-lo tão perto e não ceder ao impulso de me mexer e encontrar alívio A respiração dele ficou entrecortada, e seu corpo, tenso.

— Tudo bem — falei, quando eu não podia mais suportar. Subi as mãos até seus ombros.

— Ainda bem.

Ele tirou quase tudo e penetrou de novo com uma arre-metida lenta e longa. Nos mexemos juntos; minhas pernas envolvendo sua cintura e eu me erguendo para ele a cada esto-cada. Mesmo assim, não era uma ação apressada. Nenhum de nós queria correr; ao invés disso nos demoramos, desfrutando de como nos encaixávamos, como nos movíamos juntos, um contra o outro.

Meu alívio cresceu aos poucos, começando como uma dor no abdome e se espalhando para baixo. Ele deve ter sentido o mesmo, porque acelerou o ritmo e me penetrou mais fundo. Com mais força.

Tentei reter a sensação, querendo que se estendesse, que se prolongasse, mas não consegui. Apertei uma vez em volta dele e permiti que meu clímax me dominasse. O dele veio logo depois, quando gozou com um leve gemido.

Por vários e longos minutos, ficamos parados. Depois ele ergueu a cabeça e me beijou, longa e intensamente. Rolamos para que eu ficasse sobre seu peito, com os braços dele em volta de mim.

Eu queria ficar acordada, deitada na cama e conversando bobagens. Mas as emoções do dia cobravam seu preço e senti os olhos ficarem mais pesados a cada segundo que se passava.

Só percebi que tinha falado alto quando senti seu peito vibrar sob mim com uma risada.

— Durma — sussurrou ele, acariciando meu cabelo. — Teremos muito tempo.

Capítulo Oito

NATHANIEL

Caixas de mudança fechadas com fita adesiva se espalhavam pelo apartamento quando me encontrei com Abby para jantar em sua casa na quarta-feira.

— Alguém andou ocupado — comentei. Estávamos sentados à mesa da cozinha, desfrutando frango grelhado com milho.

— Jackson vai mandar um serviço de mudança neste fim de semana para pegar a maior parte das coisas de Felicia. Ela tem umas caixas a mais.

— Você vai se sentir sozinha depois que ela for embora?

Os olhos dela dançaram enquanto seu garfo parou a meio caminho da boca.

— Não pretendo passar muito tempo aqui depois do casamento.

Prendi a respiração. Eu sabia que ela queria morar comigo. Sabia que era mais do que uma simples questão de conveniência, mas ouvi-la dizer isso... Sempre me afetava.

— Ela está chateada por você não estar aqui para ajudar na mudança nesse fim de semana? — perguntei.

— Não. Ela sabe muito bem que não deve tentar ditar nossos fins de semana.

Nossos fins de semana.

— Que bom — eu disse, provocando-a um pouco. — Eu sou o único que pode ditar nossos fins de semana.

— Ela melhorou muito. Está me dando mais apoio desta vez.

— Fico feliz com isso. Detestaria pensar que ela está incomodando você por nossa causa.

— Não me entenda mal. Eu não diria que ela compreende, mas está aceitando. — Ela empurrou um milho pelo prato. — Até disse que os diamantes da minha coleira ficariam bem com o vestido.

Os diamantes e o vestido?

— Por que ela diria isso? — perguntei.

Ela parou de empurrar o milho, olhou para mim e disse:

— É um fim de semana.

— O que tem?

— O casamento, Nathaniel — disse ela, como se estivesse falando de algo que fizesse sentido.

— Eu sei. Só estou tentando entender o que... — comecei, mas depois me ocorreu. — Ela pensou que você fosse usar a coleira no casamento?

Abby franziu a testa.

— Não vou?

Mas que merda. Fiz de novo. Supus que ela soubesse.

— Eu não pretendia que você usasse a coleira no próximo fim de semana — eu disse.

— Não? Por quê?

Devíamos ter tido esta conversa semanas atrás, talvez até quando discutimos pela primeira vez com que frequência ela usaria a coleira.

— Antes de mais nada, você se lembra do motivo pelo qual não quis que você usasse a coleira durante a semana toda?

Ela assentiu com a cabeça e respondeu:

— Você disse que ela me colocaria em certo estado mental.

Estendi o braço pela mesa e peguei a mão de Abby.

— E agora que você a usou por um fim de semana e tirou no domingo à tarde, você concorda comigo?

Eu praticamente podia ver sua mente trabalhando enquanto pensava. Imaginei que estivesse repassando a noite de domingo: o deslize que quase cometeu na frente de Jackson e Felicia.

— Concordo

— Você acha que quero você neste estado de espírito no casamento da sua melhor amiga? Quando você será a dama de honra?

— Ah — disse ela simplesmente.

— Por outro lado, acha que eu quero estar no estado de ânimo que fico quando você usa minha coleira? No casamento do meu primo, em que eu sou o padrinho?

— *Ah* — disse ela quando a realidade dos dois lados lhe veio.

— Eu devia ter abordado este assunto antes. — Balancei a cabeça. — Apenas não me ocorreu que você pensaria em usá-la.

— Então, é tipo um fim de semana de folga?

— É uma relação de troca. — Acariciei os nós de seus dedos com o polegar. — Faremos funcionar para nós. Faremos novos arranjos quando necessário.

Um sorriso irônico cobriu seu rosto.

— Lá se foi minha fantasia de você me espancando com um cabide no closet.

Pisquei.

Duas vezes.

— Você fantasiou que eu te espancava com um cabide? — perguntei.

Ela assentiu, claramente desfrutando de sua vantagem.

— E eu te chupava na festa.

— Sabia que não são só pervertidos que gostam de ficar no armário nas recepções de casamento?

— Ou se envolver em alguma atividade embaixo da mesa? — perguntou ela com um brilho malicioso nos olhos.

— Você é tão... mas tão má.

Ela retirou a mão da minha e bebeu friamente um gole do vinho branco.

— É no que tenho sido levada a acreditar.

— O que eu faço com você? — perguntei.

Ela levou a maldita taça de vinho aos lábios e tomou outro gole. Não consegui desviar os olhos.

— Não faço a menor ideia.

— Pelo contrário — eu disse, vendo seus lábios e imaginando-os em volta do meu pau. — Eu sei que você tem várias.

— Talvez.

— Quem sabe a gente não discute essas suas ideias? — Inclinei a cabeça para a direção do quarto dela. — Em um lugar mais... *confortável*?

— Talvez. — Ela se levantou devagar. — Mas primeiro vou tirar a mesa. Detesto deixar pratos sujos dormindo na pia.

Tirei nossos pratos e fui para a cozinha. Antes de sair da sala, olhei por sobre o ombro.

— E, Abby? Só para não haver nenhum mal-entendido, se fosse o casamento de outra pessoa... — Ela parou a meio caminho do quarto, e então completei: — A coleira seria usada.

Ela se encontrou comigo no aeroporto na sexta-feira à tarde, às cinco e meia. Eu esperava por ela na frente do meu jato particular.

— Como foi o seu dia? — perguntei, dando-lhe um beijo no rosto e pegando sua mão.

— Longo.

Sim, minha linda. Sei exatamente o que quer dizer. A coleira a esperava lá dentro. Eu pretendia colocá-la depois que chegássemos a uma altitude de cruzeiro confortável.

Depois de nos sentarmos e estarmos a caminho, me virei para ela.

— Quero conversar um pouco com você antes de fazermos qualquer outra coisa.

— Está tudo bem? — perguntou ela.

— É claro. Eu só queria determinar as perspectivas antes de te dar a coleira.

— Vai me dar a oportunidade de expressar qualquer preocupação?

Não pude deixar de sorrir.

— Você aprende rápido.

— Eu tento.

Eu sabia que sim e queria ajudá-la como fosse possível.

— Quero que você se sinta à vontade neste fim de sema-na. Quero que se sinta livre para falar com Paul e Christine Quero que se sinta livre para falar comigo.

— Sério?

Assenti com a cabeça.

— Veja a casa de Paul e Christine como uma grande biblioteca ou mesa da cozinha. Você ainda me chamará de "senhor" ou "mestre", já que não há nada para esconder de Paul ou Christine. Existirão outras perspectivas quanto à sala de jogos, mas podemos ver isso amanhã. Até agora, tudo bem?

— Sim.

— Se eu decidir por alguma alteração, direi a você.

— Não sei se entendi — comentou ela.

Fiquei feliz de ela me questionar. Minha declaração foi propositalmente vaga, apenas para ver se ela pediria esclarecimentos.

— Se eu decidir que o tempo de biblioteca acabou, que não quero que você aja livremente por qualquer motivo que seja... Que eu quero jogar... Direi a você. — Procurei a compreensão em seu rosto. — Está mais claro assim?

— Se você decidir que quer me espancar com um cabide?

— Sim. — Eu ri. — Se eu decidir que quero espancar você com um cabide.

— Entendi.

Olhei meu relógio e depois pela janela. Estávamos voando tranquilamente e nossa decolagem tinha se nivelado. Abri o cinto de segurança e me levantei.

A coleira estava na mesa ao lado do bar. Tirei-a da caixa. Os olhos dela seguiam cada movimento que eu fazia.

Estendi a coleira.

— Venha cá, Abigail. E me mostre o quanto você quer usar minha coleira.

Paul e Christine moravam em uma modesta casa de dois andares. Enquanto eu parava na entrada para carros, pensei no passado, tentando lembrar há quanto tempo não os visitava... dois anos, talvez?

Olhei para Abigail pelo canto do olho. Ela estava sentada, rígida e imóvel, a meu lado. Esteve assim desde que saímos da locadora de automóveis.

— Relaxe — eu disse, acariciando seu joelho. — São duas pessoas normais que por acaso têm os mesmos interesses que nós. Prometo que não há motivo nenhum para ter medo.

Ela assentiu com a cabeça e respirou fundo, mas não falou nada.

— Se lembre do que eu disse no avião. Quero que você fique à vontade para falar neste fim de semana, não só comigo, mas com eles também.

— Desculpe. Eu estava muito ansiosa por isso. Mas agora que estamos aqui...

Afaguei seu joelho e reafirmei:

— Vai ficar tudo bem.

— Sim, mestre — disse ela, mas sem convencer.

— Não quero uma resposta pronta — alertei. — Quero que você acredite em mim.

Ela não disse nada enquanto eu estacionava o carro e saía para abrir sua porta. Sabia que havia pouco que eu poderia dizer para convencê-la. Ela precisava aprender por si mesma que a casa de Paul e Christine não devia lhe dar medo.

As luzes brilhavam por toda a casa, embora já passasse das nove horas. Eles não tinham um bebê? Pensei em Paul dizendo que a sogra só iria pegar Sam no dia seguinte.

E então, ao nos aproximarmos da casa, ouvi — o choro agudo inconfundível de um bebê.

— Parece que será uma longa noite — comentei.

Ela abriu a boca para dizer alguma coisa, mas a fechou antes de falar.

Ergui uma sobrancelha para ela e me virei para tocar a campainha.

Paul abriu a porta e os gritos ficaram mais altos.

— Nathaniel — disse ele, puxando-me para um abraço. — Estou muito feliz que esteja aqui. — Ele nos conduziu para dentro da casa.

Depois de entrarmos, ele se virou para nós de novo e disse:

— Você deve ser a Abby. — Ele lhe estendeu a mão. — Ouvi muito de você. É bom finalmente conhecê-la.

As bochechas dela ficaram um pouco coradas.

— Eu também ouvi falar muito de você.

— Não acredite em nada — disse ele num sussurro baixo e brincalhão. — Bem, não acredite em tudo. Parte do que você ouviu provavelmente é verdade.

— Acredite em cada palavra — disse Christine, chegando ao hall. — Em cada palavra e mais alguma coisa. — Ela riu e me abraçou. — Como vai, Nathaniel? — Depois estendeu as mãos. — Abby, bem-vinda a nossa casa. Como pode ver, Sam não queria perder a sua chegada.

— Pense em controle de natalidade — disse Paul.

Christine lançou um olhar feio ao marido antes de voltar a atenção para nós.

— Entrem. Precisam de ajuda com a bagagem?

— Nathaniel? — chamou Paul, apontando a porta com a cabeça. — Vou ajudar a trazer as malas para dentro.

— E Abby e eu estaremos esperando na saleta — disse Christine. — Quer beber alguma coisa? — perguntou enquanto as duas saíam da sala.

— Ela é linda — disse Paul, depois que as duas saíram e estávamos a sós do lado de fora.

— É, não é?

— Meio nervosa com este fim de semana?

— É claro. Mas tenho muita fé em Christine. Ela vai acalmar Abby num piscar de olhos.

— Hmmmm — concordou ele. — Ela tem esse efeito.

— Assim espero. Abby não falou nada do aeroporto até aqui.

Pegamos a bagagem e voltamos para dentro.

— Vou colocar vocês dois no quarto de hóspedes perto do nosso — informou ele. — Espero que Sam não deixe vocês acordados a noite toda.

— Vamos ficar bem.

Entramos e ele colocou a mala de Abby ao lado da porta, pedindo licença para entrar na saleta onde Abby e Christine conversavam em voz baixa. Ele pôs a mão no ombro de Christine, curvou-se e cochichou alguma coisa com ela. Christine disse algo que não consegui ouvir e se levantou para ir à cozinha depois de beijar Paul no rosto.

Paul gesticulou para que eu me juntasse a ele na saleta.

— Nathaniel e eu vamos a meu escritório por um tempinho — disse ele a Abby. — Não vou roubá-lo por muito tempo.

Ela assentiu.

— Voltaremos logo — falei. Sabia que Christine a faria se sentir em casa, mas não queria ficar muito tempo longe de Abby.

— Sim, senhor — respondeu ela com um rápido olhar para o chão.

Foi a primeira vez que ela me chamou de "senhor" na presença de outra pessoa e eu não estava preparado para o fogo que me tomou. Reprimi o impulso de virar a cabeça para o quarto de hóspedes e ordenar que ela me encontrasse lá. Para comê-la com força e rapidamente...

— Nathaniel? — chamou Paul.

O escritório de Paul não mudou muito desde a última vez que o vi. Notei nossos questionários em sua mesa.

— Se distraindo com uma leitura leve? — perguntei, sentando-me na cadeira.

— Só entre as crises de cólica — respondeu ele.

— O que você decidiu para amanhã?

— Bem. — Ele pegou uma lista. — Ela parece gostar bastante de aventuras, embora tenha experiência limitada. O que se destacou para mim, porém, foi o fato de varas serem um limite para ela.

Assenti.

— Eu ensinei a você sobre elas — disse ele. — Você é um especialista no assunto.

Sim.

— Acho que usarei a vara em Christine amanhã, para mostrar a Abby que não há motivo para temer.

Parte de mim achou que era uma boa ideia mostrar a ela como uma vara podia ser utilizada quando não se destinava a uma punição. Paul podia usá-la; depois Abby e eu conversaríamos sobre isso. Abby e Christine podiam falar sobre isso.

Mas me lembrei de um diálogo semanas antes, o medo em seus olhos quando ela falou de um caso em Cingapura, e entendi que agora não era a hora de apresentá-la a esses acessórios. Não em nosso segundo fim de semana de jogos.

— Não — eu disse.

Ele ergueu uma sobrancelha.

— É um dos limites dela — continuei. — E já que estamos começando o que espero que seja uma relação de longo prazo, se não permanente, quero avançar aos poucos.

— Longo prazo, se não permanente — repetiu ele.

— O que foi?

— É que é difícil acreditar que você seja o mesmo homem que meses atrás me fez pegar um avião até Nova York para te ajudar.

— Tive muita ajuda — expliquei. — Muito perdão e muito mais amor do que mereço.

— Todo mundo merece amor. Fico feliz por você finalmente perceber isso. Fico feliz por Abby não ter desistido de você.

— É verdade — eu disse. — Sendo assim, não vou retribuir fazendo-a ver uma encenação de varadas no segundo fim de semana dela com minha coleira.

— Bom argumento. Alguém te ensinou muito bem.

— Mas que merda. Deixe de ser convencido.

Ele riu e disse:

— Lembrei que preciso te falar uma coisa.

— O quê?

— Isto é novidade para você. É novidade para Abby. Não tente fazer exatamente como em suas relações anteriores. Não é a mesma coisa. Não tem problema mudar as regras ou criar novas.

— Obrigado. Eu precisava ouvir isso.

Ele sorriu.

— Eu sei.

As palavras de Paul soavam em minha cabeça uma hora depois quando Abigail entrou no quarto, vinda do banheiro da suíte.

Ela olhou ao redor e baixou os olhos para percorrer o chão, provavelmente procurando onde dormiria.

Durante a semana anterior eu tinha pensado muitas vezes em como seria esta noite. O que faríamos quanto aos arranjos na hora de dormir.

Sentei-me na quina da cama, afundando o colchão.

— Gostaria que você dividisse a minha cama comigo esta noite, Abigail.

Os olhos dela se arregalaram.

— É claro que você é livre para me rejeitar. Eu te disse para falar abertamente neste fim de semana e Paul me deu um colchão inflável caso prefira dormir nele.

Ela engoliu em seco de maneira audível.

— Eu disse que só raras vezes convidava submissas para dividir minha cama — falei baixinho. — O que não quer dizer que nunca o fiz.

Atraí a atenção dela.

Abigail veio a mim e pegou minha mão.

— Ficarei feliz em partilhar sua cama esta noite, mestre.

Capítulo Nove

ABBY

Eu não conseguia aquietar os pensamentos e dormir. Christine e Paul não eram nada do que eu havia imaginado, não que algum dia tivesse imaginado com clareza o que seriam. Eu só vislumbrava algo mais assustador.

Com isso em mente, eu estava tristemente despreparada para o casal de aparência comum que me recebeu em sua casa comum. Paul era alguns anos mais velho do que nós, alto e com boa compleição, cabelo louro escuro e belos olhos azuis. Christine, por outro lado, era mais baixa, de cabelo castanho na altura do ombro e olhos simpáticos, que dançavam quando ela ria.

Fiquei olhando, procurando por alguma coisa em seu comportamento, qualquer pista que traísse a relação dos dois. Certamente haveria um toque, um olhar, um gesto e eu pensaria: *Sim, agora eu sei. Agora é visível.*

Só que não houve nada.

Nada além de Christine implicar com o marido e olhar feio para ele quando Paul se referira ao choro do filho como um estímulo ao controle de natalidade. Nenhum olhar sutil. Nem um toque significativo, mesmo que pequeno.

Só um casal comum, como qualquer outro.

Quando os homens saíram da saleta, Christine falou comigo de maneira natural — fazendo perguntas sobre como Nathaniel e eu nos conhecemos. Ela sabia do casamento e conversamos, não só de Felicia e Jackson, mas também sobre ela e Paul. Não foi de surpreender que nossa conversa por fim se voltasse para Sam e os altos e baixos da maternidade recente. Nem uma vez falamos sobre... Bem, sobre aquilo que pensei que íamos conversar.

Os homens por fim voltaram à saleta e Nathaniel e eu fomos para o quarto de hóspedes.

Rolei para o lado, com o cuidado de não perturbar Nathaniel. Eu ainda estava surpresa que ele tivesse me convidado para dividir sua cama e me sentia honrada por tal gesto. Eu sabia, com base em nossas conversas anteriores, que quando disse que raras vezes tinha dividido a cama com uma submissa, ele pretendia dizer que foram menos de quatro ocasiões

Em toda a sua vida.

Não conversamos sobre o dia seguinte. Sobre como seria o dia e o que faríamos. Eu me esforçava incessantemente para pensar em como seria na sala de jogos; acharia estranho ver Paul e Christine nus?

O quarto de hóspedes de Paul e Christine tinha uma cama *queen size*. Por algum motivo, era estranho. Eu não sabia bem o porquê; eu tinha uma *queen size* em meu apartamento e, embora dormíssemos juntos com mais frequência na cama *king size* dele, de vez em quando dividíamos a minha.

Para desviar os pensamentos do dia seguinte, decidi pensar em camas. Perguntei-me por que tinham o tamanho que tinham. De solteiro, *queen* e *king*. Por que não pequena, média e grande?

Trouxe os joelhos ao peito e de repente braços me envolveram.

— Está inquieta esta noite e você não costuma ficar assim — disse Nathaniel, puxando-me para perto.

— Desculpe por perturbar seu sono, senhor.

— Quer conversar sobre alguma coisa? — perguntou ele.

— Não, se isso o impedir de dormir.

Ele beijou minha nuca.

— Eu não teria perguntado se estivesse preocupado em perder o sono. Nesse momento, meu foco é você... Ter certeza de que você está à vontade. De que você poderá descansar. Quero você na melhor disposição possível amanhã.

Eu sabia qual era o foco dele. Sabia quanto tempo e atenção foram gastos no planejamento de nosso fim de semana. Estávamos abrindo mão de um tempo precioso nesta visita. Estávamos partilhando de um tempo que normalmente seria só nosso.

Ele planejou nos menores detalhes para me aproximar do estado mental adequado, me ajudar a relaxar e me sentir à vontade com seus amigos. Até me convidou à cama dele.

Como tinha me dito para encarar este fim de semana como um tempo na biblioteca, passei a mão em seus braços e desfrutei de sua força, como eles eram reconfortantes ao me envolver.

— Agora me sinto melhor — falei.

— E por quê?

— Com você tocando em mim. Sei que parece estranho, mas você sempre consegue me relaxar com seu toque.

Os braços dele me apertaram com mais força por um momento.

— Estou aprendendo, assim como você. Parece ter ficado meio surpresa quando a convidei para a cama. Tive medo de que talvez preferisse dormir no chão mas não quisesse me decepcionar.

Virei-me e fiquei de frente para ele.

— Eu jamais quero decepcionar você, mas meus motivos para partilhar sua cama essa noite foram inteiramente egoístas. Eu apenas me senti mais à vontade dormindo com você hoje.

— Que bom. O que acha de Paul e Christine?

— Eles não são nada do que eu pensava — declarei.

— Posso perguntar o que você pensava?

— Imaginei Paul sendo um sujeito grande e parrudo. Muito pelo no corpo. Muito couro preto. — Dei um bocejo. — Talvez uma máscara.

— Você tem uma imaginação muito estranha.

— Christiane como uma pessoa reservada e calada — eu disse. — Tímida.

— Christine é tudo, menos tímida. — Ele correu o dedo pela borda de minha coleira. — Isto não faz com que você perca seu livre-arbítrio. Não faz de você um capacho. Bem aqui você sabe disso. — Ele deu um tapinha na minha cabeça. — É aqui que precisa entender. — Ele baixou a mão até meu coração. — Você é corajosa, forte e impetuosa.

— É você — sussurrei, feliz pelo manto da escuridão. — Você faz com que eu seja corajosa, forte e impetuosa.

— Você só arranhou a superfície, minha linda. — Seus lábios roçaram meu rosto. — Estou louco para que realmente enxergue.

— Estou nervosa.

— Sei que está. E amanhã, mesmo com seu nervosismo, ainda será corajosa, forte e impetuosa. Porque isso é o que você é. É o que preciso e é o que me dará.

Tudo de mim. Eu daria tudo de mim. Qualquer coisa que Nathaniel me pedisse era dele.

— Se eu ficar abraçado, vai te ajudar a dormir? — perguntou ele.

— Sempre ajuda quando me abraça, senhor.

Ele me virou para que minhas costas mais uma vez ficassem em seu peito e me apertei em seu calor. Seus braços me envolveram e adormeci em minutos.

Depois de Paul preparar um enorme café da manhã com salsichas e panquecas, Christine e eu fomos para a saleta. Ela segurava Sam, preparando-se para alimentá-lo.

— Você não se importa, não é? — perguntou ela.

Achei uma gentileza da parte dela perguntar, mesmo considerando o que faria na minha frente dali a algumas horas.

— Não — respondi. — Não me importo.

Não estive muitas vezes perto de bebês, muito menos vendo uma mulher amamentar. Ela posicionou Sam habilidosamente e abriu uma manta fina no ombro, escondendo a maior parte do bebê que mamava.

Christine suspirou e se recostou na cadeira.

— Ele é muito guloso — disse ela depois de alguns minutos. — Herdou isso do pai.

Assenti, mas, sem ver sentido em esperar, parti para uma das perguntas que queria fazer.

— Como você e Paul ainda jogam tendo um bebê?

— Não jogamos com a mesma frequência. Disso eu tenho certeza — respondeu ela.

— Vocês não usam mais o esquema do fim de semana?

— Não. Não daria certo com um filho. Atualmente temos usado a sala de jogos quando temos tempo... O que não tem acontecido muito, nos últimos meses.

— Mas por bons motivos — eu disse, assentindo para Sam.

— Ah, sim. Eu não mudaria nada. — Ela pensou por um momento. — Bem, mais ou menos. Eu mudaria a quantidade de sono que tenho. E o vazamento constante. — Ela baixou a voz a um sussurro. — Sabe como é estranho usar sutiã na sala de jogos?

— Só voltamos a jogar no último fim de semana. Mas, sim, eu entendo.

— Escute — disse Christine. — Eu sou uma pessoa muito franca e sincera. Me faça um favor e me diga para calar a boca se eu falar demais.

— Você está indo muito bem.

— Na primeira vez que jogamos depois de Sam nascer, cerca de quatro semanas atrás, não usei sutiã e, bem... Vazou. Foram pouquíssimas as vezes em que vi Paul ficar perplexo. — Ela riu. — A expressão no rosto dele foi impagável.

Tentei imaginar o imperturbável Paul ficando perplexo e não consegui.

— O que ele fez? — perguntei.

— Limpou. — Imaginei toalhas de rosto e de papel. — Depois, disse que o gosto era quase doce.

Eu me senti ruborizar.

— Desculpe — acrescentou ela. — Falei demais.

— Não — eu disse, querendo saber mais sobre ela e de Paul. — Só foi inesperado, embora talvez devêssemos começar por alguma coisa mais fácil. Quero saber como vocês dois funcionam. Conte como se conheceram.

— Paul é muito popular — disse ela e tive a impressão de que contava essa história com frequência. — A reputação dele o precede. Provavelmente tanto quanto a de Nathaniel.

Concordei com um aceno de cabeça.

— Na realidade, o conheci aqui, em uma reunião — continuou ela. — Fui submissa por vários anos, mas na época estava num período entre outros relacionamentos. Ele pediu minha ajuda com uma demonstração algumas semanas depois. Sei que Nathaniel é seu primeiro dom, mas confie em mim, quando você joga com alguém experiente — ela mexeu a cabeça —, é incrível.

Duvidei de que qualquer outro pudesse me fazer sentir como Nathaniel fazia, mas me contive e não disse nada.

— Nós jogamos casualmente por alguns meses — disse ela. — E um dia fizemos um acordo para os dias úteis. Começamos a namorar e, bom, o resto é história.

— Nathaniel disse que você uma vez teve uma relação de dom/submissa que durou uma semana toda.

— É. Depois que começamos a namorar. Havia algumas partes das quais eu realmente gostava, mas não acho que Paul gostasse tanto.

— Acho que Nathaniel também não gostaria.

— É mesmo?

Pensei nisso. Como seria ficar uma semana inteira como submissa? Expandir nossos jogos de fim de semana? Sete dias... Minha mente vagava, pensando. Tanto tempo. Tanto que podíamos fazer.

— Talvez — respondi. — Só por uma semana ou um pouquinho mais. Para experimentar.

— Como eu disse, havia partes de que eu gostava. Foi uma experiência diferente. — Ela levou um minuto passando Sam para o outro seio e se cobriu novamente. — Não quero ver a cara de Nathaniel se você decidir dizer a ele que quer experimentar uma relação de sete dias por semana. — Ela riu. — Não devia ser isso que ele estava pensando quando disse que gostaria que nós duas conversássemos.

Eu ri com ela.

— Provavelmente não.

— O que você precisa se lembrar sobre Nathaniel — disse ela, mais uma vez bem séria — é que pela primeira vez na vida ele está apaixonado. Ele vai pegar mais leve com você do que fez com as submissas anteriores. Sei que parte disto se deve à sua inexperiência, mas parte também é por ele ter medo de avançar e pegar pesado demais.

Sem dúvida nenhuma, eu acreditava nisso.

— Eu sei e posso dizer que haverá ocasiões em que vou querer que ele avance e pegue mais pesado — comentei.

— Você precisa dizer isso a ele. É sua tarefa dizer a ele quando quer que as coisas aconteçam de um jeito diferente.

— Só não consigo criar coragem. Não durante o fim de semana.

— Ele precisa desse feedback. Mas, se é mais confortável para você, fale com ele durante a semana. Não há regra que impeça você falar sobre o fim de semana numa noite de quarta-feira.

— É disso que preciso me lembrar. Que é um feedback. E não significa dizer a ele o que fazer.

— Isso. A decisão final ainda é dele, mas ele pode tomar decisões mais fundamentadas se você der todas as informações de que ele precisa — explicou Christine.

Havia outras perguntas que eu queria fazer, mas só uma precisava realmente ser discutida. Com alguém que não fosse Nathaniel.

— Posso te perguntar uma coisa?

— Sou um livro aberto — disse ela com um sorriso. — Há muito poucos tabus para mim.

— Varas — mencionei, quase estremecendo com a palavra. — Me fale sobre elas.

— Isso é muito vago.

Roí uma unha.

— Marquei varas como limite porque estava com medo. Mas Nathaniel gosta muito delas.

— E você quer a opinião de uma submissa quanto a varas?

— Sim.

— Eu ficaria surpresa se Paul não tivesse usado uma ou duas varas durante o treinamento de Nathaniel — disse ela. — Mas suponho que a opinião dele é diferente da minha.

— Então, vai me contar? — perguntei, muito interessada em ouvir o que ela pensava desses objetos que me pareciam apavorantes.

Ela assentiu.

— Bem, Paul já me castigou com uma vara e é algo inteiramente diferente. Eu não gosto nada *desse* uso.

— Dá para usá-las para outras coisas além de punição?

— Sei de várias pessoas que gostam quando varas são usadas. Eu sou uma delas.

— Sério?

— Tudo se resume à técnica, e Paul tem a técnica mais incrível do mundo. E Nathaniel aprendeu com Paul.

Eu não disse nada.

— Não vou mentir para você. Dói — admitiu ela. — Mas os espancamentos também, não é?

— É verdade. Mas eu gosto dos espancamentos — falei.

— Nesse caso, quando e se você se sentir à vontade com as varas, provavelmente vai gostar de ter Nathaniel usando-as. Isto é, se ele evoluir a esse ponto corretamente.

— Evoluir? Como um espancamento de aquecimento?

— Isso, exatamente..

— Hmmmmm — foi minha resposta. Deixei a questão de lado para pensar mais tarde. Varas para o prazer? Quem teria pensado nisso?

A campainha tocou assim que Christine tirou Sam de baixo da manta e endireitou a blusa.

— Deve ser minha mãe — disse ela. — Que timing perfeito.

Depois que a mãe de Christine saiu com Sam, Nathaniel e eu voltamos ao quarto de hóspedes. Ele me informou que tinha uma roupa preparada ali para mim, mas me parou antes que eu a vestisse.

— Antes de você se trocar — disse ele. — Até segunda ordem, o tempo da biblioteca acabou. Entendeu?

Uma onda de desejo, luxúria e anseio disparou em mim.

— Sim, mestre.

— Paul tem algumas regras para a sala de jogos dele. Você deve prender o cabelo. A única joia permitida lá dentro é a aliança de casamento. Ele abriu uma exceção para sua coleira. Não quero você de cabeça baixa. Quero que veja Christine e Paul. E, como observadora, deve permanecer em silêncio. — Ele sorriu. — A não ser que se sinta impressionada, no mau sentido, e precise usar sua palavra de segurança. Entendeu?

— Sim, mestre.

Ele se curvou e me beijou.

— Me encontre lá fora daqui em 15 minutos.

Quando entramos na sala de jogos do térreo, Christine já estava posicionada. Nathaniel foi até a cadeira de espaldar reto na margem do quarto e fui atrás dele. Depois que ele se sentou, sentei-me na almofada a seus pés e, hesitante, coloquei a mão em seu joelho. Christine não se mexeu. Como eu esperava, estava de sutiã, mas, exceto isso, nua.

Eu a olhei por um minuto, acostumando-me cada vez mais com a visão.

Ela está nua, disse a mim mesma. *Ela está nua e está tudo bem.*

Tirei um minuto para observar a sala ao redor: tinha o dobro do tamanho da sala de Nathaniel e mais equipamentos. Grande parte da mobília era igual — uma geladeira, uma pia e um kit grande de primeiros socorros. Mas uma das prateleiras tinha uma babá eletrônica com monitor, e a realidade de estar jogando enquanto eles tinham uma criança me ocorreu. Fiquei ainda mais agradecida pela mãe de Christine ter levado Sam por algumas horas.

Eu não sabia quantas vezes Christine e Paul haviam jogado desde o nascimento de Sam, mas supus que não foram muitas. Entre as mamadas da madrugada e as cólicas, quem teria tempo? Pensei que talvez Christine e Paul estivessem tão felizes quanto nós por ter alguém cuidando de seu filho por algumas horas.

Minha cabeça girou para a porta quando Paul entrou. Como Nathaniel, ele estava de jeans e camiseta preta. A mudança em sua atitude me deixou impressionada. Ainda parecia ele mesmo, é claro, só que mais intenso.

Ele foi até onde Christine estava ajoelhada.

— É bom ter você de volta à minha sala de jogos, garota — disse ele.

Ela moveu as mãos para o chão e deslizou em direção aos pés dele.

— Espero seu prazer, mestre.

— Mostre — disse ele, e ela se aproximou mais, deslizando, e então beijou cada um dos dedos e depois o peito dos pés dele. Quando terminou, passou a seus joelhos e deslizou as mãos por suas pernas. — Ainda não — disse ele e se afastou.

Imediatamente ela parou e voltou à posição original.

Aquilo tinha sido interessante. Nathaniel nunca me pediu para beijar seus pés. Eu me perguntei por que, perguntei-me se eu agiria com a mesma rapidez de Christine se ele me pedisse para fazer isso.

Mas não tive tempo para pensar muito. Paul pegou uma coleira de couro preta atrás de si.

— Eu estava ansioso para colocar isso em você de novo — disse ele a Christine.

Ela havia me contado que não usava mais a coleira, a não ser quando estavam na sala de jogos. A gravidez e o parto mudaram a dinâmica da relação dos dois e agora eles só eram dominador e submissa nesta sala, ao contrário de Nathaniel e eu, que éramos dominador e submissa durante todo o fim de semana.

Os olhos dela continuaram concentrados no chão.

— Eu também ansiei por isso, mestre.

Enquanto ele colocava a coleira nela, entendi o significado do ritual. Paul fazendo valer seus direitos sobre Christine, mostrando-lhe com palavras e atos que ela era dele. Da mesma forma, ao aceitar a coleira e a reivindicação dele, Christine concordava com seu controle temporário. Ela se entregava a ele. Eu entendia essa parte de Nathaniel me colocar na coleira, mas o que me surpreendeu foi a expressão de Paul enquanto fechava a coleira nela. A intensidade de sua expressão — o orgulho, o desejo carnal — eram completamente inesperados.

Será que o olhar de Nathaniel era o mesmo quando colocava a coleira em mim? A expressão dele espelhava a de Paul?

Com a coleira fechada, Paul se afastou um passo, os olhos ainda ardentes.

— Quero você de quatro na mesa.

Sem tirar os olhos do chão, ela engatinhou até a mesa e subiu nela.

Perguntei-me por que tinha engatinhado. Era algo que Paul esperava? Será que Nathaniel queria que eu fizesse aquilo? Que engatinhasse em vez de andar?

Paul se postou na frente de Christine, colocando uma mordaça de bola em sua boca e fechando a fivela na cabeça.

— Vou trabalhar em você um pouco mais pesado do que nas últimas vezes — disse ele, as mãos afagando suavemente os ombros de Christine. — E quero ter certeza de que você não vai assustar nossos convidados. — Ele se abaixou para cochichar em seu ouvido, embora pudéssemos ouvir. — Além disso, adoro o som que você faz através da mordaça.

Ele colocou alguma coisa na mão dela.

Senti a respiração de Nathaniel em minha orelha.

— É um sino. — Ele sussurrou tão baixo que tive certeza de que o casal diante de nós não poderia ouvir. — Permite que ela use a palavra de segurança enquanto está amordaçada. Se acontecer alguma coisa e ela precisar parar ou reduzir o ritmo da encenação, ela deixará o sino cair.

Curvei-me um pouco para a frente. Nathaniel nunca usou uma mordaça em mim e fiquei muito curiosa. Eu me lembrei da recomendação de Christine, de dizer a ele para me pressionar mais quando quisesse e trazer à tona as coisas que eu gostaria de fazer.

Enquanto Paul foi pegar objetos pela sala, eu não tirava os olhos de Christine. Eu teria pensado que ela pareceria vulnerável, e parecia mesmo, mas não era a vulnerabilidade que me atraía. Era a beleza da confiança que tinha nele, a graça de sua submissão. Havia uma espécie de elegância em sua posição que eu não previa encontrar ali.

Paul foi para atrás dela e passou a mão por seu traseiro. Mais uma vez o olhar dele chamou minha atenção.

— Você quer muito isso. Estou vendo. — Ele deslizou um vibrador para dentro dela, o gemido de Christine abafado pela mordaça. — Já está tomada de tesão.

Minha mente girou enquanto tentava entender o que acontecia diante de mim. Tentei compreender o fato de que o homem que preparou meu café da manhã estava usando um vibrador na mulher dele. Na minha frente. Não consegui desviar o olhar.

Ele começou a espancá-la. No início o barulho era leve, mas aos poucos a intensidade aumentou. Perguntei-me por um momento qual seria a sensação de ser espancada enquanto se é preenchida daquele jeito.

Depois de um tempo, minha mente estava concentrada, não tanto no que Paul fazia, mas na aparência dos dois. O foco total dele nela. A completa concentração na expressão dele. Não havia nada no mundo que existisse naquele momento para ele, apenas Christine, e me perguntei novamente se Nathaniel tinha a mesma expressão quando eu me entregava a ele.

A declaração dele do início da semana voltou a minha mente. De que, para o casamento, ele não queria que eu estivesse no estado mental necessário nos momentos em que usava sua coleira, e de repente entendi exatamente o que ele quis dizer. Com que intensidade deve ter de trabalhar o fim de semana todo: manter o foco *e* planejar todos os detalhes necessários. Certificar-se, sobretudo, de que eu estivesse bem e recebesse cuidados o tempo todo.

Voltei minha atenção para o casal diante de mim e, embora o que eles fizessem fosse interessante — Paul tinha passado a uma palmatória de madeira —, o modo como se moviam era o que me fascinava. Eles pareciam executar uma dança complexa: um movimento dele ecoava e era recebido por ela. Os gemidos dela, por sua vez, incitavam-no a agir ainda mais. O que se desenrolava diante de mim era uma troca que eu não esperava e toda a encenação retratava uma beleza delicada que eu não acreditava ser possível.

Estava tão envolvida em assistir a essa troca que nem percebi quando Paul pegou um açoite. Eu queria ser Christine. Queria que fosse Nathaniel quem estivesse se esforçando para me proporcionar o prazer que só ele podia me dar. Queria jogar de novo, agora que a imagem do quão bela minha submissão devia ser estava firmemente incrustada em minha mente.

Por fim Paul parou, dando a Christine permissão para relaxar, e ela baixou a cabeça na mesa. Ele retirou o vibrador e a mordaça, beijou seu rosto e sussurrou alguma coisa que não conseguimos ouvir. Quando ela o olhou, o amor e a confiança em seus olhos me comoveram tanto que apertei mais o joelho de Nathaniel.

Pensei em nosso primeiro fim de semana de volta à sala de jogos, quando ele pegou meu queixo e ordenou que eu o olhasse. Teria eu olhado para ele da mesma forma com que Christine olhou para Paul? Do mesmo modo, poderia me lembrar da expressão de Nathaniel sendo tão intensa e selvagem quanto a de Paul? Incomodava-me não conseguir me recordar disso e fiz a promessa de prestar mais atenção da próxima vez.

Paul mandou Christine ir até o meio da sala, e ela deslizou da mesa para obedecer aos desejos dele. Havia ali o que parecia um sistema complexo de cordas e roldanas. Curvei-me para a frente mais uma vez, reconhecendo, graças a uma pesquisa na internet, o equipamento necessário para encenações de suspensão. Nathaniel não tinha um desses em sua sala de jogos.

Paul, sem nenhuma pressa, lentamente afivelou Christine ao que pareciam botas, prendendo-a a cordas e roldanas que pendiam do teto. Era evidente, ao assistir a eles, que se tratava de um casal que fazia isso havia anos. Nenhum sinal de estranheza ou de hesitação era visível, apenas o controle plenamente dado e o controle plenamente tomado.

Depois que Christine estava posicionada no chão, Paul foi a um interruptor numa parede próxima. Segundos depois, a roldana ergueu as pernas dela no ar e ela rolou para cima — um movimento suave e treinado que ela deve ter feito muitas vezes. Quando sua cabeça ficou pendurada a poucos centímetros do chão, a roldana parou. Ele foi até ela, assentiu e abriu seu jeans.

Eu queria virar o rosto, mas fui incapaz disso. E então, justamente quando eu tentava decidir se devia fechar os olhos, pouco antes de o zíper de Paul se abrir, um cachecol macio cobriu meus olhos. Nathaniel sussurrou para mim:

— A visão não é a parte mais importante desta encenação.

Não, eu queria dizer a ele assim que percebi que ficaria vendada pelos próximos instantes. *Eu quero ver.*

Mas me lembrei da beleza e da confiança na submissão de Christine e sabia que eu estava me submetendo a meu próprio mestre ao usar a venda. Sabia que ele tinha seus motivos. Assim, sentei-me um pouco mais ereta e me concentrei nos outros sentidos.

No início meu tato era o sentido mais perceptível. A maciez da almofada abaixo de mim. O movimento do ar em volta de minha barriga exposta. Os ossos duros e os músculos fortes do joelho de Nathaniel sob meus dedos. Até a maciez da venda.

Depois vieram os sons. Paul puxando o ar e respirando de forma entrecortada enquanto Christine fazia seja lá o que estivesse fazendo. As palavras sussurradas de estímulo, baixas demais para que eu as distinguisse, mas pronunciadas num tom que eu entendia inteiramente. Acima de mim, o som constante da respiração de Nathaniel. Até de meu próprio coração. A sala antes silenciosa tornou-se uma cacofonia de ruídos.

Não consegui mais medir a passagem do tempo usando como referência qualquer coisa que não minha respiração e meu batimento cardíaco. Tentei encontrar outra coisa e me acomodar no som ritmado que vinha do casal diante de mim.

Christine soltou um gemido baixo de prazer e me perguntei o que estaria acontecendo. Depois me lembrei dos sussurros de Nathaniel e entendi que o que acontecia não era o que ele queria que eu apreendesse da experiência.

Você é corajosa, forte e impetuosa, disse ele na cama na noite anterior.

Havia pensado que tais palavras fossem românticas, que pretendessem me tranquilizar, me acalmar para que eu dormisse. Mas ao ouvir e experimentar a encenação diante de mim, elas se tornaram muito mais.

Vi a coragem de Christine em sua posição supina no chão enquanto esperava pela ordem de Paul.

Ouvi sua força nas palavras de Paul enquanto ele a estimulava suavemente e por fim cedia a seus próprios desejos.

Senti a impetuosidade emanando de ambos em emoções tão intensas que quase iluminaram a sala de jogos com seu calor.

É você, eu tinha sussurrado em resposta a ele. *Você me deixa corajosa, forte e impetuosa.* Fui sincera ao dizer essas coisas na noite anterior e ainda acreditava que as palavras eram verdadeiras. Entretanto, havia outro aspecto que se somava à minha compreensão e, enquanto o casal diante de mim continuava, permaneci sentada, em cega reverência a esse entendimento.

Capítulo Dez

ABBY

Nathaniel pegou minha mão e dei um salto com seu toque, sem estar preparada para o choque de desejo que acompanhou sua mão envolvendo a minha. Ele colocou minha mão em meu colo.

— Assuma sua posição de espera — sussurrou ele, sua voz baixa provocando outra onda de desejo por mim.

Deslizei da almofada e me posicionei como quando estava em sua sala de jogos. Enquanto eu me ajoelhava no chão, aprumei os ouvidos, tentando escutar o que acontecia. Não fiquei por tempo suficiente na sala de jogos de Paul para saber de qual móvel Nathaniel estava próximo, e muito menos para imaginar o que podia estar fazendo ou pegando.

E será que Paul e Christine ainda estavam na sala? Estariam me observando? Nathaniel disse que não pressionaria meus limites de exibicionismo neste fim de semana, mas isto seria considerado exibicionismo? Quero dizer, eu estava apenas ajoelhada.

Novamente tentei escutar, captar alguma voz, algum sussurro. E então entendi: não importava. Não importava o que Nathaniel tinha planejado. Ele tinha o controle. Eu lhe dei este poder e me preocupar seria duvidar dele.

Se Paul e Christine estavam no quarto, eu queria que minha submissão fosse um espelho do que tinha acabado de se desenrolar diante de mim. Percebi então que nem mesmo me importava se Paul e Christine estavam presentes. Eu queria que vissem. Queria mostrar a eles com que orgulho eu servia a meu mestre.

117

Pés descalços vieram até mim.

— Levante-se, Abigail — disse Nathaniel.

Coloquei-me de pé com a maior elegância possível, mas a mudança de posição, combinada com o uso da venda, havia me desorientado e vacilei um pouco.

Ele me segurou, passando os braços por meus ombros.

— Firme, minha linda. — Ele não moveu as mãos, continuando a me abraçar. — Preciso que você confie em mim.

Sim. Qualquer coisa.

— Paul e Christine saíram. Só estamos nós dois aqui.

Meu coração acelerou. Estávamos sozinhos. Sozinhos. Ah, as coisas que ele podia fazer quando estávamos a sós.

— Você deve responder a qualquer pergunta que eu fizer imediata e sinceramente — disse ele. — Entendeu?

— Sim, mestre.

Mestre.

A palavra significava muito mais agora que eu tinha visto Paul e Christine.

Mestre.

Estremeci com a nova apreciação de seu significado. Sempre que eu a falava, renovava meu compromisso com ele. Lembrava-o de que eu estava com ele por escolha minha. Que tinha lhe dado o controle. Confirmava que eu o queria.

Será que alguma palavra de seis letras já havia carregado tanto significado?

Ele pegou minha mão.

— Venha comigo.

Andamos. Eu não sabia para onde ia. Não estávamos saindo, estávamos? Eu não queria ir embora. Queria ficar na sala de jogos. Queria que Nathaniel me pegasse, me usasse, que ele...

Mas a decisão era dele e se ele quisesse que fôssemos embora, teria um bom motivo.

Ele nos fez parar. Não creio que fosse perto da porta. Era difícil me situar, mas pensei que estávamos perto da parede oposta à porta.

— Tire a roupa — disse ele, largando minha mão.

Já havia me despido para ele incontáveis vezes, tanto como amante quanto submissa, mas de algum modo aquilo parecia diferente. Mais intenso.

Imaginei ele observando enquanto eu enganchava os polegares no cós da calcinha.

— Primeiro a parte de cima.

Estendi a mão às costas e abri o sutiã. Ele caiu no chão e, quase imediatamente, as mãos dele estavam em mim. Conduzindo-me para trás até que bati de costas em algo de madeira.

Seus polegares esfregaram meus mamilos e mordi o interior da boca. Nathaniel correu suavemente a boca por meu pescoço.

— Você foi muito bem esta manhã. Estou muito orgulhoso de você.

Eu não sabia o que me deixava mais feliz: as mãos e a boca em mim ou os elogios.

— Estou muito orgulhoso. Decidi te dar uma pequena recompensa. — Suas mãos pegaram um de meus pulsos e o fecharam com uma algema macia no alto de minha cabeça. Ele repetiu o ato com o outro pulso e seus dentes rasparam o lóbulo da minha orelha. — Trepando com você bem forte e bem gostoso enquanto está amarrada na cruz de Paul.

Ah, cacete, sim.

Enquanto ele falava, suas mãos agiam: em meus ombros, pelo colo, beliscando o mamilo, acariciando minha barriga. Eu me tornei uma massa trêmula de carência, incitada por sua voz grave e baixa.

— Tenho uma dessas em minha sala de jogos — disse ele, sem dar importância a meus desejos, ou talvez sabendo exatamente o que fazia. — Da próxima vez que estivermos lá, vou vendá-la de costas para mim. — Seu toque ficou mais rude. — Sua bunda completamente exposta. — Ele pegou o tecido em meus quadris e o puxou para baixo, despindo-me completamente. — Gostaria disso, Abigail?

Ofeguei enquanto o ar frio atingia minha carne ansiosa. Seus dedos roçaram meu clitóris.

— Sim, por favor, mestre — eu disse entre um sussurro e um gemido.

As pontas de seus dedos traçaram círculos preguiçosos por minha carne exposta, mergulhando de vez em quando em minha umidade.

— Você gostou do pelo de coelho. Acho que está na hora de passarmos para a camurça.

Estremeci só de pensar em oferecer meu traseiro ao açoite.

— Mas, por enquanto — disse ele, abrindo minhas pernas —, temos de cuidar de outro assunto. O que você diria?

Ele deliberadamente me provocava. Entre as promessas do que esperava por mim na sala de jogos, as mãos em meu corpo e a expectativa do que ele se preparava para fazer, eu mal conseguia formar um pensamento coerente.

— O que o senhor desejar, mestre.

Ele riu.

— Que bom que você entende as coisas do meu jeito.

Com um só movimento, ele puxou minhas pernas para cima e meteu em mim. Meu traseiro bateu na madeira com uma força que fez com que Nathaniel entrasse mais fundo.

— Não reprima — falou e passei as pernas ao redor do corpo dele. — Este quarto é à prova de som. — Ele recuou, balançando-me novamente e soltei um gemido alto. — Eu acho.

Parte de mim queria que Paul e Christine ouvissem. Afinal, me parecia justo. Eu queria que eles soubessem o que Nathaniel fazia comigo em nossos finais de semana, como eu reagia a ele, como ele comandava cada movimento meu, cada pensamento e, ao que parecia, às vezes até minha respiração.

Ele deu outra estocada e Paul e Christine deixaram inteiramente meus pensamentos. Concentrei-me apenas na sensação de Nathaniel me conduzindo cada vez mais para o orgasmo. Ele trocou a posição das minhas pernas, posicionou seu quadril e atingiu aquele ponto doce bem fundo dentro de mim.

Não consegui segurar mais nada. Gritei.

Ele continuou suas arremetidas, esfregando-se em mim sem parar, até eu ficar tonta de prazer. Sua respiração saía em um ofegar curto e ele passou a mão entre nossos corpos.

Soltei outro grito quando esfregou meu clitóris.

— Por favor, mestre — implorei.

A voz dele era tensa.

— Por favor, o quê?

Ahhh, os dedos. O pau. Ficar vulnerável e à mercê dele.

— Por favor, mestre. Não consigo segurar mais.

Ele arremeteu de novo.

— Goze então.

Meu clímax me dominou quando ele passou a mão mais uma vez.

— Segure — disse ele, pegando meus quadris e me empurrando contra a parede, minhas pernas ainda envolvendo sua cintura. Com arremetidas profundas e rápidas, ele me penetrou repetidas vezes, impelindo-se até seu próprio orgasmo.

Senti outro orgasmo se formando e, enquanto ele se derramava bem dentro de mim, seus movimentos me fizeram gozar de novo.

Nos minutos seguintes ele ficou repousado em mim, respirando pesadamente. Quando nós dois nos recuperamos um pouco, ele baixou com gentileza minhas pernas ao chão. Soltou logo meus pulsos e passou vários minutos esfregando meus braços e ombros.

E então por fim seus dedos alcançaram atrás da minha cabeça e a venda foi retirada. Olhei em seus olhos pela primeira vez desde que deixamos o corredor para entrar na sala de jogos.

Estavam ali.

O desejo intenso, a paixão e o amor que eu me perguntava se existiriam. Respirei fundo.

— Você está bem? — perguntou ele.

— Sim, mestre. — Fiquei ali, banhando-me no assombro diante da emoção em seus olhos. — Muito mais do que bem — sussurrei.

Depois, ele me levou de volta ao quarto de hóspedes. Sentei-me envolta em seus braços enquanto ele se recostava na cabeceira da cama. Por mais que quisesse falar depois de nossa manhã, fiquei feliz que ele me abraçasse; eu ainda me sentia mais confortável se nos tocássemos enquanto conversávamos.

— Agora quero que você seja completamente franca comigo — disse ele, e relaxei ainda mais em seu abraço. — Qual a sua opinião até agora?

— Tenho tantos pensamentos, tantas informações para processar. Mas, primeiro, obrigada por ter preparado isso. A princípio eu estava preocupada, mas foi muito útil.

— Como assim?

— Tudo — respondi, sem saber como descrever. — A começar por Christine. Ela é tão confiante, tão segura de si.

Ouvi a preocupação na voz dele.

— Você tem dúvidas a respeito de si mesma?

Baixei a cabeça e meu cabelo caiu para a frente

— Não quando estou com você. Mas quando estou no trabalho ou falando com Felicia. Até com Elaina e Todd. Antes eu me perguntava se havia alguma coisa errada com a gente.

— E agora? — perguntou ele, a voz embargada de emoção.

— Não me pergunto mais — disse, querendo tranquilizá-lo. — Vendo Paul e Christine, a vida que eles construíram. Não estou pronta para ter filhos e tudo, mas agora entendo que quando estou... Vou ficar bem.

— *Nós* vamos ficar bem — corrigiu ele.

Meu coração deu um salto com o significado implícito em suas palavras e virei a cabeça para beijá-lo.

— Nós vamos ficar bem — repeti.

— Mais alguma coisa? — perguntou ele, afagando meu cabelo.

— Tanta coisa. — Recostei-me mais uma vez em seu abraço. — Christine me ajudou a compreender como é importante te passar um feedback. Agora sei que isso não é o mesmo que te dizer o que fazer.

— Que bom que alguém finalmente transmitiu essa ideia — disse ele.

— Eu nunca quis que você pensasse que eu estava te dizendo o que fazer.

— Há uma enorme diferença entre me dizer o que fazer e dizer do que você gosta ou o que você mais quer — falou no tom firme, mas gentil, que eu tanto adorava.

— Eu sei. Christine mencionou que, se fosse mais fácil, eu poderia falar com você num dia ao longo da semana sobre o que gostaria que fizesse.

— Ou você pode me contar no fim de semana.

Balancei a cabeça.

— Nem imagino fazer isso.

Ele ficou em silêncio e me perguntei se ele mudaria inteiramente de assunto, mas voltou à conversa.

— E seu te der outra palavra de segurança? — perguntou ele.

— O quê?

— Podemos acrescentar "verde"

— Para que essa palavra serviria?

Ele respirou fundo.

— Poderá usá-la se quiser que eu acelere ou pressione mais.

— Sério? — perguntei, animada com a perspectiva.

— Sim. Se você se sentir mais à vontade dizendo "verde" em vez de me falar diretamente. Mas ainda assim vou pedir que me dê um feedback detalhado depois.

Eu me perguntei por que ele não me deu um *verde* semanas antes, quando discutimos as palavras de segurança, mas então concluí que provavelmente ele não tinha pensado que eu um dia iria querer que ele me pressionasse ou que me sentiria mais à vontade usando a palavra.

— Gostei — eu disse. — Vamos usá-la.

— Sobre o que mais você e Christine conversaram? — perguntou ele, em vez de estender o assunto das palavras de segurança.

— Ouvir Christine falar da relação de sete dias por semana que ela teve com Paul me deixou curiosa. Fico imaginando com seria uma coisa assim.

Ele ficou tenso às minhas costas.

— Só por uma semana ou um pouquinho mais — apressei-me a acrescentar. — Não por um longo período ou o tempo todo.

Ele falou com cautela.

— Se, em determinado momento no futuro, você ainda quiser explorar algo assim, eu não me oporia a estender nossos jogos de fim de semana. Mas apenas por um período específico e somente quando você me provar que é capaz e que está disposta a me dar um feedback.

— Muito justo.

— Não é algo que eu esteja muito interessado. Mas, se você quiser experimentar, farei isso por você.

Eu começava a ver os benefícios do feedback.

— Obrigada.

Ele beijou o topo da minha cabeça.

— Eu quase tenho medo de perguntar, mas tem mais alguma coisa?

— A encenação com Paul e Christine. Nunca tinha me dado conta de como seria. De como — parei por um segundo — seria *bonito*.

— Bonito?

— Hmmmm — eu disse, passando o meu dedo pelos dedos dele, entrelaçados nos meus. — A confiança. O controle. Como eles jogavam e equilibravam um ao outro.

— Quase assombroso.

— O jeito com que ele a olhava... — Parei.

— Sim?

— Pensei em você olhando para mim daquele jeito.

Ele levou as mãos a meus ombros.

— Olhe para mim.

Virei-me em seu colo e olhei em seus olhos. Fiquei sem ar quando vi a verdade das palavras que ele disse em seguida.

— Eu olho — disse ele. — Sempre

Capítulo Onze

NATHANIEL

Olhei nos olhos dela e vi que ela finalmente entendia. Finalmente compreendia. Pelo menos em parte. Ela ofegou e tive esperanças de que encontrasse o que procurava em meus olhos.

— Agora faz sentido? — Peguei seu rosto, acariciei a pele. — Você entende, só um pouquinho, como me sinto quando vejo o que você me dá?

— Sim — disse ela, ainda procurando em meus olhos. — Agora eu entendo.

— Que bom. — Puxei-a mais para perto e a beijei, meus lábios intensos e urgentes. Eu queria sentir o gosto dela. Senti-la embaixo de mim.

Ela gemeu em minha boca e passou os braços por meus ombros. Apenas por um minuto, deixei-me levar e cedi à necessidade que eu reprimia desde que vi seu assombro na sala de jogos. Só quando ela me puxou, tentando me colocar por cima, eu parei.

— Não. — Afastei-me dela. — Não podemos. Paul encomendou o almoço. — Sinceramente, eu queria dizer a ele que comeríamos mais tarde e passaríamos algumas horas a sós no quarto, mas não podíamos. Éramos hóspedes na casa de Paul e ele fez a gentileza de me perguntar quando o almoço devia ser entregue. Senti que devia honrar o horário que eu tinha dito a ele.

Ela suspirou.

— Sim, senhor.

— Mais tarde — sussurrei.

Ela sorriu. Seus dedos dançaram por minha camisa.

— Posso fazer mais uma pergunta?

— Qualquer coisa.

Os dedos dela não pararam.

— Suas outras submissas — disse ela. — Elas... E você...?

Cravei os dedos em seu cabelo e puxei os fios sedosos. Entendia por que Paul tinha uma regra de cabelos presos em sua sala de jogos, mas para mim não era assim. Soltei o cabelo dela tão logo saímos da sala de jogos.

— Se eu olhava para elas como olho para você? — perguntei.

— Vou entender se disser que sim. Quer dizer, agora eu entendo melhor. — Seus dedos acompanharam a gola da minha camisa. — Embora eu só tenha visto você e Paul. E Christine e eu somos... Bem. — Suas mãos caíram. — Ah, que droga. Não sei o que estou tentando dizer.

— Eu sei. — Peguei seu rosto. — E não, não consigo pensar nem por um minuto em olhar para ninguém como olho para você. Você é meu um por cento.

A testa dela se enrugou.

— Seu o quê?

— Antes de você ir até o meu escritório naquele primeiro dia — expliquei —, eu me sentia completo e à vontade com minha vida durante 99 por cento do tempo. Mas o um por cento que faltava me perseguia. E então encontrei você... O um por cento que me faltava.

— Ah — disse ela, de olhos arregalados.

— É você. Sempre foi você. Quando você me deixou, era você. Quando você voltou, era você. Jamais será outra pessoa. — Rocei os lábios em seu rosto. — Então, quando me pergunta se já olhei para alguém, submissa ou qualquer outra, como olho para você, a resposta é um "não" categórico. — Afastei-me dela mais uma vez. — E, por mais que eu fosse gostar de te manter aqui na cama por várias horas e provai isso, prometi a Paul que desceríamos para almoçar.

Ela ficou desapontada.

— Mais tarde — sussurrei. — Eu prometo.

Depois do almoço, nós quatro nos sentamos na sala de estar. Expliquei a Abby mais cedo que, como Christine tinha dado à luz menos de três meses atrás e estava amamentando, os cuidados que Paul a proporcionava após as sessões eram mais demorados e com uma atenção a mais.

— E suspensão invertida é extremamente intensa — eu disse. — Mesmo sem as outras circunstâncias.

Christine parecia inteiramente satisfeita e relaxada, sentada no sofá com o braço de Paul ao seu redor. A mãe dela havia trazido Sam de volta e, depois de amamentar, Christine entregou-o a Abby.

Eu estava despreparado para os sentimentos que me tomaram quando Abby segurou Sam. Antes de ela surgir, nunca pensei em me casar ou ter filhos. De algum modo, tê-la na minha vida fazia com que tudo parecesse possível.

Pensei no dia em que encontrei as alianças dos meus pais, de como havia colocado no meu dedo a do meu pai e como a sensação tinha sido estranha. Talvez agora não fosse mais estranho.

Recostei-me na poltrona, desfrutando da visão de Abby interagindo com Paul e Christine. Ela tinha estado tão nervosa que quase cancelei o fim de semana. Só a esperança de que isso nos ajudaria de alguma maneira me impediu de fazer isso. Fiquei aliviado. Tudo tinha sido muito melhor do que eu esperava.

Vez ou outra, ela me olhava e sorria quando nossos olhos se encontravam.

Merda. Eu a quero.

Paul lhe fez uma pergunta sobre a biblioteca e ela voltou sua atenção para ele. Acomodei-me na poltrona e continuei a observar sem participar. Sam adormeceu e ela mudou a posição dele para que descansasse com mais conforto.

— O que vão fazer amanhã, Nathaniel? — perguntou Paul.

Desviei os olhos dela à força.

— Pensei em levar Abby para conhecer o campus de Dartmouth depois do café da manhã. Mostrar uma parte do meu passado. Gostaria de ir? — perguntei a Abby.

— Sim, mestre.

Mestre.

Merda, o que ouvi-la dizer isso na frente dos outros fazia comigo.

E, pelo olhar dela, ela sabia.

No dia seguinte, antes de descermos, dispus as roupas dela.

— Quero seu cabelo preso hoje. Quero você andando pelas ruas de Dartmouth com o pescoço completamente exposto. — Passei o dedo por sua coleira. — Ninguém mais saberá o que é isto, mas quero que você saiba. Que sinta. — Beijei seu pescoço. — Sempre que o vento soprar e acariciar sua pele, quero que estremeça ao saber que usa a marca do meu controle.

Depois do café da manhã, nos despedimos de Paul e Christine. Prometemos visitá-los em breve e a certa altura até discutimos a ideia de os três irem a Nova York. Christine e Abby se abraçaram e Christine cochichou alguma coisa para ela. Abby riu e respondeu também aos cochichos. Paul ergueu uma sobrancelha para mim e assenti com a cabeça. Sim, o fim de semana tinha sido um sucesso.

Depois que estávamos no carro, virei-me para ela.

— Vamos provar uma coisa um pouco diferente hoje — falei. — Vamos explorar por onde eu andava em minha antiga universidade e pareceremos um casal qualquer. — Coloquei a mão em seu joelho nu. — Só você e eu saberemos a diferença.

Ela endireitou a postura.

— Enquanto estivermos andando, você ficará um passo atrás de mim. Quando você e eu nos sentarmos, sua mão ficará em meu joelho. Você não cruzará as pernas nem os tornozelos em momento algum. Eu não exigirei que você me chame de *senhor* ou *mestre* se estivermos onde alguém possa ouvir. Entendeu?

— Sim, mestre — disse ela com um sorriso sedutor.

Minutos depois, parei em um estacionamento público perto do campus. Saí do carro e fui para o lado do carona para abrir a porta para ela.

— Você está linda, Abigail.

— Obrigada, mestre.

Andamos pelo campus principal e mostrei vários prédios onde tive aulas. Passamos por estudantes desfrutando do sol da manhã, talvez se preparando para as aulas.

No início, ela andou com cuidado, lentamente, sempre verificando se mantinha sua posição. De vez em quando, seus olhos disparavam para o ambiente ao redor, como se esperasse que alguém reconhecesse o que fazíamos. Mas, aos poucos, à medida que continuamos, ela ficou mais confiante, percebendo que ninguém nos dava nenhuma atenção.

Parei na escada do Webster Hall, perto da biblioteca em que eu estudava frequentemente, e me sentei. Ela se sentou a meu lado, insegura, e colocou a mão nervosa em meu joelho.

Coloquei a minha por cima da dela.

— Eu costumava me sentar aqui e escrever cartas para minha família. — Continuei falando, contando-lhe partes de minha vida, lembrando-me de coisas que eu havia esquecido. Por fim, ela se colocou numa posição mais confortável.

A certa altura, ela mexeu as pernas, movendo-as como se fosse cruzá-las.

Curvei-me e sussurrei.

— Não me obrigue a castigar você. Agora estamos relativamente discretos, mas se eu tiver de colocar você em cima dos meus joelhos, definitivamente vamos chamar atenção.

— Desculpe, mestre.

— Não vou lembrá-la da próxima vez. Coloque sua mão mais para cima.

Seus dedos subiram por minha perna e reprimi um gemido diante de seu toque. Meu plano de mostrar a ela que podíamos interagir em público nos fins de semana era bom, mas testava meu controle. Se estivéssemos em casa, ou mesmo na casa de Paul e Christine, eu já a teria feito se curvar sobre alguma coisa. Olhei para o relógio; ainda tínhamos algumas horas antes de precisarmos ir ao aeroporto.

Respirei fundo e voltamos a conversar. Falei de coisas bobas; detalhes mínimos com os quais ninguém se importava. Entretanto, eram as coisas que queria saber sobre ela, histórias que gostava de ouvir sobre seus tempos de faculdade e a parte de mim que eu queria compartilhar. Assim, pela hora seguinte, fiquei entre recordações. Ela riu com algumas que contei e se abriu, falando mais sobre suas próprias experiências na universidade. Conforme nosso tempo em New Hampshire se esgotava, vi que ela finalmente compreendia: podia conversar comigo no fim de semana. Mesmo sobre histórias tolas da faculdade.

Para o almoço, levei-a a um bistrô luxuoso. Ela mordeu o lábio ao considerar a disposição das cadeiras. Peguei uma mesa e ela me seguiu, sentando-se a meu lado e colocando a mão em meu joelho.

— Excelente, Abigail. Quando a comida chegar, você pode usar as duas mãos para comer.

Desta vez, eu queria dizer.

Meu corpo estava consciente de cada respiração dela, cada pequeno movimento. Cada molécula de meu corpo reagia a ela. Estendi o braço pelo encosto da cadeira, assim meus dedos roçaram seu ombro.

— Está vendo? — perguntei. — Como é possível interagir com os outros enquanto você usa minha coleira?

— Sim, mestre — disse ela, olhando em volta e vendo o salão relativamente vazio. — Para ser franca, o dia todo tem sido — a voz dela baixou —, bem, tem sido meio excitante. Ficar com você desse jeito. Parece que estamos guardando segredo de todo mundo.

Ergui a mão e acariciei sua nuca.

— Além de sua coleira, há uma ligação entre nós mais profunda do que a que os outros têm.

Ela virou a cabeça e disse:

— Isso, também.

Eu a beijei suavemente.

— Quer continuar esta tarde do mesmo jeito que passamos a manhã? — perguntei, depois que nosso almoço chegou.

— Sim, mestre. Estou realmente gostando.

— Algumas semanas atrás, eu não teria certeza se você estaria falando a verdade. Mas, depois deste fim de semana, acredito em você.

— Obrigada — respondeu ela.

Mais tarde, a caminho do aeroporto, pensei na semana seguinte. Com o casamento de Jackson e Felicia no sábado, Abby passaria toda a noite no próprio apartamento. O pai dela chegaria na quinta-feira e marcamos um jantar com ele na minha casa. Eu só a teria em minha cama novamente na noite de sábado. Seria o maior espaço de tempo em que dormiríamos separados desde que reatamos.

E sábado parecia longe demais.

Quando estávamos no jato, nos afivelando nas poltronas, a comissária de bordo nos deixou para se sentar com o piloto e então me virei para ela e disse:

— Quando eu disser *agora*, você terá trinta segundos para ir para o quarto, tirar a roupa e se colocar na posição dois, página 5. Entendeu?

A mão em meu joelho aumentou a pressão, a necessidade em seus olhos igual à minha.

— Sim, mestre.

Depois que estávamos nivelados no ar, falei uma só palavra.

— Agora.

Ela abriu o cinto e disparou para o quarto no fundo do avião. Comecei a contar. Quando cheguei a trinta, abri lentamente o cinto de segurança e me levantei.

Ela esperava por mim no quarto, de costas, de joelhos dobrados e pernas abertas. Entrei em sua linha de visão. Abri a camisa e a tirei pela cabeça. Os sapatos, as meias e a calça logo se juntaram à pilha de roupas no chão.

Fui até a cama e me coloquei sobre ela, prendi suas mãos nas minhas e as coloquei no alto de sua cabeça.

— Deixe-as aqui. Não me sinto confortável amarrando você em um avião.

Respirei fundo, tentando me controlar. Se esta seria a última vez em que a teria pelos próximos seis dias, eu queria aproveitar o tempo.

— Goze sempre que quiser — eu disse. — Quantas vezes puder. Quero ouvir você.

Deslizei contra ela, querendo extrair cada grama de carência de nós dois. Querendo elevar sua expectativa o máximo possível. Mordisquei. Senti. Escorreguei entre suas pernas abertas e senti seu gosto. Desfrutei do sabor pungente e doce de seu desejo.

— Me toque — eu disse, me movendo para cima do corpo dela, precisando daquelas mãos em mim.

Gemi enquanto ela me explorava, passando as mãos por meu peito e descendo, provocando meu pênis.

Eu me vinguei chupando o seu mamilo e traçando círculos ao redor dele com a língua. Belisquei o outro com os dedos.

Ela arqueou as costas, oferecendo mais de si. Eu a tomei — pegando-a mais fundo na boca e chupando com mais força, mordendo gentilmente.

Meti minha coxa entre as pernas dela e a provoquei com o joelho, num atrito lento contra ela. Certificando-me de tocar no clitóris. Ela mexeu os quadris contra mim e gemeu ao gozar suavemente.

Fui para cima dela.

— Abra os olhos. Olhe para mim.

Seus olhos castanho-escuros encontraram os meus e posicionei meu pau para penetrá-la.

— Olhe nos meus olhos — eu disse. — Enquanto eu tomo seu corpo para mim, quero que você entenda o quanto você tomou minha alma para si.

Meti nela.

— Você se pergunta se algum dia olhei para outra como olho para você. — Meti mais fundo. — Não olhei. Olhe nos meus olhos. Veja a verdade nas minhas palavras.

Seus olhos ficaram arregalados quando penetrei completamente nela e embora meus próprios olhos estavam praticamente rolando para trás, mantive o olhar fixo no dela. Mexíamo-nos juntos, lenta e propositadamente. Cada um se oferecendo ao outro; descobrindo e tomando do outro o que precisávamos em troca.

Passei a mão entre nós, roçando gentilmente seu clitóris, e ela gozou de novo, mais intensamente. Seus olhos palpitavam fechados enquanto o prazer tomava seu corpo. Aumentei o ritmo, arremetendo dentro dela e desfrutando da sensação de seu corpo se contraindo em volta de mim.

Logo ficou difícil demais reprimir e tive um orgasmo, gozando bem fundo dentro dela. Ainda assim, abracei-a sem querer deixar o conforto de seus braços. Sem estar preparado para que ela me deixasse. A semana pela frente seria atarefada e confusa. Eu nem tinha certeza se teríamos a oportunidade de almoçar juntos.

Virei-nos de modo que ficássemos de lado, ela de costas para meu peito, e abri sua coleira.

— Obrigado por me servir neste fim de semana — eu disse contra a pele do pescoço dela.

A mão de Abby subiu, acariciando meu rosto.

— Obrigada pela honra de servir ao senhor — respondeu ela.

Capítulo Doze

NATHANIEL

Abby trabalharia na segunda e na terça-feira. Ela havia tirado o resto da semana de folga para ajudar Felicia. Antes de sair da minha casa no domingo, combinamos de almoçar na terça-feira.

Ela telefonou na terça de manhã. Duas bibliotecárias tinham ficado doentes, três turmas do segundo ano iriam para a contação de histórias e o computador da biblioteca estava imprimindo datas de devolução de livro para junho de 2007. Ela se sentia péssima, mas não teria como ficar uma hora longe da biblioteca para almoçar.

Assim, às onze e meia, telefonei para o restaurante italiano favorito dela e encomendei um almoço no estilo piquenique para o meio-dia.

— Nathaniel — disse ela, erguendo a cabeça da recepção, com Martha a seu lado. — Não precisava trazer o almoço.

— E, se eu não trouxesse, quando e o que você almoçaria? — perguntei.

Ela saiu de trás da mesa.

— Eu teria comido uma barra de cereal daqui a duas horas. — Ela me abraçou. — Obrigada.

— De nada — eu disse, deliciando-me com seus braços em volta de mim.

— Pode ficar e comer comigo? Posso tirar trinta minutos, se você não se importar de comer na sala de descanso.

— Eu adoraria. Na realidade, estou contando com isso. Trouxe o suficiente para dois. — Coloquei a mão na sacola.

— Trouxe isto para você, Martha. Um pequeno agradecimento. — Estendi uma rosa amarelo-clara à bibliotecária sobressaltada.

— Ora, obrigada, Sr. West. — Ela pegou a rosa. — Nem me lembro da última vez que um homem me comprou uma flor.

— Foi muito gentil de sua parte — disse Abby enquanto saíamos da sala principal da biblioteca e deixamos Martha cheirando a rosa. — Ela vai ficar toda alvoroçada pelo resto do dia.

— Era o mínimo que eu podia fazer. Já falei para você, eu nunca teria deixado aquela rosa para você se ela não tivesse me apanhado com ela. E por falar nisso... — Voltei a colocar a mão na sacola. — Acho que isso é seu. — Tirei uma rosa-chá, com apenas um leve toque de cor-de-rosa nas pontas, e entreguei a ela.

Sua boca formou um "O" adorável antes de se abrir num sorriso malicioso.

— Ora, obrigada, gentil senhor — disse ela, pegando a flor. — Mas acredito que tenha dado à minha supervisora o mesmo símbolo de seu afeto.

— Não fiz tal coisa — falei, fingindo estar chocada. — A dela era amarela. A sua traz um significado consideravelmente maior. — Dei um tapinha no bolso, verificando se a caixa ainda estava ali. — Além disso, talvez eu tenha outra coisinha para você.

Ela ergueu uma sobrancelha.

— Depois do almoço — eu disse.

Ela abriu a porta da sala de descanso.

— Teremos de comer aqui. Hoje um mestrando está trabalhando na tese na seção de livros raros.

Eu a segui para dentro.

— Suponho que a gente tenha que deixá-lo trabalhar.

— Eu o expulsaria, se pudesse — disse ela.

— É muito tempo até sábado à noite. Não me tente.

Servi nossos *antipasti* e entreguei-lhe um garfo

— Como está Felicia?

— Irritada comigo — disse ela, sentando-se.

— Por quê? — perguntei, levantando os olhos do meu prato.

— Está chateada por eu ter passado o fim de semana em New Hampshire.

— É mesmo?

Ela gesticulou com desdém.

— Ela é assim. Acho que toda noiva passa por isso. Não sei o que poderia ter feito por ela no final de semana. Ela ficou com Jackson o tempo todo.

Espetei o garfo em uma azeitona e disse:

— Peço desculpas por nosso fim de semana ter criado problemas entre vocês duas.

— Não precisa se desculpar. Como eu disse, ela está assim a respeito de tudo ultimamente.

— Quais são seus planos para o resto da semana?

— Almoço das damas de honra amanhã — disse ela. — Meu pai chega na quinta. Elaina e eu vamos levar Felicia a um spa na sexta-feira, antes do ensaio. — Seus olhos cintilaram quando se voltaram para mim. — E você?

— Todd e eu vamos levar Jackson para passar o dia fora na sexta-feira. — Iríamos retribuir o que Jackson fez por Todd quando ele se casou com Elaina.

— Não vão levá-lo a uma boate de strip, vão?

— E se formos? — perguntei, erguendo as sobrancelhas.

Ela baixou os olhos para o prato, indiferente.

— Talvez eu proteste respeitosamente — declarou.

— Protestar respeitosamente? Em vez de censurar firmemente?

— Se eu protestar, não haverá firmeza em nada. — Sua mão roçou minha coxa por baixo da mesa e subiu pela perna.

— É melhor tirar a mão. A não ser que você queira que eu arranque você da mesa, te jogue por cima do ombro e invada a seção de livros raros, dando no pobre mestrando o maior susto da vida dele.

A mão dela subiu um centímetro, roçando levemente a base de meu pênis.

— Você não faria isso.

— Abby — avisei no tom de voz reservado aos fins de semana.

Ela ergueu os olhos para mim por um minuto, talvez tentando decidir se eu estava brincando ou não. Eu não estava. Comecei uma contagem mental; ela teria até o três.

Um.

Dois.

Ela retirou a mão.

— Mestrando idiota — murmurou ela.

Conversamos um pouco sobre o casamento, nossos planos para o fim de semana, como a casa de Todd e Elaina estava sendo transformada para acomodar a cerimônia e a festa. Talvez, pensei, ficássemos tão ocupados que o tempo passaria rapidamente até estarmos juntos de novo.

Por cima da minúscula mesa deslizei minha mão sobre a dela e a caixa no meu bolso parecia pegar fogo. Eu me remexi na cadeira.

Quando terminamos e limpamos a mesa, ela se levantou.

— É melhor voltar ao trabalho. Obrigada novamente pelo almoço.

— Antes de ir, tenho uma coisa para você — falei.

— É mesmo — disse ela, pegando a rosa. — Alguma coisa para compensar você ter dado uma flor tanto para mim quanto para minha chefe.

Tirei a caixa azul-clara do bolso.

Seus olhos se arregalaram. Ela colocou a rosa na mesa.

— Nathaniel.

— É só uma coisinha que encontrei e queria que você tivesse.

— Da Tiffany? — perguntou ela.

— Abra — eu disse, entregando-lhe a caixa.

Ela a pegou com dedos hesitantes.

— O laço ficou meio amassado em meu bolso — comentei.

Ela desfez o laço e ergueu lentamente a tampa. Eu sabia exatamente o que ela via quando perdeu o fôlego. Dois brincos de diamantes. Grandes e impecáveis. Meu pai tinha um gosto excepcional.

Sua expressão mudou do choque para o assombro.

— Eles são... — Sua mão livre dançava pelo pescoço.

— Eram da minha mãe. Quero que fique com eles.

— Da sua mãe?

Assenti com a cabeça, embora ela não estivesse me olhando. A ponta de seus dedos acompanhou uma das pedras redondas. Lembrei-me dos brincos no domingo à noite, uma das muitas joias que minha mãe tinha me deixado. Lembrei-me de que os guardava na caixa fechada onde ficavam as alianças dos meus pais. Assim que me lembrei dos brincos, soube que queria dá-los a Abby.

Queria que ela tivesse outro pedaço de mim. Que fosse dona de parte do passado que me tornou quem eu era.

— Eu não devo aceitar — começou ela. — São demais... da sua mãe.

— Por favor. — Peguei suas mãos, fechando a caixa em nosso aperto. — Por mim?

Ela me fitou com os olhos cheios de lágrimas.

Enxuguei uma lágrima com o polegar e disse:

— Pensei que talvez você pudesse usar no casamento. Se Felicia não tiver escolhido outra joia para você usar.

— Não — disse ela, e tive medo de que ela estivesse rejeitando meu presente. — Ela disse que não se importa.

O silêncio encheu a sala de descanso e prendi a respiração, esperando que ela dissesse mais alguma coisa.

— Obrigada — falou. — Adorei. Eu me sinto... Verdadeiramente honrada.

— Minha mãe iria querer que você ficasse com eles — declarei, certo deste fato. — Queria que ela pudesse ter te conhecido. Ela iria te amar.

Ela sorriu para mim, o sorriso lindo que iluminava meu dia como nada mais podia fazer.

— Eu também queria poder conhecê-la.

Sem dizer nada, eu a abracei e suas mãos subiram até meus ombros, ainda segurando a caixa.

— Eu te amo — sussurrei, beijando sua orelha. — Se pudesse, te daria o mundo, mas vou me conformar em oferecer pedacinhos de mim.

— Adoro quando você me oferece pedacinhos seus. Além disso, não quero o mundo, quero você.

Afastei-me e a beijei. Longa, lenta e intensamente. Ela me puxou para perto, passando a mão livre por meu cabelo, seus quadris apertados nos meus.

Alguém pigarreou à porta e Abby se afastou, mas continuou abraçada a mim.

— Sim? — perguntou ela à adolescente que abriu a porta sem que nenhum de nós ouvisse.

— Desculpe interromper, Srta. Abby, mas preciso dizer que o computador não está mais imprimindo datas de entrega de 2007.

— Boa notícia — disse Abby. — Mas por que isso exigiria minha atenção?

— Está imprimindo de 1807 — informou a menina.

— Vou até lá em um minuto — disse ela, suspirando.

A menina saiu.

— Desculpe de novo — disse ela pela porta fechada.

Abby baixou a cabeça no meu peito.

— *Srta. Abby?* — perguntei.

— Não pergunte.

Dei um beijo em sua testa.

— É melhor eu ir. Deixar você cuidando do século XIX.

Ela ficou na ponta dos pés e me beijou.

— Confie em mim, o século XIX não quer nada comigo.

— Me liga hoje à noite, ok?

— Ok — disse ela, tirando com delicadeza o cabelo dos meus olhos. — Eu te amo.

Sorri quando a campainha tocou às seis e meia da noite de quinta-feira. Foi Abby quem quis tocar a campainha da minha casa, mesmo se mudando para lá em pouco mais de uma semana. Eu sabia que ela tinha dito ao pai que pretendia se mudar, mas estaria mentindo se dissesse que eu não estava nervoso em conhecê-lo.

Apollo correu para a porta, adivinhando que Abby esperava por ele do outro lado.

— Calma — eu disse, me perguntando com que rapidez ele se acostumaria a tê-la por perto permanentemente.

Abri a porta e decidi que jamais iria me acostumar a tê-la morando comigo. Até recebê-la para jantar parecia bom demais para ser verdade.

Peguei suas mãos e dei um beijo em seu rosto, notando que ela usava os brincos que eu tinha lhe dado.

— Não precisava ter tocado a campainha. Eu não teria me importado se usasse sua chave.

Ela apertou minha mão e retribuiu o beijo.

— Velhos hábitos. — Ela se afastou e me orientou ao homem a seu lado. — Esse é meu pai.

Era um homem forte e robusto. Eu sabia por Abby que ele era empreiteiro e trabalhava nisso havia mais de vinte anos. Apertei a mão dele.

— Sr. King. Bem-vindo a Nova York.

— Não precisa me chamar de Sr. King — disse ele, com um leve sorriso brincando em suas feições. — E obrigado.

Mantive a porta aberta.

— Por favor, entre. Desculpe por Apollo. Ele é um pouco tímido com estranhos.

Como sempre, Apollo ficou parado a meu lado, mexendo-se apenas para colocar o focinho na mão de Abby quando ela passou. Sorri, me lembrando de como ele havia reagido ao conhecê-la. Sua reação ao pai dela era muito mais parecida à normal. Meus olhos encontraram os de Abby e indiquei Apollo com um gesto da cabeça.

Está vendo?, eu disse com os olhos. *Ele de fato não gosta de estranhos.*

Ela afagou a cabeça dele ao entrar no saguão, revirando os olhos para mim.

— Posso ajudar em alguma coisa na cozinha? — perguntou.

— Já coloquei o Bife Wellington e as batatas no forno — eu disse. Ela me falou que o pai era do tipo que comia carne com batata e eu planejei o jantar respeitando as preferências dele.

— Bife Wellington? — Ela arqueou uma sobrancelha. — Não é melhor eu dar uma olhada?

— Seu pai e eu estaremos na sala de estar. — Melhor tirar isso do caminho o quanto antes.

Sentamos — eu no sofá maior, o pai no de dois lugares. Ele olhou a sala, avaliando. Vi que era um homem calado, um tanto quanto a filha.

Dei um pigarro.

— Abby me disse que você vai entrar com Felicia na cerimônia no sábado.

— Felicia tem sido como uma segunda filha para mim. Ela teve lá suas dificuldades. Fico feliz que finalmente tenha encontrado alguém — disse ele.

— Jackson é completamente apaixonado por ela. Ele nunca foi tão feliz.

Ele sorriu e vi a gentileza em seus olhos, calor humano, e entendi que Abby herdou muito mais do que a natureza tranquila do pai.

— Pelo que Abby me falou, Felicia e Jackson não são os únicos — comentou ele.

Tudo bem. Aquela franqueza eu não esperava. Isso Abby não tinha herdado.

Meus pensamentos dispararam e tentei desesperadamente pensar em como responder.

Tenho apenas as mais honradas intenções para com sua filha?

Não tinha muita certeza quanto a isto ser a verdade completa, considerando o que eu disse a Abby que faria com ela da próxima vez que estivéssemos em minha sala de jogos.

Merda. O pai de Abby está na minha casa. Sentado bem abaixo da sala de jogos, onde eu provocava e instigava a filha dele. Como eu explicaria a porta fechada, se mostrasse a casa a ele?

Não explicaria, eu disse a mim mesmo. *Apenas ignoraria a sala.*

Eu realmente achava que ele olharia uma porta fechada e diria: "Ei, o que tem aí dentro?"

Não, eu não achava isso.

Ainda assim. Ele *podia perguntar.*

— Pelo que sei, ela vai se mudar para cá no próximo fim de semana, né? — perguntou ele.

Ajeitei um pouco minha postura e fiz o máximo para ignorar o suor que escorria por minhas costas. Era pior do que o baile de formatura. E se ele proibisse Abby de se mudar? Ele faria isso? O que eu faria se me tornasse a causa de mais rixas entre Abby e o pai?

As palavras saíram apressadas.

— Tenho apenas as mais honradas intenções para com sua filha, senhor. — Eu me encolhi. *Idiota.*

Ele gesticulou, desprezando a questão.

— Sei que você é um homem bem-sucedido, Nathaniel, e sei que Abby tem uma boa cabeça. Não vou dizer que estou inteiramente satisfeito com a rapidez dessa mudança ou que eu esteja feliz com toda essa história de morar juntos. — Ele me olhou e me perguntei o quanto ele sabia de meu passado com Abby. — Mas me lembro da alegria de partilhar a vida com alguém.

Abby tinha me contado que ele estava sozinho havia muito tempo.

— Assim, embora eu não esteja inteiramente satisfeito, vou deixar isso passar, pelo bem de Abby. Se você a faz feliz... bem, tudo que sempre quis para ela é que encontrasse a felicidade.

— Obrigado, senhor. — Fiquei estranhamente aliviado. — Eu também não quero nada além da felicidade de Abby.

— Mas que diabos. Não me chame de *senhor*. Faz com que me sinta um velho. Fale de seu primo. Alguma coisa que eu precise avisar a Felicia?

Eu ri e a conversa passou tranquilamente ao futebol americano.

Comemos na sala de jantar. Eu queria comer na cozinha, mas Abby achou que a sala de jantar era mais adequada e depois, pensando melhor, concordei. A sala de jantar, embora servisse a certos propósitos nos fins de semana, fazia parte da casa e devia ser usada como tal.

Além disso, pensei, vendo-a levar o pai a seu lugar, realmente me agradava observá-la agindo como anfitriã em minha casa. Eu não recebia visitas com muita frequência, mas decidi que Abby e eu teríamos de mudar isso depois que ela viesse para cá.

Ofereci-me para ajudá-la a servir, mas ela rejeitou por completo e me disse para eu me sentar e fazer companhia a seu pai. Sentei-me em meu lugar à cabeceira da mesa. O pai de Abby estava a minha direita, deixando Abby sentar-se à esquerda. Pus a mesa antes de todos chegarem; só precisávamos da comida.

Ela entrou e ficou a meu lado. Meu pênis teve uma contração quando me lembrei como Abby me servia na sala de jantar nos finais de semana. Coloquei, decidido, o guardanapo no colo. Este não era um fim de semana.

Ainda assim, meu corpo se lembrava...

E havia a eletricidade que zumbia entre nós sempre que estávamos juntos.

Ela colocou o Bife Wellington diante de mim e roçou levemente os dedos em meu ombro.

Eu também sinto, seu toque me dizia. *Sei exatamente o que você está pensando.*

Nossos olhos se encontraram enquanto ela se sentava e lhe sorri. *Nem tudo,* minha expressão a provocava. *Espere para ver — quando estiver a sós comigo de novo.*

— Você preparou isto? — perguntou o pai dela, interrompendo nossa conversa silenciosa.

Virei-me para ele, um tanto constrangido por ter pensamentos impróprios sobre sua filha enquanto ele estava à minha mesa.

— Sim. — Torci para que ele não fosse do tipo que pensa que cozinhar não é uma atividade masculina.

— Abby também gosta de cozinhar — disse ele. — Vocês dois devem se divertir na cozinha.

— É verdade. — Minha mente vagou para um dia de neve, uma cozinha cheia de vapor e um almoço com risoto frio.

— Fizemos um curso de sushi algumas semanas atrás — comentou Abby, chutando meu pé embaixo da mesa.

O canto de seu lábio se ergueu e balancei a cabeça para ela. *O que foi?*, perguntei com os olhos. Talvez eu tenha perdido minha máscara de imparcialidade nas últimas semanas.

— Gosta de beisebol? — perguntei ao pai dela.

— Ah, sim. Beisebol. Futebol.

— Tenho um camarote no Yankee Stadium. Talvez você possa vir neste verão para irmos a alguns jogos. Abby e eu adoraríamos que ficasse conosco alguns dias. — Enfatizando, assim eu esperava, que eu via esta casa não apenas como minha, mas também de Abby. Que ele sempre seria bem-vindo em nossa casa.

Nossa casa.

Senti meu estômago dar uma cambalhota da forma mais incrível e percebi que isto era o contentamento. O que ele tinha dito, mesmo? *A alegria de partilhar a vida com alguém.*

Olhei para Abby e, sim, ela sentia o mesmo. Peguei sua mão e apertei um pouco. Mas não era só partilhar a vida com alguém. Era partilhar a vida com Ela.

Capítulo Treze

ABBY

Era inútil, concluí, jogando as cobertas de lado e saindo da cama. Andei por meu quarto por alguns minutos, passando a mão por um monte de caixas: roupas aqui, livros acolá, todo o resto no meio.

Perguntei-me se Felicia estaria dormindo. Ela ia passar a noite em meu sofá. Tivemos um dia maravilhoso — primeiro encontramos Elaina no spa preferido de Felicia e presenteamos a noiva com um dia de mimos. À tarde, Felicia e eu voltamos ao apartamento e rimos como nos tempos de escola enquanto nos preparávamos para o ensaio. Até isso tinha sido ótimo. Nathaniel ficou orgulhosamente ao lado do primo, com um leve sorriso nos lábios enquanto Felicia tentava, sem sucesso, arrancar informações sobre onde eles estiveram o dia todo.

Meu vestido de dama de honra estava pendurado no armário, esperando pela manhã. Passei o dedo pela seda delicada. Felicia tinha excelente gosto. O vestido era azul-claro, longo e justo, expondo os ombros, exceto pelo chiffon que subia da cintura e ficava drapeado em um ombro.

Deixando o vestido de lado, joguei alguns livros restantes em uma caixa meio vazia, mas por fim admiti que o sono não iria me visitar tão cedo.

Fui em silêncio para a sala de estar, sem querer incomodar Felicia, mas encontrei-a sentada no sofá, bebendo uma xícara de chá.

— Desculpe — disse ela. — Acordei você?

— Não. — Fui até o sofá e me sentei a seu lado. — Eu também não consegui dormir. Nervosa?

Ela levou os joelhos ao queixo, abraçando as pernas.

— Não é nervosismo propriamente dito, eu acho. Só estou animada. Talvez meio preocupada.

— Preocupada em se casar com Jackson? — perguntei, alarmada. Era normal, não? Toda noiva não passava por isso?

— Não, Jackson não — disse ela e me senti um pouco melhor. — Bem, não Jackson, o homem. Estou mais preocupada com o fato de me casar com Jackson, o quarterback dos New York Giants. Os paparazzi e tudo. Ficar nos holofotes.

Lembrei-me vagamente da frustração dela quando o noivado foi anunciado. Fotógrafos a seguiram por alguns dias, aparecendo em frente à sua sala de aula, até telefonando algumas vezes para sua casa. O frenesi logo esmoreceu e, verdade seja dita, eu não tinha feito grande coisa para ajudá-la, já que na época tinha terminado com Nathaniel e vivia em uma névoa de depressão.

— Não vai ser tão ruim. Acho que não — eu disse. — É verdade que ele é um atleta famoso, mas não é ator, nem nada.

— Tente contratar seguranças para o seu casamento e aí me diga que isso não é ruim. Planeje sua lua de mel tentando decidir onde pode ficar sozinha na maior parte do tempo. E experimente ter seu vestido de noiva aparecendo na televisão para todo mundo ver.

— Tudo bem. Tudo bem — disse, tentando acalmá-la, sem querer vê-la em uma fúria nupcial completa. — Entendo seu argumento. A história do vestido de noiva foi brega.

— Eu que o diga.

— Mas, olha só, Jackson ama você. Sou testemunha. Você não tem motivos para se preocupar. Se os paparazzi aparecerem, você e Jackson cuidarão de tudo juntos. Além disso, você vai ter todo o clã dos Clark para te dar cobertura. E você sabe que sempre terá a mim.

Com essa, ela sorriu e disse:

— Obrigada, Abby.

Dei de ombros.

— Não é grande coisa. E como você e Jackson estarão viajando pela Europa, tenho certeza de que a onda do casamento terá passado quando voltarem aos Estados Unidos. Alguma outra celebridade terá roubado os holofotes.

Jackson havia planejado uma lua de mel de duas semanas para eles na Europa. Iriam ao Reino Unido, à França, Itália e Suíça. Embora eu sempre tivesse desejado conhecer a Europa, não parecia a minha ideia de uma lua de mel perfeita. Quando me casasse, queria passar a lua de mel a sós, com Nathaniel, e não pulando de um país a outro.

Um tremor correu pela minha coluna.

Lua de mel a sós com Nathaniel.

Ai.

— Tem razão — disse Felicia, alheia ao maquinar do meu cérebro. — Mas é estranho, sabia?

— Sim, é estranho. — E Felicia lidando com os paparazzi não era a única coisa.

— Tudo na noite de hoje é estranho, não é? — comentou ela. — Fomos vizinhas por uma eternidade e depois de amanhã tudo vai mudar. É meio triste.

— Você ainda terá a mim. Eu não vou a lugar nenhum.

— Vai morar com Nathaniel. Põe estranho nisso.

Eu queria perguntar o que havia de estranho nisso, mas decidi não fazer. Não queria discutir meus fins de semana com Nathaniel. Embora Felicia parecesse me dar mais apoio, eu não tinha certeza se a essa altura ela poderia ouvir sem fazer críticas.

— Quero dizer, claro que Jackson é um jogador de futebol famoso, mas Nathaniel entra frequentemente nas listas dos vinte americanos mais ricos — continuou ela. — Como é lidar com isso?

Eu sabia o que ela estava fazendo: tentando se sentir melhor ao deslocar o foco para outra pessoa. Perguntando como eu lidava com algo que ela também precisava lidar. Decidi falar a verdade.

— Não é nada. Quando estou com Nathaniel, não penso na riqueza dele ou no quanto ele vale. É só ele. Nathaniel.

— Ainda assim — pressionou ela. — Como vai ser com você morando com ele? Você vai pagar aluguel? Vai pagar parte da hipoteca?

Ela acabou de chamá-lo de um dos cidadãos mais ricos dos Estados Unidos e acha que ele paga hipoteca?

— Ele não paga hipoteca. É o proprietário da casa. E não, não vou pagar aluguel a ele.

— Mas as despesas? — insistiu ela.

— Vou ajudar nas despesas, é claro. — Mas tudo isso era uma conjectura minha. Nathaniel e eu conversamos um pouco sobre como seriam as despesas depois que me mudasse, mas nada muito detalhado. Resolveríamos tudo quando já estivesse instalada. — E você e Jackson? Está preocupada com dinheiro?

— Não. Jackson já fez planos para abrir uma conta conjunta. Vai ser estranho ter todo aquele dinheiro. Qual é, Abby. Confesse. Você deve ter pensado nos benefícios materiais de morar com Nathaniel.

— Uma ou duas vezes, talvez.

— Uma ou duas vezes. Sei — disse ela.

— Sei que ele tem uma empregada. Acho que vai ser esquisito... Ter alguém limpando tudo para mim. Mas, sinceramente, não penso nisso. Eu me concentro mais em Nathaniel.

— Vou ficar tão feliz quando Jackson se aposentar e pudermos ser um pouco mais normais.

Ela estava muito confusa. Novamente, talvez isto fosse frequente com noivas. Decidi entrar na onda dela.

— Ele vai jogar mais uma temporada? — perguntei.

— Vai. Este é o último ano dele. Deve ficar algum tempo de férias e depois procurar algo como treinador.

Coloquei a mão em seu joelho e disse:

— Faça uma coisa por mim, Felicia... Aproveite este ano. Será muito diferente de tudo que você já fez ou viveu. — Sorri. — Você vai ficar bem. Todos vão te amar. Sobretudo Jackson.

Os olhos delas se encheram de lágrimas e ela me puxou num abraço.

— Obrigada.

Nossa última noite como vizinhas.

O pensamento ressoava sem parar em minha cabeça. Parecia tão surreal. Como era possível que nossas vidas tivessem mudado tanto em tão pouco tempo?

Afastei-me e afaguei seu cabelo.

— Agora, você realmente precisa dormir um pouco. Não podemos estar com olheiras nas fotos de amanhã.

Eu pretendia ser engraçada, deixar o clima um pouco mais leve, mas Felicia não sorriu. Sua expressão era séria quando ela me olhou nos olhos.

— Eu te falei que não quero saber dos detalhes de como você e Nathaniel se entendem. E ainda não quero. Você anda tão feliz ultimamente. — Ela respirou fundo. — Mas ainda preciso saber...

— Precisa saber? — perguntei, um leve pavor penetrando em minha voz.

— Naquele dia que você o deixou, você disse que ele finalmente havia te beijado. — Ela soltou essa e parou, mordendo o lábio como se temesse concluir.

— Sim? — perguntei, ainda não inteiramente à vontade com o rumo que a conversa tomava, mas sentindo que era importante para ela.

— Ele beija você agora? — Ela quase suplicava. — Ele beija você nos dias úteis e nos fins de semana? Sei que é idiotice e não sei por que isso importa, mas se ele beijar, vou me sentir muito melhor. Beija?

Não pude reprimir o sorriso que se espalhava pelo meu rosto. A resposta devia ser evidente, porque vi o sorriso dela antes de responder à pergunta.

— Sim, Felicia. Sim. Ele me beija nos dias úteis e nos fins de semana e sim, eu estou muito, muito feliz.

O sábado passou num borrão. Felicia e eu ficamos em constante atividade desde o momento em que acordamos, então não tive muito tempo para pensar em como o dia foi diferente de um sábado normal para mim.

Eu ri.

Sábado normal.

Desde quando meus sábados eram *normais?*

— Você está rindo, Abby? — perguntou Felicia. — Conte a piada. Estou precisando rir um pouco.

Estávamos em um dos quartos de hóspede da casa de Elaina e Todd e uma stylist ajeitava o cabelo de Felicia em um coque elegante. Meu cabelo estava terminado, eu, vestida e — olhando o relógio perto da cama — o casamento começaria às seis. Faltava pouco mais de duas horas.

Olhei para Felicia e disse:

— Não era nada. Só estava falando comigo mesma.

— Bem, então desça e pegue umas uvas para mim, por favor? Acho que posso comer uva sem fazer um... Ai! — Ela ergueu os olhos para a mulher que a penteava. — Cuidado... Gostaria de ainda ter algum cabelo quando você terminar.

Sim, era uma ótima ideia pegar umas uvas para Felicia. Eu a amava e tudo, mas ela estava deixando a mim, e a todos os outros, só um pouquinho loucos.

— Volto já — eu disse, desviando-me de seu vestido pendurado no manequim e indo para a porta.

— Acho que ainda estarei aqui — replicou ela.

Desci a escada apressadamente, suspendendo o vestido para não pisar nele. Não queria calçar os sapatos até que fosse absolutamente necessário. Ao chegar ao térreo, procurei por Nathaniel. Eu sabia que ele estava em algum lugar da casa — vi seu carro pela janela do segundo andar —, mas ainda não o tinha visto.

Bem, em duas horas ele estaria no jardim, ao lado do primo. Se não o visse antes, no mínimo eu o veria lá. Entrei na cozinha, preocupada com o bufê e seus funcionários, e fui para a ilha central, onde comidinhas tinham sido preparadas para a família, madrinhas, padrinhos e afins.

Corri os olhos pela mesa. Uvas, uvas, uvas. Certamente haveria uvas. Felicia não teria pedido uvas caso contrário, não é?

Uma grande mão se fechou em meu ombro esquerdo segundos antes que lábios quentes plantassem um beijo de boca aberta em meu pescoço.

— Meu Deus — disse Nathaniel contra minha pele. — Olhe só para você.

Cada nervo que eu possuía ficou retesado e uma onda de desejo não saciado disparou por meu corpo.

— Hmmmm — eu disse, recostando-me nele enquanto seus braços me envolviam e seus lábios continuavam a exploração das minhas costas.

— Estive pensando em procurar você lá em cima o dia todo — falou ele, seu hálito fazendo cócegas em minha orelha, suas mãos vagando por minha cintura, puxando-me mais para perto. Elaina manteve os homens sequestrados no primeiro andar da casa, enquanto as mulheres ficavam no segundo andar. — Com Jackson, Todd e Linda, não tive a oportunidade de escapar.

Eu quase gemi quando seus lábios encontraram o ponto certo onde meu pescoço se unia à coluna.

— Ainda bem que tomei a questão com minhas próprias mãos e desci nesse exato momento — eu disse.

Ele me virou e me olhou com olhos escuros.

— Ainda bem mesmo — replicou ele e se curvou para um beijo suave. Mas eu tinha ficado sem ele durante a maior parte da semana e não queria nada que fosse suave.

— É só o que você tem? — provoquei.

Ele se curvou mais para perto e sussurrou em meu ouvido.

— Quando eu levar você para casa, vou mostrar *exatamente* o que tenho. A questão é: você quer que eu mostre com força e rapidez ou lenta e suavemente?

— As duas coisas — respondi, aproximando-me mais dele. — Primeiro vou querer forte e rápido, depois suave e lento. — Passei a mão sob o paletó, brincando com seu peito. — Ou talvez, se você estiver disposto...

— Merda, Abby. Estou sempre disposto.

Seus lábios esmagaram os meus e gemi enquanto sua língua abria caminho para minha boca. *O gosto dele.* Droga, como senti falta desse gosto. Segurei-o pelas lapelas e o puxei para mais perto, sentindo sua ereção enquanto ele se apertava contra mim. Gemi.

Alguém a nosso lado pigarreou discretamente.

Merda, merda, merda.

Nathaniel se afastou e baixei a cabeça em seu peito, com as mãos ainda agarrando o tecido do paletó, tentando controlar a respiração.

A voz dele era seca e sem emoção quando ele voltou a falar.

— Melanie.

Minha cabeça disparou para cima e olhei diretamente para a linda mulher ao lado da mesa.

— Você parece ter o hábito muito *peculiar* de aparecer logo quando... — começou Nathaniel.

Pulei entre os dois, soltando o paletó de Nathaniel.

— É um prazer ver você de novo.

Eu disse isso porque era o tipo de coisa que se diz quando se está diante de uma pessoa a quem você não tem nada a dizer. Olhei-a por alguns segundos enquanto ela nos fitava. Estava realmente linda, com o cabelo na altura certa e o vestido de noite exibindo vantajosamente seu corpo elegante.

Ocorreu-me então como era estranho ficar ao lado de Nathaniel enquanto ele se dirigia à ex-namorada. Ele tinha beijado aqueles lábios perfeitos, a abraçado e feito amor com ela muito antes de me abraçar ou me beijar. Embora ele a tivesse deixado, senti certo ciúme.

Você está sendo idiota, disse a mim mesma. O que foi que ele me disse no último fim de semana? *É você. Sempre foi você.*

Olhei para Melanie e entendi, bem no fundo de minha alma, que nunca foi ela e isso fez com que me sentisse melhor.

— Abby — disse ela, estendendo a mão. — O prazer é meu.

Olhei para Nathaniel e vi que ele a observava. Perguntei-me o que ele estaria pensando. O olhar de Melanie baixou a meu pescoço enquanto trocávamos um aperto de mãos e vi uma centelha de surpresa atravessar seu rosto antes que ela conseguisse disfarçar.

Ora, ora, ora. Embora não tivesse ficado chocada ao descobrir Nathaniel e eu juntos, Melanie ficou surpresa com meu pescoço nu. Porém, se eu não desabafei os detalhes do meu relacionamento para a *minha* melhor amiga, certamente não os contaria à ex-namorada *dele*.

— Posso ajudá-la em alguma coisa? — perguntou Nathaniel.

Sua voz ainda era seca e um tanto sem emoção, e me perguntei se ele sempre falava assim com ela. Será que usou esse tom de voz durante toda a relação dos dois? Ou isso veio depois, quando ele se colocou acima de toda a culpa desnecessária de não atender às expectativas dela?

Naquele momento, não consegui decidir se devia gostar de Melanie por não ser o que ele precisava — obrigando-o, se preferir assim, a encontrar uma nova submissa, isto é, *eu* — ou odiá-la por toda a dor e vergonha que ele deve ter sentido ao precisar encontrar uma nova submissa.

Águas passadas, concluí. *Deixe estar.*

— Minha mãe e eu íamos subir para ver Linda — disse Melanie. — Felicia falou alguma coisa sobre uvas. Disse que Abby tinha vindo pegá-las, mas que estava demorando uma eternidade.

— Eu saí de lá há no máximo cinco minutos. — Revirei os olhos. — Noivas — acrescentei em voz baixa.

Nathaniel riu e falou:

— E eu e Felicia estávamos nos dando tão bem. Ela nunca vai me perdoar por atrasar suas uvas. — Ele se virou para mim.

— Leve as uvas para Felicia, Abby. Preciso voltar a Jackson, de qualquer modo. — Ele pegou meu rosto com gentileza. — Você está deslumbrante. — Ele se curvou para perto e sussurrou para que Melanie não ouvisse. — E mais tarde, essa noite, vou topar tudo o que desejar seu coração, ou seu corpo.

Ele me deu um rápido beijo na boca, um breve aceno de cabeça e um "Melanie" decidido e então partiu.

Melanie não ficou nem um pouco envergonhada.

— Eu lamento muito — disse ela. — Mas não conseguia alcançar as uvas e me senti mal por interromper, mas... — Balançou a cabeça.

— Não é nada de mais — garanti a ela, pegando um guardanapo e procurando mais uma vez pelas uvas. — Eu disse a Felicia que as levaria.

— Vamos procurar aqui — disse ela, erguendo a tampa de uma travessa, expondo as frutas.

Sorri para a mulher cuja relação com Nathaniel tinha me assombrado por tanto tempo. Todos os dias que eu havia passado aborrecida por ele tê-la beijado. O choque e a consternação que senti quando Elaina me disse que Melanie nunca tinha sido submissa dele. Até a raiva que senti quando Nathaniel desprezava seu suposto fracasso com ela. Coloquei as uvas no guardanapo e percebi que tudo que eu sentia por ela agora era um leve traço de bondade.

Duas horas depois, eu andava pelo corredor que havia sido montado no jardim de Elaina e Todd. Detestava ser o centro das atenções de qualquer forma, e, durante os primeiros minutos, só pensava em toda aquela gente olhando para mim.

A sensação acabou assim que ergui a cabeça e notei Nathaniel. Não tive a oportunidade de perceber antes quão bonito ele estava. Quando me puxou para si, ficou perto demais para que eu desse uma boa olhada em sua aparência impressionante. Andando pelo corredor, apreendi tudo: o smoking que caía com perfeição nos ombros, o preto do paletó formando um contraste com o verde-escuro de seus olhos, as calças roçando o alto dos sapatos e o cabelo, como sempre, no estado de desalinho que eu tanto adorava.

Era como se o olhar dele e só o olhar dele me atraísse para a frente. Quase sentia o calor vindo de sua expressão e me perguntei, desatenta, se mais alguém percebeu. Naquele momento, não parecia uma loucura tão grande pensar que ele um dia estaria esperando por mim em um altar diferente, num momento diferente, por um motivo tão semelhante. A ideia me fez sorrir.

Você está de tirar o fôlego, murmurou ele quando cheguei ao altar.

Olha quem fala, respondi também aos murmúrios.

Ele meneou a cabeça sem acreditar e, de algum lugar ao fundo, começaram a tocar os acordes suaves de uma harpa.

Só notei a entrada de Felicia quando ela bloqueou minha visão de Nathaniel. Dei uma bronca mental em mim mesma por não prestar mais atenção. Não seria constrangedor se alguém notasse meu foco no padrinho, e não na noiva? Resolvi me comportar melhor.

Mas enquanto o padre dava as boas-vindas a todos e Felicia e Jackson trocavam os votos que os uniria para sempre, minha mente vagou de volta a Nathaniel. Nossos olhos se encontraram e sorri novamente.

Tudo parecia possível.

Capítulo Quatorze

NATHANIEL

Depois da cerimônia, os convidados do casamento ficaram por ali, bebendo coquetéis e comendo canapés enquanto o jardim dos fundos de Todd e Elaina era convertido num salão de festas. Logo peguei Abby nos braços para dançarmos juntos como padrinho e dama de honra.

— Suspiro de felicidade? — perguntou ela, afastando-se um pouco quando uma melodia conhecida começou a tocar ao piano.

— Suspiro de felicidade. Jackson e Felicia estão casados. Conheci seu pai e me dei bem com ele...

— Tinha alguma dúvida quanto a isso?

— Eu sempre levo em consideração a dúvida. Faz parte da minha mentalidade de negócios.

— Isso não são os negócios — disse ela.

Apertei o abraço.

— Eu sei. Mas é parte de quem eu sou. Além disso, você não me deixou terminar.

— Terminar o quê? — perguntou ela, voltando a se acomodar em meu abraço.

Passei a mão por seus ombros e desci por suas costas.

— De explicar meu suspiro de felicidade.

— É claro. Continue — disse ela.

— Onde eu estava mesmo? Ah, sim, me lembrei. Meu primo acaba de se casar. Tenho uma nova prima. A mulher mais maravilhosa do mundo está dançando comigo e a melhor notícia é que ela vai para casa comigo esta noite.

— Essa é a melhor notícia?

Fiz nossos corpos rodarem e vi Melanie falando com Linda. Eu quase tinha sido grosseiro com ela mais cedo. Felizmente, Abby estava presente para amenizar meu comportamento. E, verdade seja dita, ter Melanie me pegando em um abraço apaixonado com Abby não havia sido assim tão ruim. Se restasse alguma dúvida ainda de que eu era proibido para ela, agora estava muito claro.

— Sim — respondi a sua pergunta. — Já faz tempo demais desde que tive você em minha cama.

— *Nathaniel.*

— Confesse. Você também sente.

A mão dela desceu e pousou abaixo da minha cintura. O bastante para provar seu ponto de vista, mas não o suficiente para ser considerado indecoroso.

— É claro que sinto — disse ela.

— Estou ansioso para ter você nos braços quando dormir essa noite. — Abracei-a com mais força.

— *Dormir?* Só isso?

— Não, mas se eu falar demais sobre isso, posso acabar arrastando você para o quarto de hóspedes ou atacá-la num armário.

— E isto seria ruim porque...? — provocou ela, pressionando os quadris contra mim.

Baixei a cabeça e dei uma mordida forte no lóbulo da orelha, bem onde Abby gostava.

— Porque não terei pressa alguma depois que levar você para casa.

A respiração dela era curta e entrecortada.

— Pensei que tínhamos combinado que seria forte e rápido primeiro.

Apertei os quadris contra os dela, na esperança de que o movimento fosse disfarçado para qualquer convidado que estivesse olhando.

— Mudei de ideia — eu disse.

— Mudou de ideia? — perguntou ela, e percebi que não estávamos mais dançando, só nos balançando enquanto a música tocava.

Eu nos levei a um movimento mais parecido com a dança

— Mudei de ideia. Vou desfrutar inteiramente de meu tempo com você.

— Humpf — disse ela, mas não discutiu.

Escondi meu sorriso em seu cabelo. Ela ficava bonitinha pra cacete quando estava irritada.

A ida para casa foi uma espécie de tortura. Fiquei com a minha mão sobre a de Abby e ela passou o tempo desenhando oitos pequeninos nela. Falamos dos detalhes do casamento, rindo de alguns deslizes, discutindo os vários convidados e concordando como foi bom que os paparazzi não tivessem aparecido em nenhum momento. Foi uma conversa inteiramente simples, em especial considerando como nós dois estávamos tensos. Cada giro de seu dedo em minha mão parecia alcançar diretamente minha virilha.

— Preciso levar Apollo para fora — falei quando paramos na garagem. Eu adorava Apollo, de verdade, mas às vezes queria que ele fosse treinado para usar uma privada.

— Vou esperar lá em cima — disse ela.

— No hall, por favor.

Uma de suas sobrancelhas se ergueu na luz prateada e clara da casa.

— Tudo bem.

Dei-lhe um beijo no rosto enquanto a ajudava a sair do carro.

— Obrigada.

Depois de levar Apollo para fora e voltarmos para a casa, tranquei a porta. Ela esperava por mim, balançando-se um pouco nos calcanhares.

— Há algum motivo para você querer que eu esperasse aqui? — perguntou com os olhos cheios de malícia.

Tirei o paletó e o joguei no chão.

— Lembra-se daquela vez que te fiz passar o fim de semana todo nua?

— Vagamente — brincou ela.

Fiz um gesto com a cabeça em direção à escada.

— E comi você ali, no terceiro degrau?

— Você se lembra do degrau? — perguntou ela.

Aproximei-me dela e apoiei as mãos em seus ombros.

— Lembro de tudo. Lembro de olhar para você, aqui no hall, esperando por mim, e perceber mesmo naquela época que você pertencia a este lugar. Ao meu lado.

— Naquele fim de semana? — A respiração dela era quente em meu pescoço.

— Sim. Eu soube, sem sombra de dúvida, naquele fim de semana.

— Nunca soube disso.

— Eu sei.

Puxei sua cabeça para que nossos olhos se encontrassem e recitei:

> — *"Há uma dama doce e com encanto,*
> *Jamais um rosto me agradou tanto;*
> *Nada fiz senão vê-la passar."*

Gentilmente soltei seu cabelo e deixei os grampos caírem ao chão. Eles fizeram eco ao baterem no mármore.

> — *"Porém, amo-a até meu último suspirar."*

Ela inspirou o ar rapidamente enquanto eu recitava um de seus poemas preferidos e sorri diante disso. Acompanhei o contorno de seus lábios.

> *— "Seus gestos, sorriso, movimento,*
> *Sábia, sua voz, a meu coração é um alento,*
> *Alento a meu coração, não sei explicar*
> *Entretanto, amo-a até meu último suspirar."*

— Nathaniel — murmurou ela suavemente.

Passei a mão nas costas dela e puxei o zíper do vestido o máximo que pude. Depois abaixei o tecido macio de um ombro.

> *— "O Cupido tem asas e é capaz de alcançar*
> *Seu reino e assim meu amor é capaz de a mudar."*

Seus olhos se fecharam e os lábios se separaram. Desci por seu pescoço, beijando-a.

> *— "Mas mude ela a terra, ou o céu deslocar*
> *Ainda a amarei até meu último suspirar."*

Tirei o vestido dela fazendo o tecido deslizar, permitindo a minhas mãos a liberdade de correr por suas curvas. Tudo agora parecia livre. Eu estava livre. Livre para amá-la como Abby merecia. Livre para aceitar o amor que ela me dava. Tudo parecia tão... possível.

— Eu te amo, Nathaniel — sussurrou ela.

Fui imobilizado por suas palavras. Era a primeira vez que ela dizia que me amava antes de mim. Como era possível que quatro palavrinhas fizessem meu coração se contrair daquele jeito?

O sangue disparou por meu corpo em resposta àquela frase sussurrada e a repassei mentalmente incontáveis vezes.

— Ah, Abby, eu te amo — sussurrei em resposta. Por mais urgente que nossa carência parecesse horas antes, ela havia passado, deixando em seu rastro o desejo de me reconectar a ela.

Seus dedos abriram os botões de minha camisa. Lentamente. Ela também não tinha pressa, passando as mãos por baixo do tecido, roçando levemente os polegares por meus mamilos. Curvei-me e a beijei de novo. Por um momento ficamos ali, tocando-nos e nos provocando enquanto tirávamos a roupa um do outro. Nossos sussurros simples ecoavam suavemente na sala iluminada pela lua.

— Hmmmm.

— Sim.

— Pronto?

— De novo.

— Mais.

— Agora.

— Por favor.

Até que por fim concordamos.

— Lá em cima.

Dormimos até o dia seguinte, entrelaçados, aos poucos tornando-nos conscientes de nossos corpos quando nos mexíamos. Nossos toques tornaram-se cada vez mais urgentes, deixando logo as carícias e passando a investidas provocantes até que nós dois ofegávamos de carência.

Ela me rolou de costas, pegando minha cabeça nas mãos e me beijando profundamente.

Gemi em sua boca.

Ela ficou por cima, colocando um joelho de cada lado de meus quadris. Não tinha escovado o cabelo na noite anterior e ele caía bagunçado, as mechas embaraçadas pela noite de sono caindo sobre os ombros. Sem dizer nada, subiu e depois desceu em mim. Eu me arqueei, forçando mais fundo para dentro dela.

Quando moveu os quadris levei as mãos exatamente abaixo da covinha de suas costas. Não para guiar, não para controlar, apenas para sentir seus músculos trabalhando sob minhas mãos. Para desfrutar como Abby tinha prazer sobre meu corpo. Para desfrutá-la.

Sua cabeça foi para trás enquanto montava em mim e seus peitos se empinaram. Passei as mãos por seu tronco e peguei cada seio, beliscando os mamilos. Ela, em resposta, aumentou o ritmo.

Era linda em seu prazer: do tom claro de cor-de-rosa que cobria seu corpo aos gemidos suaves de desejo que soltava ao se aproximar do orgasmo. Observando-a, meu próprio desejo cresceu e desci as mãos, segurei seus quadris com força, fiz frente a suas arremetidas, combinando-as com as minhas próprias. Por vezes sem conta nossos corpos roçaram juntos até que seu queixo caiu e ela teve um orgasmo com um grito curto.

Eu a mantive parada e me impeli para dentro dela em um ritmo mais acelerado e com mais força, sentindo a aproximação do meu orgasmo. Ela gemeu e passei o polegar em seu clitóris. Segundos depois, fui recompensado pela sensação dela se contraindo uma segunda vez. Com um grunhido e uma estocada, meu próprio clímax me dominou e gozei dentro dela.

Ela desabou em cima de mim.

Passaram-se vários minutos antes que conseguíssemos falar.

— Bom dia — disse ela por fim, sem levantar a cabeça, pousada em meu peito.

— Um bom dia mesmo. O que foi isso?

Ela riu.

— Pagamento pelo Thomas Ford que você recitou ontem à noite.

— Pensei que o pagamento tivesse sido feito assim que subimos a escada — eu disse, me lembrando das horas que passamos na noite anterior.

— Ah, não. Citar Thomas Ford definitivamente exigia um pagamento com juros.

— Nesse caso — comentei, passando a mão livre por suas costas e sentindo-a estremecer sob meu toque —, espero ter um volume da obra dele na biblioteca.

Naquela mesma tarde, voltei para casa depois de levar Apollo para uma saída rápida. Quando saí, Abby estava na sala. Fui pego de guarda baixa ao encontrá-la me esperando no hall.

— Está tudo bem? — perguntei enquanto Apollo passava correndo por ela para desabar em sua almofada na sala de estar.

Ela não disse nada. Em vez disso, aproximou-se e parou diante de mim.

— Abby?

Ficou de joelhos. Suas mãos subiram até os botões do meu jeans e ela começou a abri-los.

Ah, sim. A megera insaciável não teve o bastante de mim na noite passada ou nesta manhã. Eu sentia exatamente o mesmo. Entretanto, não a queria de joelhos.

Fiz com que suas mãos parassem.

— Vamos continuar isso lá em cima. Ou na cozinha. Talvez comigo na bancada desta vez. — Meu pênis endureceu com o rumo que a conversa parecia tomar.

— Não.

Não?

Como é?

Não, ela não queria subir? Ou não, ela não me queria na cozinha?

— O quê? — perguntei.

— Não.

Ela tentava me dizer alguma coisa. Eu não conseguia deduzir o que era.

— Abby — falei, apertando um pouco suas mãos. — Não estou entendendo.

— Não — disse ela. Acrescentou baixinho: — Mestre.

Meu queixo caiu e fechei a boca apressadamente.

Ela suspirou e se jogou no chão, sentando-se a meus pés.

— Ver Paul e Christine no fim de semana passado foi uma experiência que abriu meus olhos e eu queria muito voltar à sala de jogos com você. E então entendi, com o casamento e tudo mais... — Olhou para cima. — Não quero que você pense que não gostei do tempo mais relaxado. Eu gostei. É só que — ela deu de ombros —, mais uma semana?

Pensei no que ela disse. Sim, o fim de semana de folga tinha sido necessário considerando nossas responsabilidades do dia anterior e, sim, descansar tinha sido agradável, mas ainda havia aquela carência. Empurrada de lado e ignorada, mas ainda presente. Atiçando-me. Era óbvio que também a atiçava.

— E você pensou que essa era a melhor maneira de chegar lá de novo? — perguntei.

Seus lábios se curvaram para cima.

— Parecia a abordagem mais direta.

— Imagino que sim, mas você podia ter pedido.

— Isso me pareceu mais natural.

— Você se lembra do que eu disse que faria quando tivesse você em minha sala de jogos? — Além de falar que a colocaria vendada em minha cruz, eu tinha discutido vários outros elementos que Paul e Christine usaram em seu jogo. Embora Abby tenha me falado que não estava certa quanto a alguns, eu pretendia que ela os experimentasse. Afinal, não eram limites.

— Sim, senhor.

— Muito bem, então. — Fui até a mesa no hall, onde eu guardava sua coleira. — Se quer jogar hoje, quem sou eu para negar?

— Obrigada, senhor.

— Talvez você queira agradecer a mim depois, *Abigail*. — Peguei sua coleira e a estendi. — Agora venha cá para terminarmos o que você começou.

Capítulo Quinze

ABBY

Levou apenas um segundo para que suas palavras entrassem em meu subconsciente.

Sim, ele também queria.

Levantei-me e fui até ele. Seus olhos possuíam um brilho malicioso e meu coração martelava de medo e desejo libertino. O que eu tinha desencadeado? Será que queria saber o que estava por trás daquele olhar?

Sim, ora essa. Eu queria.

Quando parei diante dele, me ajoelhei e esperei. Observando.

— Ofereço a você minha coleira como símbolo do controle que tenho sobre você — disse ele. — Quando usar isto, deve obedecer a qualquer ordem que eu der sem hesitar e no máximo de sua capacidade. Quando desobedecer, minha punição será adequada e rápida. Honrarei e respeitarei sua submissão e terei seu bem-estar mental e físico à frente de meus pensamentos, enquanto transformo você na melhor submissa possível. — Ele ergueu a coleira. — Você aceita minha coleira?

Eu adorava como ele sempre me perguntava antes de colocá-la. Como a coleira nos reafirmava e o nosso relacionamento também.

— Sim, senhor — respondi, e meu corpo estremeceu de expectativa. — Eu aceito sua coleira e me ponho inteiramente em suas mãos. Meu corpo é seu para fazer o que o senhor julgar adequado.

168

O metal frio cercou meu pescoço e seu toque me acalmou enquanto ele o fechava. Depois disso, suas mãos pousaram em meu cabelo numa ordem silenciosa.

— Posso servi-lo com minha boca, mestre? — perguntei.

As mãos dele apertaram mais.

— Pode.

Droga, eu adorava quando ele puxava meu cabelo. Novamente me movi para desabotoar o jeans dele e pensei ter ouvido um leve suspiro quando abaixei sua calça.

Ele logo se livrou da calça e da cueca, sem perder tempo enquanto trazia minha cabeça para seu pênis. Sua mão se apertou ainda mais em meu cabelo enquanto se empurrava em minha boca. Fechei os olhos e me concentrei em senti-lo. Eu o havia chupado na noite anterior, mas existia agora em seu toque uma propensão diferente enquanto eu estava ajoelhada no hall.

— Gosta disso, Abigail? Gosta quando eu meto em sua boca?

Não consegui responder, é claro. Não com o pau dele na minha boca. Assim, em vez disso, murmurei uma resposta.

— Chupe mais forte — ordenou ele e fechei a boca a sua volta, criando um vácuo e puxando mais fundo. — Isso. — Ele deslizou as mãos de meu cabelo, pousando-as em meu rosto, e seus polegares pressionaram minhas bochechas. — Mais forte. Quero sentir meu pau enquanto como você.

Suas mãos eram rudes e exigentes ao se cravarem em minha pele. Ele mudou o ângulo dos quadris, levando o pênis a golpear minha bochecha enquanto arremetia. Durante a semana, eu conseguia levá-lo ao clímax em questão de minutos. Isto mudava nos finais de semana, quando ele se continha mais. Eu sabia que parte do motivo era dar tempo a nós dois para entrar em nossos papéis, mas me perguntei se também teria a ver com o domínio do controle sobre o próprio corpo.

Me concentrei nele e em suas necessidades. Servindo a Nathaniel. Fazendo o que ele desejava. Enquanto fazia isso, senti escaparem os estresses da semana anterior e o tumulto do casamento até restar apenas Nathaniel.

Quando o senti estremecer, trabalhei ainda mais firme, notando que suas mãos tinham voltado a meu cabelo. Ele segurou minha cabeça parada enquanto entrava e saía de minha boca. A sensação dele, rude e animal, me fascinava.

Isso. Isso era o que eu queria. Era disso que sentia falta.

Ele entrou mais fundo em mim e temi — só por um segundo — engasgar. Mas respirei fundo e continuei calma enquanto ele gozava. Engoli ansiosamente, deliciada por ter agradado.

Ele recuou um passo, retirando-se de minha boca. Coloquei a calça nele de novo e depois me ajoelhei de olhos baixos.

As mãos dele acariciavam meu rosto.

— Sala de jogos em dez minutos.

A sala de jogos estava vazia quando entrei, nua, seis minutos depois. Eu sabia que ele havia passado por ali, só pelo fato de a porta estar destrancada. Supus que estivesse no quarto. Nosso quarto?, me perguntei.

Foco.

Olhei rapidamente ao redor, para ver se podia determinar o que ele havia planejado, mas nenhum objeto parecia estar deslocado. A cruz encontrava-se no lugar de sempre, no fundo da sala, mas eu duvidava que ele a tivesse movido. Eu sabia que um dia iríamos para lá, mas não imaginava o que faríamos.

Você quer mesmo saber?

Cabe a você saber?

Na realidade não, respondi a mim mesma. Eu só imaginava, especialmente considerando as conversas que tivemos depois de ver Paul e Christine.

Apressei-me em me posicionar no ponto de espera no meio do quarto. Hoje não havia almofada, então me ajoelhei no chão, assumindo a posição padrão de espera.

Ele entrou um minuto depois e me perguntei se estaria me observando da porta.

Seus passos pisaram levemente na minha direção. Ele estava descalço.

— Seu desejo por isso me agrada — declarou. — Por hoje, você pode gemer e gritar o quanto for necessário, mas só gozará quando eu der permissão. Eu a pressionarei de uma forma diferente, então preciso que você se sinta à vontade com suas palavras de segurança. Quais são elas?

— Verde, amarelo e vermelho, mestre.

Ele se colocou bem à minha frente.

— Perfeito. E se eu perguntar se você está bem?

Mantive os olhos concentrados no chão.

— Responderei imediata e sinceramente, mestre.

— Sim. Agora, para dar início a nosso tempo juntos, quero que você se abaixe e beije o peito dos meus pés.

O quê?

Conversamos sobre este elemento do jogo de Paul e Christine. Eu disse a ele que, embora gostasse de beijar seus tornozelos quando fazíamos amor nos dias úteis, não sabia se gostaria de beijar seus pés na hora dos jogos. Temi que fosse... estranho ou degradante, ou coisa assim.

Mas como saber sem tentar?

— E, quando terminar, tire minha roupa — disse ele. — Se lembre de que cada peça de roupa é uma extensão minha e você deve tratá-la como se fosse eu. Depois disso, beije meu pau uma vez.

Ele não estava tão longe de mim. Eu não teria de fazer nada senão me abaixar para alcançar seus pés. Ele estaria fazendo aquilo de propósito? Para garantir que eu não tivesse de engatinhar? Mas certamente, se ele queria que beijasse seus pés, a certa altura faria com que eu engatinhasse.

Sem querer que ele tivesse qualquer motivo para pensar que eu hesitava, abaixei-me, aproximando-me de seus pés, as mãos de cada lado. Para ajudar, imaginei como eu devia estar parecendo para ele: a maneira com que obedecia, minha disposição em me submeter. Lembrei-me de Christine e pensei não que eu beijava os pés de Nathaniel, mas que me entregava a ele.

Meus lábios roçaram seu pé esquerdo.

Não foi degradante. Mostrava honra e respeito a ele.

Beijei seu pé direito, separando os lábios ao tocar sua pele.

Não foi estranho; foi libertador. E eu queria mais.

Voltei ao pé esquerdo e o beijei novamente, dando mais atenção a ele do que antes. Ele era mais do que Nathaniel; era meu mestre. Voltei ao pé direito, procurando a simetria.

— Basta — disse ele, depois de eu ter beijado seu pé direito pela segunda vez.

Eu me ajoelhei, passando as mãos por suas pernas, espalhando beijos ao subir. Cheguei a sua cintura e abri lentamente a calça, puxando-a também devagar. Ele livrou-se dela, peguei-a e a dobrei. Ele já estava sem camisa, então não tive de despi-lo da cintura para cima. Acariciei seus quadris e beijei seu pênis ereto uma vez, como ele havia mandado, antes de voltar a minha posição de espera.

Tentei me acalmar e me concentrar na respiração, procurando atingir o estado que era necessário para servi-lo. Logo depois suas mãos estavam em mim, movendo as minhas para que pousassem em meus joelhos. Ele separou gentilmente minhas pernas para que tivessem aproximadamente a distância da largura de meus ombros. Por fim, puxou minha cabeça para trás e meus seios foram empurrados para a frente.

Ele recuou.

— Esta é sua posição de inspeção. Vou usá-la por vários motivos, um deles é garantir que você obedeceu às minhas ordens quanto aos cuidados pessoais.

Sentia-me terrivelmente exposta nesta posição e uma leve onda de preocupação começou a surgir em minha mente.

— Devo dizer, Abigail — disse ele, e seu tom nada fez para aliviar minha preocupação. — Que estou bem desapontado. — Ele se curvou e me acariciou. — Pensei ter deixado claro suas responsabilidades quanto à depilação.

Não me mexi.

— Tenho hora marcada com a depiladora na terça-feira, mestre.

— Terça não basta se estamos no domingo e você não se preparou para mim.

— Foi o fim de semana de folga — eu disse, de repente apreensiva. Sabia que precisava estar depilada, mas pensei que estava inteiramente dentro dos limites esperar até depois do casamento. — E não tive tempo...

— Está argumentando comigo?

A posição de inspeção começava a ficar um tanto desconfortável.

— Não, mestre. Estou apenas explicando...

— Você está rebatendo. Na minha sala de jogos.

Se ao menos ele me deixasse explicar.

— Não estou rebatendo. Estou tentando explic...

— Não quero explicações, Abigail — disse ele, interrompendo-me novamente. — Quero obediência.

Ah, merda.

— Volte para sua posição de espera — disse ele. Quando obedeci, continuou: — Eu falei e você concordou que se depilaria com a maior frequência possível. Você devia ter se depilado na semana passada, simplesmente porque precisa estar preparada para mim a qualquer momento. Você pediu para jogar hoje. Eu teria pensado que estaria completamente preparada.

Tudo bem, ele tinha mesmo razão.

— E se você pode pedir para jogar, eu posso pedir para jogar, e se eu pedir numa quarta-feira, espero que esteja preparada. Então, por ser uma quarta-feira, você pode me rejeitar, mas eu não pensaria que faria isso com frequência. Afinal, eu não a rejeitei hoje, rejeitei?

— Não, mestre.

— Segundo — continuou ele. — Você jamais deve rebater, argumentar ou ser beligerante em minha sala de jogos. Entendeu?

— Sim, mestre. Mas eu...

— Mas que merda. Está fazendo de novo?

Fiquei inteiramente imóvel e não disse nada. Mas que merda mesmo. O que foi que eu fiz?

Ele andou à minha volta e eu sabia o que ele estava pensando. Pensando em como me castigaria.

— Você queria jogar hoje. Você pediu por isso e não está preparada. Nem no corpo, nem, ao que parece, na mente. Assim, você não terá permissão para gozar de forma alguma hoje.

Não parecia tão ruim. Afinal, uma hora ou outra, a coleira seria retirada. Certamente eu aguentaria até lá e, se fosse necessário, eu mesma daria cabo um pouco depois.

— Na realidade — acrescentou ele. — Você só gozará quando eu der permissão explícita.

Não gostei de como isso soava. Não gostei nada.

— Levante-se — disse ele e me coloquei de pé, atrapalhada. — A quem esse corpo pertence? — perguntou, agarrando meu ombro.

— Ao senhor, mestre.

Suas mãos desceram para me tocar em forma de concha.

— E esses peitos? —Acariciou entre minhas pernas. — E essa boceta? — Deu um tapa firme em meu traseiro. — Essa bunda?

— É tudo seu, mestre.

— Quem controla seus orgasmos? Quem decide se você merece um?

— O senhor, mestre — respondi, com a voz baixa.

— Fale mais alto.

— O senhor, mestre — repeti mais alto.

— Nenhum orgasmo antes que eu permita — determinou ele. — Se tiver sorte, não farei você esperar até sexta-feira à noite.

Sexta-feira à noite? Ele estava falando sério? Cinco dias inteiros?

— Entendeu, Abigail? — perguntou ele.

— Sim, mestre.

Naquele segundo, desejei que ele tivesse me dito para ir ao banco de açoitamento. Pelo menos um espancamento acabaria logo. Esta punição de não ter orgasmo... Bem, era uma espécie diferente de castigo.

— Olhe para mim — disse ele.

Ergui a cabeça e o olhei. Seu olhar ainda era intenso e me deixou sem fôlego. A decepção dele não escondia isso.

— Agora que cuidamos desse assunto, creio que ainda temos a questão do que eu disse que aconteceria quando você viesse para cá.

Finalmente.

— Vá para a cruz, Abigail. De frente para ela e rápido. Não espero mais nenhum deslize hoje.

Nem eu. Se ele tivesse de me espancar além de não me deixar gozar...

Fui até a cruz e fiquei parada diante dela. Não passava de um X grande com algemas em cada ponta para os pulsos e os tornozelos.

Ele veio atrás de mim e pegou meu pulso esquerdo, algemando-o à cruz. Depois pegou minha mão direita e a prendeu do outro lado. Fiquei com os braços no alto, bem abertos.

Meu coração deu um salto quando ele pegou meus quadris e me afastou um passo da cruz, de modo a me deixar levemente curvada.

Ele separou meus pés aos cutucões.

— Fique assim e não vou amarrar seus tornozelos. Mexa um centímetro que seja e usarei as algemas inferiores.

Eu não ia fazer mais nada que o provocasse.

— Deixe sua bunda empinada para mim.

Quando me posicionei corretamente, ele acariciou meu traseiro algumas vezes, depois deu alguns tapas rápidos e firmes.

Merda, seria uma longa tarde.

Não, apague isso. Seriam cinco longos dias.

— Foco, Abigail.

Voltei minha atenção a ele, ao que ele fazia e qual a sensação que me dava. Como sempre, seus espancamentos me deixavam carente e cheia de desejo. Resisti ao impulso de empinar mais a bunda na direção dele. Em vez disso concentrei-me na sensação que tomava meu corpo, em como a leve dor se irradiava e se concentrava novamente bem no meio das minhas pernas.

Algo mais correu por minha bunda: o açoite de pelo de coelho. Ele trabalhava com rapidez, ao contrário de antes, quando usou golpes suaves e lentos. Nada doloroso, só pancadas leves intercaladas com um ocasional tapa. Tentei determinar um ritmo, mas não consegui. Não havia como prever o que me atingiria nem quando, então por fim desisti de tentar descobrir um padrão e simplesmente senti.

Dei um leve salto quando fui atingida por algo diferente. Era um pouco mais duro, atingindo minha nádega esquerda com um baque firme.

— Camurça — disse ele. O açoite bateu mais uma vez. — Você está bem?

A sensação era boa, diferente do pelo, mas não tão duro quanto a tira de couro.

— Sim, mestre.

Ele alternou por um tempo, trocando meu traseiro pelas coxas. Mais uma vez, tentei encontrar um ritmo, mas logo desisti. O calor abaixo de minha cintura ficou exponencialmente mais intenso e precisei de toda concentração para não unir as pernas, em busca de atrito.

Um dedo comprido passou por entre elas.

— Como você está molhada — comentou ele. — Imagine como seria bom eu estar dentro de você agora. Como eu a preencheria.

Eu sei, eu queria gritar. *Eu sei. Por favor.*

E então algo estava dentro de mim e soltei um gritinho quando percebi que era um de seus vibradores.

— Só uma prova — disse ele. — Não vou deixar tempo demais. Submissas malcriadas não podem gozar.

Ele deslizou o vibrador para dentro e para fora de mim algumas vezes e precisei de toda a força que possuía para não ceder à necessidade do orgasmo.

— Por favor, mestre? — implorei, enfim, quando ficou demais.

— Não — disse ele, tirando o vibrador do meu corpo. Entendi então por que ele amarrou meus pulsos: eu estava dominada pela sensação e provavelmente teria desabado se não fosse por isso.

Mas ele não havia terminado.

Ele voltou ao açoite de camurça e minha pele estava ainda mais sensível nesta segunda rodada. Parecia que todas as minhas terminações nervosas estavam fatigadas, em posição de sentido, esperando que um golpe recaísse novamente. Gemi quando ele veio.

— Você ainda está bem? — perguntou ele.

— Sim, mestre — O açoite caiu bem onde minhas pernas se encontravam. — Ah, sim. — Gemi ao sentir dor e esta se transformar em prazer por várias e várias vezes.

Não sabia ao certo quanto tempo tinha se passado. Eu me concentrei em mim mesma, querendo apenas ele, focada somente nele e no que ele fazia comigo. Só ele sabia como fazer aquilo comigo. Só ele podia brincar comigo daquela maneira. Podia criar uma dicotomia de sentimentos em mim.

— Você está sendo punida — ouvi do que parecia uma grande distância. Os golpes caíam com mais suavidade e lentidão.

Puxei o ar para dentro e soltei.

Mais lento.

Mais suave.

— Mas eu não fiz nada de errado — disse ele. — Então eu posso gozar.

O açoite parou e foi substituído por outro som. Atrito. Em algum lugar.

— Onde você quer? — perguntou ele.

Eu sabia o que ele queria. Era sujo e primitivo, mas eu queria.

— Em mim, mestre — eu disse. — Quero que goze em mim.

— Merda.

— Por favor.

— Fique parada — disse ele, mas eu não sabia para onde eu iria. — Merda — repetiu ele.

Um líquido quente caiu em minhas costas. Xinguei enquanto ele gozava, sentindo seu orgasmo me atingir e escorregar por mim.

— Sim — disse um de nós. Não sei qual dos dois.

Depois ele estava mais perto de mim e respirava pesadamente em meu ouvido.

— Você foi muito bem, minha linda. — Ele soltou um pulso, depois outro. — Estou muito satisfeito.

Eu quase caí em seus braços. Ele me ajudou a me colocar gentilmente no chão, onde me abraçou. Seus lábios estavam em meu rosto, em meu cabelo, em minha boca e ele sussurrava palavras de elogio, me dizendo sem parar o quanto eu o deixei satisfeito.

Depois disso, quando ele terminou de nos limpar, retirou minha coleira e carregou-me para a hidro. Ficamos sentados por um tempo, descansando. O relaxamento depois do jogo sempre me deixava mole, flexível e cansada. Mas hoje havia mais alguma coisa e isso me incomodava.

Ele deve ter captado meu estado de espírito.

— Abby? Tem algum problema?

Foi a *Abby* quem fez isso. Quase balancei a cabeça, mas meus olhos se encheram de lágrimas e eu sabia que não podia mentir para ele.

— Sua decepção — eu disse, vendo a água borbulhar a minha volta. — Parece um peso que carrego.

— Venha cá — disse ele. Fui para seu colo e seus braços me envolveram. — Isso é porque não deixei você gozar?

Parecia tolice a meus ouvidos. Como poderia uma coisa assim me deixar triste? Mas deixava, então precisava dizer a ele.

— Acho que é porque isso ainda está se arrastando entre nós. Quando você me bate, é algo que acontece na hora, depois passa e seguimos adiante, mas isso ainda está presente. Eu lembro sempre que olho para você e isso me lembra do quanto me atrapalhei.

— Olhe para mim — disse ele, e vi seus olhos. Havia uma tristeza ali, mas também uma firme determinação. — Isso devia ficar lá. Por isso é uma punição. Que eficácia teria se eu permitisse que você gozasse hoje à noite? — Ele não me deu a oportunidade de responder, passando a mão entre nós e deslizando um dedo, só por um segundo, para dentro de mim.

— Não sabe que há uma parte minha que quer acima de tudo comer você aqui e agora? Uma parte que quer meter em você sem parar e sentir seu orgasmo?

— Não me diga que vai vir com essa de "é mais duro para mim do que para você" — repliquei.

Ele sorriu.

— Não. Estou bem consciente de que é mais duro para você do que para mim. Se fosse apenas um deslize, eu podia ter permitido que você gozasse em algum momento hoje. Mas quando você ainda por cima teve a petulância de...

— Eu *não* fui petulante.

— Quando você está com minha coleira, minha palavra é lei. Combinamos que você seria castigada se *eu* decidisse que você negligenciou sua depilação, e não que teríamos uma conferência no meio da sala de jogos para discutir o assunto. Decidi que você deveria ter se depilado antes do casamento e pronto. Ponto final. Você tentou continuamente argumentar comigo.

— Não achei que estivesse argumentando. Para mim, eu estava explicando.

— Se quiser uma explicação, eu mesmo vou pedir. Entendeu?

— Sim — respondi, ainda meio irritada.

— Sim, o quê?

— Sim, *Nathaniel* — eu disse, enfatizando seu nome. Eu estava sem a coleira e era uma tarde de domingo. — Agora veja só quem está sendo petulante.

— Para sua informação — disse ele, colocando de novo a mão entre nós. — Um pouco de petulância no fim de semana, de vez em quando, pode ser divertido. — Ele beliscou meu traseiro. — Gosto de você briguenta.

Capítulo Dezesseis

ABBY

No domingo à noite fomos para a cama relativamente cedo e ficamos conversando. Minhas costas estavam pousadas em seu peito e seus braços me envolviam. Ainda me sentia um pouco irritada por ele não ter me deixado chegar ao orgasmo, mas o lado mais racional da minha mente compreendia suas razões.

— Eu sei que você estava preocupada quanto a beijar os pés — disse ele. — Como se sente com isso agora?

Pensei no tempo que ficamos na sala de jogos.

— Fiquei surpresa por ter gostado tanto. Pensei que não gostaria, mas gostei. Me deixou tão... — Procurei pela palavra certa. — Humilde? Não sei se é isso mesmo, mas senti que estava ainda mais sob seu controle quando fiz isso.

Embora, eu supunha, não tanto sob o controle dele a ponto de conseguir frear minha língua sobre a depilação.

— E você? — perguntei. — O que achou?

— Não gostei muito. Mas não poderia saber de antemão. Isso me surpreendeu.

— Você não sabia se ia gostar e ainda assim me pediu para fazer?

— Sim. De que outro jeito descobriria se *eu* gosto?

— Não sei. Eu só supunha que você tinha experiência suficiente para saber do que gostava e o que queria.

— Mas nunca tive ninguém brincando com meus tornozelos enquanto fazia amor comigo — disse ele, acariciando meu braço. — Só você fez isso, lembra? No fim de semana em que te convidei a se mudar para cá? Eu não sabia como iria me sentir pedindo para fazer uma coisa assim na sala de jogos.

Eu ainda me esquecia de que a dinâmica da nossa relação era nova para ele.

— Como você não gostou e eu sim, vai me pedir para fazer outra vez? — perguntei.

Ele riu.

— Você espera que eu te fale de todos os meus planos?

Pressionei o traseiro contra a virilha dele.

— Sim.

— Bem, isso não vai acontecer — disse ele. Depois cochichou em meu ouvido: — Espere e verá.

Estremeci com suas palavras. Hmmmm. Ele tinha razão: esperar e ver era muito melhor do que saber de antemão.

— Tenho uma preocupação — disse ele, a voz ficando séria. — Você parecia estar com problemas para se concentrar hoje.

— Você percebeu isso?

— Percebi, e estava me perguntando se ajudaria se você voltasse a fazer ioga.

Não continuei a ioga depois de ele me devolver a coleira. Eu malhava três vezes por semana como prerrogativa própria e pretendia usar a academia dele nos fins de semana sempre que tivesse tempo, mas não havia recomeçado a ioga. Porém, agora que ele tinha mencionado isso...

— Acho que ajudaria em sua concentração e, à medida que progredirmos, ajudaria também em sua respiração — argumentou ele.

— Vou pensar nisso. Ver quando e como encaixar no meu horário.

— Talvez possamos fazer juntos.

— Sério? — Seria muito mais divertido se ele fizesse comigo.

— Preciso manter minha mente afiada também, sabe como é.

Eu disse a ele que ia pensar seriamente nisso e a conversa passou à semana seguinte. Os homens da mudança estariam no meu apartamento na quarta-feira para pegar minhas caixas e solicitei apenas aquele dia de folga no trabalho. Eu não achava que me acomodar na casa de Nathaniel daria muito trabalho.

Enquanto conversávamos, comecei a notar que ele se mexia um pouco atrás de mim. Afastando-se, para que não ficasse tão perto.

— Você está bem? — perguntei. Ele não podia estar se afastando de mim. Em especial antes de dormir.

— Estou ótimo.

— Então, por que você está... — Cheguei mais perto dele, batendo em sua ereção ao fazer isso. — Ah.

Ele se afastou de novo e suspirou.

— É que abraçar você desse jeito, sabe? Agora posso dizer com certeza que isso é literalmente *mais duro* para mim do que para você.

Gemi.

— Não me diga que você acaba de fazer uma piada infame.

— Eu fiz.

Eu me encostei bem nele.

— Lamento por seu probleminha aí, mas você vai me desculpar se eu não estiver disposta a ajudar no momento. — Deixei que ele provasse um pouco do próprio remédio.

— Eu não ia pedir sua ajuda. Mas, se você não se importa, poderia parar de esfregar o traseiro contra mim?

— Quer dizer, assim? — perguntei, me esfregando de novo contra ele.

Ele gemeu.

— Sim, que merda.

— Vou tentar parar, mas você sabe que tenho uma tendência a me remexer dormindo.

— Boa noite, Abby — disse ele numa voz dura, beijando minha nuca.

Esfreguei-me contra ele mais uma vez.

— Boa noite, Nathaniel.

Liguei para meu instrutor de ioga na terça-feira e agendei uma sessão para nós dois. Nathaniel tinha razão. Ajudaria tanto na minha concentração quanto na respiração. Contudo, fiquei feliz que ele deixasse a decisão final para mim. Fiquei ainda mais satisfeita por ele ir comigo.

Como ele não me permitia ter orgasmos, não fizemos sexo desde que ele gozou em mim na sala de jogos no domingo. Eu me perguntei por quanto tempo ele pretendia levar isso adiante. Com toda sinceridade, pensei que talvez tivesse começado alguma coisa na terça-feira. Em especial porque me depilei mais cedo naquele dia.

Assim, na sexta-feira às seis da tarde eu estava mais uma vez no hall com Nathaniel repetindo as palavras que me fariam dele no fim de semana. Prometeu me castigar, e também me respeitar e resguardar meus limites, me mantendo como foco de sua atenção por todo o tempo. Em troca, eu me entregaria completamente a ele.

Depois de receber a coleira e de ele gozar em minha boca, ele pôs o dedo sob meu queixo e ergueu minha cabeça.

— Jantar na sala de jantar daqui a uma hora.

A cozinha dele era familiar e eu tinha transferido a maior parte das minhas coisas na quarta-feira. Ainda não me sentia inteiramente em casa, mas estava mais à vontade do que antes. Fiquei feliz por ele querer comer na sala de jantar; me ajudaria a me manter no papel correto.

Fiquei de pé ao lado dele enquanto Nathaniel comia o salmão grelhado que preparei. Meu próprio jantar esperava por mim na cozinha e supus que ele me deixaria comer quando terminasse.

Minha mente vagava enquanto ele comia. Observei seus braços e como os dedos envolviam o copo. Meus olhos passaram por sua boca enquanto ele comia um pedaço da refeição que preparei. Não havia sensação no mundo que se comparasse a servir a Nathaniel. Minha confiança nele ficava mais forte a cada minuto que passávamos juntos e meu desejo aumentava sempre que o olhava.

Saber da intensidade com que ele se concentrava em mim me excitava ainda mais. Não havia dúvida de que pensava em mim enquanto comia. Talvez estivesse decidindo o que faria comigo. Ou talvez planejando quantos orgasmos me deixaria ter.

Merda. Ele vai me deixar gozar, não vai?

Meu desejo por ele não tinha desaparecido durante a semana. Em vez disso, havia aumentado. Provavelmente ele só precisava tocar em mim para que eu derretesse em suas mãos.

Eu sabia que minha punição também não tinha sido fácil para ele. Depois da loucura da semana antes do casamento, eu sabia que nós dois ansiávamos por uma semana mais tranquila.

Mas, pensando bem, tivemos *muita* tranquilidade.

Imersa em pensamentos, precisei de alguns segundos para perceber que ele havia falado e ordenado que eu me ajoelhasse a seu lado. Quando obedeci, ele colocou a mão sob meu queixo e levantou minha cabeça.

— Pelo resto do fim de semana, você vai manter a cabeça abaixo da minha — declarou ele.

O quê?

— Sempre que entrar em um ambiente em que eu estiver, sua cabeça deverá estar mais baixa do que a minha. — Ele parou por um instante, depois continuou: — Deixarei a você a tarefa de decidir como obedecer a minha solicitação.

Olhei em seus olhos e vi certa ironia.

Gosto de você briguenta, tinha falado no último fim de semana.

Hmmmm... Talvez isso seja divertido.

Enquanto ele terminava de comer, minha mente disparava. Se eu saísse da sala de jantar antes dele, como tiraria a mesa? Eu teria de engatinhar para a cozinha? Como carregaria seu prato? Talvez tivesse de andar de joelhos.

Ai. Isso não seria nada divertido.

Felizmente, depois de comer, ele colocou a mão em minha cabeça mais uma vez, instruindo-me a comer na cozinha e encontrá-lo na sala de jogos depois. Depois se levantou e saiu, deixando-me para tirar a mesa.

Finalmente.

Meia hora depois, ele esperava por mim quando entrei nua na sala de jogos. Sem estar preparada para encontrá-lo à espera apressei-me em me posicionar diante dele e me ajoelhei a seus pés.

Estou atrasada?

Não, concluí. Ele não me dera uma hora para encontrar com ele.

— Vá para sua posição de inspeção, Abigail. Vamos ver se você está mais bem-preparada hoje.

Passei à posição que ele havia me mostrado no fim de semana anterior e ele se ajoelhou entre meus joelhos.

— Excelente — falou, acariciando minha pele nua. — Era isso que eu esperava. — Ele se levantou e me instruiu a voltar à posição de espera.

Quando obedeci, ele voltou a falar.

— Você suportou muito bem sua punição. Me lembre mais uma vez por que você foi castigada e olhe nos meus olhos ao falar.

Encontrei seu olhar e disse:

— Eu estava despreparada para o senhor, mestre, e mesmo assim pedi para jogar. Depois fui insolente e discuti quando estava com a sua coleira.

— E devo permitir que você goze esta noite?

Sim! Ora essa, sim!

Mas sabia que não deveria ser esta minha resposta.

— Se for de seu agrado, mestre, e se o senhor achar que mereço.

— É isso o que você realmente sente? — perguntou ele.

A tentação de baixar o olhar era forte, mas obriguei meus olhos a ficarem fixos nos deles.

— Não, mestre — eu disse com sinceridade. — Quero muito gozar e é difícil deixar de lado meu desejo pelo seu.

Envergonhou-me admitir que eu ainda não estava onde precisava para servi-lo.

— Sua sinceridade me agrada. — Ele acariciou meu rosto. — Não se sinta culpada por seus sentimentos. Sei que ainda é o começo da sua jornada. Sei que você ainda não é capaz de deixar seus desejos inteiramente de lado. Um dia você chegará lá.

Ele entende. O alívio na mesma hora substituiu a culpa.

— Obrigada, mestre — eu disse, sorrindo.

— Eu conheço você, minha linda. Conheço seus pensamentos e sua mente. Conheço cada linha de seu corpo. E sei dos desejos que você tem escondidos bem no fundo. — Ele se curvou um pouco e sua voz baixou. — Eles são idênticos aos meus.

Ai.

Eu me derretia. Eu sabia.

Ele ainda não havia me permitido baixar os olhos, então observei enquanto ele me dava outra ordem.

— Engatinhe até a mesa acolchoada, Abigail.

Engatinhar?

Eu sabia que isso viria. Sabia que ele queria que eu experimentasse pelo menos uma vez. Para ser franca, eu esperava gostar depois de tentar, tanto quanto gostei de beijar seus pés. Assim, fiquei surpresa quando fui até a mesa e descobri ter detestado cada segundo em que andei de quatro. Não detestei tanto a ponto de usar minha palavra de segurança, mas tive certeza de que foi o suficiente para que meu desprazer transparecesse quando ele olhou para mim.

É tudo por ele, disse a mim mesma. *Confiar nele. Deixar que ele decida.*

E eu gostei de beijar seus pés. Eu não saberia disso se ele não tivesse me obrigado a tentar.

Eu realmente esperava que ele não gostasse de me ver engatinhar.

Fui com cuidado para a mesa, certificando-me de que minha cabeça ficasse abaixo da dele. Depois de subir, fiquei imóvel e esperei.

— De costas — ordenou.

Seus passos fizeram eco no quarto quando ele se aproximou de mim. Notei que carregava quatro cordas na mão.

Ele as ergueu.

— Vou amarrar você à mesa — disse ele. — Antes de amarrar um membro, vou colocar a corda em seus lábios e você a beijará.

As expectativas dele não deviam ter me excitado desse jeito.

Uma corda suave tocou meus lábios.

— Esta é para sua perna direita — falou.

Beijei a corda.

— Amarre minha perna direita, mestre.

Ele puxou minha perna direita e passou a corda nela. Outra corda tocou minha boca.

— Perna esquerda — disse ele.

Pressionei meus lábios nela.

— Por favor, amarre minha perna esquerda, mestre.

Como antes, ele usou a corda para amarrar minha perna. Repetiu o gesto mais duas vezes; primeiro com o braço direito, depois com o esquerdo. A cada vez, colocava a corda em meus lábios para que eu a beijasse. A cada vez, eu lhe pedia para me amarrar.

Quando terminou, eu estava esticada sobre a mesa.

Suas mãos correram de meus ombros, descendo por meus peitos, atravessando minha barriga e indo parar entre minhas pernas.

Um dedo longo deslizou para dentro. Ele acrescentou um segundo. Obriguei meus quadris a continuarem imóveis.

— Seu corpo me reconhece — disse ele, sentindo a prova do meu desejo. — Ele conhece seu mestre.

Eu estava quase ofegante por ele; não havia por que argumentar.

Além disso, aprendi essa lição de uma forma difícil.

— Feche os olhos, Abigail. Vamos experimentar uma coisa de novo.

Eu tinha uma boa ideia do que ele ia fazer.

— Não faça nenhum som até que eu mande — disse ele.

Puxei o ar na primeira passagem da roda de Wartenberg. Como da outra vez, ele usou uma para começar; correndo-a levemente por meu colo, evitando os mamilos. Depois pegou uma segunda e trabalhou com elas juntas, uma correndo na direção contrária da outra. Elas atravessavam meu corpo, cada uma espelhando perfeitamente o movimento da outra, cada uma aproximando-se de um mamilo e rolando para longe. Percebi imediatamente o momento em que iria gemer e, depois de uma semana de punição, eu não estragaria tudo de novo. Meu corpo se sacudiu quando as rodas rolaram pelos mamilos, mas continuei em silêncio.

— Muito bem, Abigail. Devo continuar?

Eu me contive segundos antes de responder. Ele soltou uma risada curta e disse:

— Acredito que uma vez será suficiente para você. Fique parada.

As rodas rolaram levemente por meu corpo. A sensação era estranha — quando ele as corria em paralelo, quase parecia que eu estava sendo aberta. Depois elas se separaram e correram por meu quadril e prendi a respiração, ficando completamente imóvel. As rodas com espinhos chegaram a minha parte mais sensível antes de se afastar.

Eu ia enlouquecer amarrada à mesa dele e tinha esperanças de que ele não me tocasse *lá*. Meus sentidos estavam tão despertos, tão tensos, que um mero toque me provocaria um orgasmo arrasador.

Entrei em pânico por um segundo. E se ele quisesse que eu gozasse sem sua permissão? E se ele decidisse me testar para ver quanto tempo eu aguentaria? Eu não ia conseguir, não depois de quase seis dias de rejeição.

Ah, merda. Vou fracassar. De novo.

Devo usar a palavra de segurança "amarelo"?

Ele deve ter sentido minha preocupação, porque as rodas pararam.

— Você está bem? — perguntou ele.

— Sim, mestre, acho que sim.

— Acha que sim? *Acho que sim* não basta. Abra os olhos. Qual é o problema?

Suas mãos estavam em meus pés e nos tornozelos, verificando as cordas.

— Não são as cordas — respondi. — Sou eu.

— Está sentindo dor? — perguntou ele, a preocupação embotando sua fisionomia enquanto suas mãos alcançavam meus braços.

— Não, mestre. Só estou com medo.

Ele rapidamente desfez as cordas que me amarravam à mesa e eu me senti uma tola por provocar um falso alarme.

— Não é nada, juro — eu disse.

— Sente. Fale.

Suspirei e me levantei, jogando as pernas pela beirada da mesa.

— Por um momento pensei que iria gozar e, enquanto tentava reprimir, pensei que talvez o senhor quisesse que fracassasse. Que quisesse que eu gozasse sem permissão.

— E entrou em pânico?

— Sim.

— Não quero que você fracasse — disse ele devagar. — Quero mostrar a você o quanto evoluiu desde a última vez em que tentamos algo parecido. Sei que você está tensa. Sinto isso. — Ele acariciou meu rosto. — Eu já te falei. Conheço seu corpo.

— Desculpe, mestre.

— Não peça desculpas por ser sincera.

Ele ficou parado por um minuto, pensando. As mãos estavam sobre as minhas pernas enquanto ele fitava a parede atrás de mim. O que eu não daria para estar dentro de cérebro dele por um segundo.

Finalmente ele ergueu a cabeça, a expressão intensa.

— Sua punição terminou. Goze quando quiser.

Com isso, ele subiu na mesa, pegou meu rosto nas mãos e me beijou. Empurrando para trás, ele subiu em meu corpo, pressionando seu peso em mim.

Isso. Isso.

O alívio me dominou e quase senti vertigem. De repente as mãos dele estavam no meu corpo e a vertigem passou com a mesma rapidez com que veio. O anseio, o desejo e a urgência me tomaram e não demorei muito para voltar ao ponto em que estava segundos antes. Imaginei que ele sentia o mesmo; a ereção era dura contra a minha barriga.

Ele se afastou e vi minha resposta em seus olhos escuros. Ergueu meus joelhos e os afastou para que eu ficasse aberta diante dele. Depois levantou minhas pernas e as colocou em sua cintura, puxando-me mais para perto.

Nenhum de nós se mexeu. O pênis dele roçava minha entrada e resisti ao impulso de erguer os quadris para ele. Em vez disso, desfrutei da expectativa deliciosa de quase tê-lo dentro de mim, sabendo que logo ele estaria lá.

Quase.

Quase.

Ele se moveu uma fração de centímetro, empurrando a cabeça do pau um pouco para dentro de mim.

Ah, sim.

A sensação dele me comendo era tal que eu jamais me cansava dela — como ele me abria e me possuía.

Com uma estocada forte ele empurrou o resto para dentro e, simples assim, eu me desmanchei, gozando nele.

Ele sorriu com malícia.

— Está melhor agora?

— Ah, meu Deus — exclamei, ainda tomada pela sensação. — Sim, mestre.

Era só o que ele precisava. Ele deu início a um ritmo firme, dando estocadas repetidamente. Impelindo-se para o próprio orgasmo. Eu tinha razão — a semana também havia sido longa para ele — porque não demorou muito para que ele se contorcesse dentro de mim, aproximando-se do orgasmo.

A mão dele se colocou entre nossos corpos e ele passou o polegar por meu clitóris.

— Pode gozar de novo? — perguntou, respirando pesadamente. — Para mim?

Ele estava certo, mais cedo; meu corpo conhecia seu mestre. Desta vez não era diferente. Minha carne inchada reagiu imediatamente, provocando uma nova onda de prazer por meu corpo.

Ele gemeu e gozou dentro de mim.

Ficamos deitados na mesa por alguns minutos e me enchi de alegria novamente diante da sensação de ter aquele corpo esgotado de prazer em cima de mim. Como meu próprio orgasmo tinha me deixado fraca e mole. Ele percorreu meu corpo aos beijos, descansando inteiramente sobre mim. Quando chegou a minha boca, beijou-me longa e apaixonadamente.

— Você precisa ir para a cama — disse por fim e me beijou mais uma vez, brevemente.

Era um pedido estranho. Eu sabia que não podia passar de nove horas. Por que ele queria que eu fosse dormir tão cedo?

Talvez pretendesse me acordar no meio da noite. Depois de cinco dias sem nada sexo, isso não me surpreenderia. Ou talvez tivesse planos para um dia intenso e longo amanhã.

Quem sabe as duas coisas?

Contudo, não cabia a mim conjecturar. O que quer que ele tivesse planejado, eu queria estar preparada.

— Boa noite, mestre — falei, descendo da mesa e indo para a porta a fim de chegar a meu quarto.

— Boa noite, minha linda.

Capítulo Dezessete

ABBY

Ele não me acordou.

Pensei que acordaria — cheguei até mesmo a esperar por isso. Fiquei na cama por algum tempo, procurando ouvir o piano ou seus passos do lado de fora do quarto. Mesmo quando finalmente fechei os olhos, disse a mim mesma que era só por um breve descanso. Com certeza ele me pegaria em algum momento durante a noite.

Com certeza eu esperava que pegasse.

Em vez disso, o despertador me acordou às seis horas. A menos que eu receba instruções do contrário, preciso deixar o café da manhã preparado na sala de jantar às oito toda manhã de sábado e domingo. Como eu queria malhar antes de cozinhar, ajustei o despertador para as seis horas.

Vesti minhas roupas de ginástica e fui para a academia dele.

A nossa academia, me corrigi. Agora a casa também era a minha.

O barulho que vinha do outro lado da porta me impediu de entrar. Nathaniel corria na esteira. Minha mão pairou acima da maçaneta. Eu tinha de manter a cabeça mais baixa do que a dele. E se eu começasse a correr e ele fizesse abdominais ou coisa parecida, como seria? Eu teria de parar o que estivesse fazendo e ficar numa posição mais baixa do que a dele?

Olhei para fora. Chovia.

Droga. Não posso correr lá fora também.

Por mais que ele tivesse dito que gostava de mim briguenta, era cedo demais para lidar com a dinâmica de manter a cabeça abaixo da dele na academia. Eu malharia depois.

Como eu tinha muito tempo, voltei para cima, tomei um banho e me vesti. Depois voltei a descer e decidi preparar ovos beneditinos.

Ele não estava na sala de jantar quando entrei com o prato, então aprontei o café da manhã, a mesa completa com um bule de café e uma jarra de suco de laranja, e esperei. Quando chegou e se sentou, ajoelhei-me a seu lado.

— Bom dia, Abigail — disse ele, ainda cheirando a sabonete e com o cabelo molhado.

— Bom dia, mestre. — Se tudo saísse de acordo com os planos e eu não me atrapalhasse neste fim de semana, talvez pudéssemos tomar um banho juntos na semana que vem antes do trabalho. Eu adorava tomar banho com ele.

— Ovos beneditinos. — Ele pegou os talheres. — Parece delicioso.

— Obrigada, mestre.

— Por que não prepara um prato para você e se junta a mim?

Ele continuou em sua cadeira, assim fui de joelhos até a porta e me levantei quando cheguei ao corredor. Eu não gostava de engatinhar e certamente este assunto viria à tona quando ele perguntasse, ou se fôssemos para a biblioteca depois.

Levei meu café da manhã para a sala de jantar, de novo andando de joelhos, e me sentei de frente para ele.

— Dormiu bem? — perguntou ele.

— Muito bem, mestre. E o senhor? — O protocolo da sala de jantar ainda era uma área nebulosa para mim. Eu sabia que não devia falar com a mesma liberdade de quando comíamos na cozinha, mas certamente tinha permissão para perguntar como ele dormiu.

— Foi estranho ter a cama toda só para mim. Mas, tirando isso, dormi bem.

Concordei com um gesto de cabeça, compreendendo o que ele dizia.

Notei que seu suco de laranja quase tinha acabado, assim ergui a jarra para servir-lhe mais.

— Não, obrigado. Não quero mais. Estou quase acabando.

Comemos por mais alguns minutos em silêncio. Só o que se ouvia na sala era o bater dos talheres nos pratos.

— Gostaria de usar a academia esta manhã, Abigail? — perguntou ele quando seu prato estava vazio e ele bebia o que restava do café.

— Sim, mestre — respondi, sem nem mesmo me surpreender que ele soubesse o que eu queria. Depois de um tempo, a gente acaba se acostumando com isso. — Eu gostaria.

Ele assentiu.

— Depois que você terminar de comer, tirar a mesa e limpar a cozinha, está livre para usar a academia.

— Obrigada, mestre.

— Esteja na sala de jogos às dez e meia. — Ele se levantou. — E trate de se alongar muito bem.

Meu coração deu um salto só de pensar no que isto poderia significar.

Eu esperava por ele na sala de jogos, nua, às dez e vinte e cinco. Havia uma almofada abaixo das correntes no meio da sala, assim ajoelhei-me na posição de espera. Ele entrou no quarto logo depois de mim e se aproximou.

— Posso crer que você teve uma boa sessão de exercícios? — perguntou ele.

— Sim, mestre.

— E, já que pedi, posso também supor que tenha se alongado?

Eu ainda sentia a endorfina pós-exercício correndo por meu corpo, embora agora estivesse acompanhada pelo inconfundível toque do desejo.

— Sim, mestre.

— Muito bem. Fique de pé para mim.

Levantei-me, mas mantive a cabeça baixa. Ele pegou um braço, depois o outro, prendendo-me pelos pulsos de modo que minhas mãos ficaram no alto da cabeça. Presa, mas com folga suficiente para permitir movimentos limitados.

— Olhe para mim — disse ele.

Quando olhei, percebi que ele estava de jeans preto com uma camiseta de manga curta metida para dentro da calça. Ele nunca usava camisa na sala de jogos, pelo que eu me lembrava. Perguntei-me o que isto significaria; talvez mais tarde fosse querer que eu tirasse sua roupa?

— Abigail — ordenou ele, evidentemente sem ter consciência de meus pensamentos errantes.

Fixei meus olhos nele, em vez de no músculo rijo por baixo da camiseta.

— Você só gozará quando eu der permissão — disse ele e em seguida se curvou para perto e mordiscou minha orelha, provocando um solavanco de desejo por meu corpo. — Você não fracassará.

Quando ele disse isso, acreditei nele.

— Você não fracassará *comigo* — disse ele. — Repita isso para si mesma, se for necessário. Quero que você compreenda e concorde. Diga isso para mim.

— Eu não fracassarei — repeti.

A mão dele pegou meu queixo.

— E não fracassará mesmo, minha linda. Confie em mim.

Assenti com a cabeça.

— Diga isso ou não revelarei o que planejei para hoje.

— Eu confio no senhor.

Ele largou meu queixo e foi para trás de mim, com as mãos forçando minhas costas. Deu um tapa brincalhão em meu traseiro.

— Acho que esta bunda precisa de um bom espancamento por não ter me chamado de *mestre*. O que você acha?

Ai. Sim, por favor.

— O que o satisfizer, mestre.

— Hmmmm — disse ele, subindo por minhas costas aos beijos. — Que você confie em mim me satisfaz. Que sua pele assuma um delicioso tom de cor-de-rosa sob a minha mão e ouvir seus gemidos de prazer quando a levo a novos limites, isso me satisfaz. — Ele esfregou as mãos por meus ombros enquanto sussurrava novamente: — Lembra da sensação que experimentou no fim de semana passado?

Lembrei-me de como ele me açoitou, a doçura de me render quando me deixei levar e me permiti sentir.

— Sim, mestre — eu disse num sussurro.

— Vou fazer isso de novo.

Estremeci com suas palavras.

— Lindo. Como seu corpo reage a minha voz. — Os lábios dele percorreram minhas escápulas, sua voz era um murmúrio contra minha pele enquanto ele falava em tons tranquilos que eu não conseguia distinguir.

Eu não estava consciente que ele tinha um açoite na mão, mas quando recuou, as tiras macias de pelo de coelho roçaram suavemente por minhas costas. Ele fez o acoite subir e descer devagar. Roçando. Afagando. Acariciando. Meu corpo estava ansioso por seu toque e eu o queria, fosse suave ou firme.

Meus olhos se fecharam quando ele se colocou diante de mim, ainda passando o açoite em minha pele. Arrastou a ponta por meu peito e reprimi um gemido.

— Não — disse ele. — Quero ouvir você. Quero ouvir cada gemido, cada murmúrio, cada suspiro.

O pelo baixou e roçou meu sexo. Ergui os quadris, procurando mais.

— Ainda não — falou, indo para trás de mim para bater no meu traseiro de novo.

Gemi, mas o som foi interrompido quando senti a pancada macia da camurça em minhas coxas.

— Não estamos nem perto. Vou mostrar a você o quanto evoluiu desde nosso primeiro fim de semana. — O pelo seguiu a mesma trilha da camurça. — O que foi que eu disse mais cedo?

— Eu não fracassarei, mestre.

— Exatamente. — A camurça atingiu minha nádega esquerda. — Você não fracassará.

Ele então não disse nada, preferindo se comunicar com o açoite. Às vezes usava o pelo, às vezes a camurça. Em geral, usava os dois juntos. Achei mais fácil desta vez apenas me deixar dominar pelas sensações que ele evocava. Meus olhos continuaram fechados e gemi quando as pontas da camurça golpearam entre minhas pernas, por trás. Murmurei quando foi substituída pelo coelho.

Mais. Eu precisava de mais.

Vasculhei meu cérebro, desesperada para que a sensação continuasse, lutando para me lembrar das palavras.

— Verde — eu disse, quase gritando. — Verde. Por favor.

O golpe seguinte da camurça desceu mais forte, uma dentada aguda em minha nádega direita.

— Assim? — perguntou ele.

— Sim. — Suspirei quando a dor deu lugar ao prazer.

Os golpes seguintes caíram com força e rapidez, exatamente o que eu queria. Reagi aos gemidos, pronta e disposta a ser levada aonde ele queria. Não sentia mais o pelo de coelho, apenas a camurça. Muito de vez em quando, a mão dele batia em meu traseiro, seus dedos parando para entrar em mim, acariciando e provocando minha parte sensível.

— Lindo — sussurrou ele quando eu tremia a seu toque.

Ele se apertou contra mim, o brim áspero do jeans contra minha pele estimulada. Senti cada parte dele: sua ereção pressionando minha bunda, seus braços envolvendo meus ombros, seus dedos brincando com meus mamilos, sua respiração pesada e ofegante em meu ouvido. Arqueei as costas, desesperada para que ele penetrasse em mim e colocasse um fim a meu desejo.

— Ainda não — disse ele de novo, mais uma vez destruindo minhas esperanças de gozar logo. — Mais tarde. Quando eu decidir que você está pronta. — Ele soltou as algemas de meus pulsos e massageou com ternura meus braços. — Abra os olhos — disse ele, colocando-se na minha frente.

O olhar intenso de Nathaniel encontrou o meu.

— Você está bem? — perguntou, as mãos ainda fazendo magia em meus braços.

— Sim, mestre.

Ele não respondeu, pegando minha mão e levando-me para o canto do quarto, onde uma manta havia sido estendida.

— Vamos fazer um pequeno intervalo — disse ele. — Quero que você se sente e espere por mim.

A manta era macia e convidativa. Ele deve ter colocado algum tapete por baixo.

— Será um longo dia, Abigail. Espero que você tenha dito a verdade quando falou que dormiu bem e fez um bom alongamento.

Capítulo Dezoito

ABBY

Fiquei tonta imaginando o que ele poderia ter planejado que exigiria uma boa noite de sono e um bom alongamento. Passaríamos o dia todo na sala de jogos?

Puta que par...

— Abigail — ordenou ele.

Minha cabeça se ergueu de repente para olhá-lo nos olhos.

— Sim, mestre?

— Fique aqui, em sua posição de espera. Voltarei logo.

Fui rapidamente para minha posição padrão, ajoelhada, e baixei a cabeça. Meus joelhos afundaram no tapete macio sob a manta e fiquei agradecida por ele ter decidido me fazer esperar no tapete em vez de no chão duro.

Não havia como medir a passagem do tempo na sala de jogos. Mesmo que eu estivesse à vontade e livre para olhar o ambiente, não havia relógio que pudesse indicar se já tinha passado da hora do almoço. Quanto tempo havia transcorrido desde que entrei, às dez horas? Meus olhos estavam loucos para espiar por uma janela, mas elas eram cobertas com cortinas *blackout*, escurecendo o ambiente, então fiquei de cabeça baixa.

Ouvi quando ele voltou e senti o tapete afundar quando parou a meu lado.

— Relaxe, minha linda — disse ele, sentando-se a meu lado.

Enquanto eu deslizava para me sentar, notei que ele trazia uma travessa: grande, com muitos itens que pareciam gostosos.

— *Tapas* — disse ele. — Estou com fome.

O quê? Então ele decidiu fazer um lanche na sala de jogos?

— Tome. — Ele colocou a travessa em minhas mãos. Tudo parecia delicioso: almôndegas, pão com aioli e espetinhos de legumes.

— *Banderillas*. — Ele assentiu para os espetos e abriu uma grande garrafa de água a seu lado. — Vou começar por um desses.

Olhei para os palitos de madeira com pepino, azeitona e cebola baby. Ele começaria por um desses?

A meu lado, ele esperou.

Ele queria que eu...?

Oh. Oh!

Ah.

— Mas, primeiro — começou ele, pegando do bolso os grampos de mamilo com a corrente. — Quero enfeitar você um pouco.

Engoli em seco e baixei a travessa. Lembrei-me do beliscão dos grampos e da dor aguda quando ele os soltou. Como um puxão na corrente provocava um solavanco de desejo que chegava a doer entre minhas pernas.

Eu me ajoelhei e estufei o peito, ao mesmo tempo um convite e uma aceitação. Meus mamilos endureceram ao pensar no que ele faria.

Ele trabalhou com uma tranquilidade confortável, esfregando entre os dedos primeiro um mamilo, depois o outro. Ele me provocava. Atiçava. Sussurrava para mim que eu era linda.

Ainda assim ofeguei quando o primeiro grampo se fechou no meu mamilo. Ele deslizou um dedo entre minhas pernas e traçou círculos lentos em volta de meu clitóris, provocando-me e atiçando-me novamente antes de voltar a colocar um grampo no outro mamilo.

— Lindo — disse ele quando terminou. Sentou-se sobre os calcanhares. — Agora você pode me servir.

Peguei um espeto, notando imediatamente como a corrente se balançava quando me mexia. Tudo que fazia levava a corrente a se mexer, dando um leve puxão nos grampos. Seria um longo horário de almoço. Escondi um sorriso só de pensar nisso.

— Agora, Abigail — disse ele, puxando a corrente e me fazendo gemer.

Olhei para a travessa. Eu deveria tirar os legumes do espeto e dar com a mão ou apenas levar uma *banderilla* à sua boca?

Ele não me deu nenhuma instrução, então eu tinha certeza de que podia fazer uma coisa ou outra. O que ele ia querer?

Eu não sabia.

Mas eu sabia o que eu ia querer, se a situação fosse ao contrário.

Tirei o pepino de um espetinho e levei à sua boca. Seus lábios se abriram. Sua língua roçou a ponta de meus dedos enquanto o pepino desaparecia lá dentro.

Merda, era divertido.

O volume em seus jeans me dizia que ele estava tão excitado quanto eu. Dei a ele uma azeitona e uma cebola baby, sempre oferecendo a comida com os dedos e sentindo o choque elétrico quando seus lábios encostavam em minhas mãos. Entre isso e a dor ainda perceptível em meus mamilos, eu era uma massa trêmula quando ergui um pequeno pedaço do pão com aioli.

Mais uma vez, a corrente se balançou. Mais uma vez, os lábios dele beijaram de leve a ponta de meus dedos.

Aconteceu o mesmo quando dei as almôndegas. O mesmo quando voltei à *banderilla*. Como era possível que o ato de dar comida na boca fosse tão excitante?

Eu não sabia como, mas era.

Percebi que servir a ele era exatamente isso: oferecer a mim mesma em qualquer âmbito que ele quisesse. Era a oferta sexual do meu corpo. O modo como eu lhe servia o café da manhã na sala de jantar. Como eu me preparava para ele, fosse esta preparação a ioga, correr ou me depilar. E era simples como pôr uma azeitona em sua boca.

— Está com fome, minha linda? — perguntou ele, os olhos sombrios de desejo.

— Sim, mestre. — Sorri.

Ele tirou a travessa de minhas mãos em silêncio. Seus olhos observavam os meus enquanto ele tirava um pepino de um espeto e colocava em meus lábios. Abri a boca, aceitando sua oferta.

Quando mastiguei e engoli, ele trouxe os dedos a minha boca.

— Tem marinada nos meus dedos — disse ele. — Você precisa limpar.

Peguei seus dedos em minha boca, um de cada vez, e gentilmente lambi o molho. Quando terminei, ele apanhou uma azeitona e me deu. Mais uma vez, ele ergueu os dedos e novamente eu limpei cada vestígio de marinada.

Em seguida, ele esbarrou em meu mamilo ao baixar a mão à travessa e reprimi um gemido. Nathaniel me dando comida na boca, combinado com a dor dos mamilos, me deixou num estado primitivo e devasso, considerando que não era o dedo dele que eu queria em minha boca.

— Paciência — ordenou ele quando me mexi em meu lugar. — Vou tirar cada grama de prazer que puder do seu corpo e, quando você pensar que não pode suportar mais — ele puxou a corrente —, vou te mostrar o quanto ainda resta.

Estremeci, acreditando em cada palavra dele.

Ele sorriu diante da minha resposta, pegou uma almôndega e terminou de me dar o almoço.

— Você já está com os grampos há bastante tempo — observou ele quando terminamos. — Levante-se e coloque as mãos nas costas.

O almoço me excitou mais do que eu teria imaginado. Ele me deu comida na boca num ritmo tranquilo. De vez em quando, segurava a garrafa de água em meus lábios e me instruía a beber. Só quando bebi minha parcela da água foi que ele bebeu um pouco.

Nos intervalos do processo de me alimentar, ele brincava com os grampos do mamilo. Às vezes, esbarrava levemente como que por acidente, mas eu sabia que Nathaniel nunca fazia nada por acaso. Em outras ocasiões, ele puxava de maneira descarada a corrente ou dava um peteleco na pele em volta de um dos grampos. Independentemente do que fizesse, o efeito ainda era o mesmo. No final do almoço, eu era um corpo trêmulo de desejo.

Com uma ordem, Nathaniel me fez esperar até que ele se levantasse para que eu pudesse ficar de pé diante dele. Baixei a cabeça e esperei por outras instruções.

Depois de retirar os grampos, ele amarrou meus bíceps as minhas costas com uma corda macia.

— Vá para a mesa — disse ele.

Passei a curta caminhada fazendo o meu melhor para não pensar no que viria. Em vez disso, procurei me concentrar em seguir suas ordens, sem tentar prever ou adivinhar qual era o passo seguinte. Levei alguns minutos para conseguir chegar à mesa, com os braços amarrados às costas.

Quando consegui alcançá-la, no que devia ser um dos momentos mais deselegantes de minha vida, ele me posicionou de bruços para que a parte inferior de meu tronco pousasse em um apoio acolchoado e escorou a parte superior em almofadas.

Ouvi que ele se afastava, voltando segundos depois. Suas mãos passaram uma venda por meus olhos. Senti um momento fugaz de pânico, mas me acalmei quando acariciou meu cabelo.

— Você está bem? — perguntou ele.

— Sim, mestre.

— *Amarelo* ou *vermelho* se você precisar que eu pegue mais leve ou pare — disse ele, ainda acariciando o cabelo. — Tenho de preparar mais algumas coisas. Relaxe.

205

Sua voz era baixa, mas trazia seu tom pragmático normal. Entre isto e suas mãos descendo por meu pescoço, por meus ombros e batendo os dedos de leve pela minha coluna, eu havia me entregado.

— Linda — disse ele, sem jamais tirar as mãos do meu corpo.

Percebi depois de um tempinho que os preparativos de que ele havia falado tinham a ver comigo. *Eu* é que estava sendo preparada.

Ai.

Minha desconfiança foi confirmada quando ele pegou um dos braços e amarrou uma corda no pulso. Eu me remexi um pouco na mesa.

A mão dele desceu para meu traseiro em um tapa firme.

— Eu não disse para você se mexer.

Fiquei inteiramente imóvel enquanto ele amarrava outra corda no outro pulso. Suas mãos desceram mais e massagearam minha cintura, seus dedos fortes trabalhando na porção inferior das minhas costas. Relaxei ainda mais.

Eu já estava exposta a ele, mas ele esticou a ponta da corda do punho esquerdo até meu tornozelo esquerdo; depois repetiu o gesto com o tornozelo e o punho direitos, me deixando ainda mais exposta. Eu me sentia indefesa.

— Lindo — disse ele.

Eu não me sentia realmente linda. Sentia-me indefesa e desajeitada.

O som do disparo de uma câmera atrás de mim me fez saltar.

— Só porque você não acredita em mim — falou ele. Ouvi seus passos enquanto andava a minha volta. Novamente a câmera disparou.

Mas que merda. Estava tirando fotos minhas.

— Olhe só para isso — disse ele, deslizando um dedo para dentro de mim só por um momento. — Acho que você gosta bastante da ideia de eu ter fotos que comprovem a sua beleza.

Ele se aproximou da minha cabeça e deu um muxoxo.

— Mas olha só para isso. Meus dedos estão sujos de novo.

Os tais dedos roçaram meus lábios, assim abri a boca e os chupei. Ele tinha razão; a ideia dele tirando fotos me excitava, especialmente amarrada como eu estava.

— Olhe só para você. Toda arreganhada, esperando por mim. — Os dedos dele me roçaram, quase me penetrando. — Pense só em todas as coisas que posso fazer com você.

Ele passou os dedos ao redor do meu clitóris.

— As coisas que posso fazer aqui. — Ele meteu dois dedos fundo dentro de mim e meu corpo se mexeu. Gemi enquanto meus mamilos doloridos esfregaram-se na almofada da forma mais agonizante e mais deliciosa.

Ele riu.

— Ou aqui. — Ele moveu os dedos e provocou minha outra entrada. Prendi a respiração.

Ah, sim. De novo. Quero que ele me tome de novo.

Soltei um gemido quando ele passou o lubrificante de aquecimento em mim.

— Tão carente — disse ele. Uma espécie de plug girava lentamente onde ele me preparava. — Você se lembra? De Paul e Christine?

Esforcei-me, tentando entender do que ele falava.

— Do quanto você ficou admirada em ver como foi? — Ele pressionou, aos poucos inserindo o plug em mim.

Eu estava sendo alargada.

Alargada, aberta, exposta e esperando.

Ele deu um tapa forte em minha bunda.

— Agora você se lembra? — perguntou ele.

Ah, sim.

— Responda.

— Sim, mestre.

As mãos dele eram gentis de novo, provocando-me, correndo por minha entrada. Ficaram mais rudes aos poucos e beliscaram meus grandes lábios. Depois ele me bateu de novo.

Alternava, me batendo e provocando, até que tive dificuldade para saber o que era dor e o que era prazer. Sob suas mãos, as duas coisas se combinavam.

Senti algo duro, parecia couro. *Uma tira de couro?* Ele subia e descia com ela, batendo provocantemente no clitóris e descendo com força contra meu traseiro.

Gemi.

— Gosta disso? — perguntou ele.

— Gosto — respondi, entre o gemido e a fala.

A tira desceu com mais força e atingiu exatamente onde estava o plug.

Meu Deus.

— Sim, o quê? — perguntou ele.

— Ah — ofeguei. — Gosto, mestre.

Ele me bateu de novo.

— Melhor assim.

O couro atingiu gentilmente o local onde meu desejo crescia e me atormentava, e seus dedos mais uma vez circularam meu clitóris. Parecia que eu estava perigosamente equilibrada em alguma coisa e quase caía quando ele descia a tira mais forte. E mais forte.

Não queria que terminasse. Por um tempo, parecia que não teria mesmo fim.

O plug dentro de mim. Seus dedos me provocando. E a tira, de algum modo, unindo as duas coisas num misto de dor e prazer.

— Vou comer você assim — disse ele por fim, com a respiração pesada. — Do jeito que está. Linda e escancarada.

Ouvi o som de um zíper e senti uma lufada de ar. Ele segurou meus quadris e, com uma investida forte e profunda, enterrou-se em mim. Gritei. A sensação era inacreditável: preenchida por ele e pelo plug. Alargada, preenchida e amarrada, perguntei-me por quanto tempo minha pele sensível e meu corpo atiçado suportariam.

— Goze quando quiser — ofegou ele.

Tirava e metia repetidas vezes. Ele me comeu lentamente e com profundas estocadas. Elas eram controladas, estudadas. Eu estava me equilibrando novamente e queria segurar aquela sensação.

Meu corpo se sacudiu com o orgasmo iminente, meus músculos duros e tensos. Ele acelerou o ritmo por trás. Movia-se mais rápido dentro de mim. Cerrei os punhos enquanto ele me penetrava, enquanto arremetia e atingia o plug. De novo.

Eu ia...

Eu ia...

Gozar, gritando bem alto.

Eu me sentia leve.

Ou pesada.

Sim, era isso. Eu estava pesada demais para me mexer e meu corpo não me sustentava. Um leve tremor me percorreu.

Efeitos residuais do orgasmo descomunal, concluí.

As mãos dele me acariciavam ao me desamarrar, a voz suave e baixa. Eu não distinguia o que dizia, mas não importava. Ele estava ali. Meus braços e minhas pernas estavam soltos, mas ele era gentil.

Retirou a venda. A sala de jogos estava escura.

— Relaxe — disse ele. — Descanse.

Seus lábios tocaram os meus com ternura uma única vez antes de meus olhos se fecharem.

Capítulo Dezenove

NATHANIEL

Eu a abracei enquanto ela dormia.

Carreguei-a da sala de jogos para nosso quarto, onde a envolvi em cobertores e acariciei seu cabelo. Nosso dia tinha sido mais longo e mais intenso do que nunca e não sabia como Abby reagiria. Eu, porém, esperava que ela dormisse depois disso e sabia que estaria dolorida no dia seguinte. Quando ela acordar, passaremos algum tempo na hidro, relaxando e descansando seus músculos.

Não pude deixar de comparar meus atos e planos com Abby com o que havia feito com minhas submissas anteriores. É claro que eu cuidava delas, mas mesmo depois de um dia como aquele que acabei de fazê-la passar, elas teriam dormido no quarto de submissa. Nunca, jamais em minha cama.

Perguntei a mim mesmo se isso era diferente porque era o *nosso* quarto. Se Abby não tivesse concordado em morar comigo, eu a teria feito descansar no outro quarto?

Não. Eu sabia, mesmo que ela tivesse continuado no apartamento dela, que ela descansaria em minha cama.

As sombras no quarto se alongavam quando ela finalmente se mexeu. Mantive a mão em seu ombro, acariciando de leve enquanto ela acordava. Espreguiçou-se contra mim, empurrando o traseiro em minha virilha sem querer e soltando um leve gemido.

Ela está dolorida.

Eu tinha água e ibuprofeno esperando por ela, porém o mais importante naquele momento era que soubesse que eu estava ali. Ela caiu no sono na sala de jogos; podia ficar desorientada.

Apoiei-me num cotovelo e sussurrei para ela:

— Você está em nosso quarto. Quando tiver vontade de se levantar, me diga.

— Hmmmmm — murmurou ela, ainda meio adormecida.

— Preparei salada Caesar com frango para o jantar — eu disse, sabendo que era uma de suas refeições leves preferidas. — Pensei que talvez pudéssemos descer para a hidromassagem quando você levantar.

Ela ficou mais falante na hidro. Especialmente quando sugeri que passasse a noite em nossa cama.

Ela se virou em meu colo e me olhou.

— Posso fazer uma pergunta, mestre?

— Sim — respondi, satisfeito que ela se sentisse mais à vontade para falar comigo num fim de semana. — É claro. Fale livremente.

— Se não fosse eu, se fosse uma de suas outras submissas, o senhor me convidaria para partilhar sua cama?

— Não. Mas não vejo o que isso tem a ver.

— Se um quarto no mesmo corredor bastava para elas, por que não basta para mim?

Uma mecha de seu cabelo tinha saído do rabo de cavalo e pendia diante de seus olhos. Coloquei-a atrás de sua orelha.

— Você não é uma das minhas submissas anteriores. Você é você.

— Não quero que me trate de um jeito diferente.

— Agradeço por isso, mas tudo em você é diferente. Além disso — acrescentei, erguendo um pouco seu queixo com a mão. — Minhas subs anteriores eram experientes. Você não é.

As narinas dela inflaram.

— E *eu* não consigo ver o que isso tem a ver — disse ela, repetindo minhas próprias palavras.

— Está sendo petulante de novo? — perguntei, em parte brincando, mas em parte falando sério.

— Não, mestre — respondeu ela rapidamente. — Só quero que me explique isso.

Respirei fundo.

— Você concordaria que nosso tempo na sala de jogos hoje foi mais longo do que nunca? — perguntei. — E mais intenso?

Ela concordou com um aceno de cabeça.

— Pode haver certos — procurei pela palavra mais adequada — *sentimentos* depois de um jogo tão intenso e tão longo. Pode ser difícil... Relaxar.

Ela se sentou, imersa em pensamentos por alguns minutos.

— É assim para o senhor também?

— Sim. Mas já estou acostumado. Sei o que esperar. Sei como eu reajo. Tenho meios de lidar com isso.

— O senhor se importaria se eu não dormisse em nosso quarto essa noite? É só que eu gostaria que o senhor fosse comigo exatamente o mesmo que era com suas submissas anteriores.

— Você quer passar a noite no outro quarto? — Eu sabia que nunca a trataria *exatamente* como minhas submissas anteriores, mas apreciava o contexto de seu pedido.

— Gostaria — respondeu, passando a mão hesitante por meu peito. Reprimi um gemido. Provavelmente ela estava dolorida, e eu não queria que fizesse nada mais cansativo.

— Prometa que vai me procurar se precisar conversar? Ou, no mínimo, ligar para Christine?

— Eu prometo.

— Vamos conversar mais amanhã. Provavelmente também na segunda-feira. Quero ter certeza de que você está bem.

— Eu estou ótima — ela me garantiu.

— Está sentindo dor?

— Só um pouco. — Ela se mexeu em meu colo. — Nada terrivelmente desconfortável.

— Quero que você tome mais ibuprofeno antes de dormir esta noite. Provavelmente vai se sentir muito dolorida amanhã. — Eu planejava um domingo muito relaxante, nada ativo demais ou que exigisse muito fisicamente. Baixei a boca na dela e lhe dei um beijo rápido. — Vai me dizer se alguma coisa ficar desconfortável demais?

Ela sorriu contra meus lábios.

— Sim, mestre.

No domingo, depois de tirar a coleira, joguei-a no sofá e comecei a massagear seus pés. Não havia me esquecido de que Abby ficava mais à vontade para falar enquanto nos tocávamos e eu queria que ela estivesse descontraída durante a nossa conversa. Além disso, ajudava a me tranquilizar.

— O que você mais gostou do que fizemos nesse fim de semana? — perguntei para puxar conversa.

Ela baixou a cabeça no sofá e suspirou.

— Quando você me comeu ontem. Foi tão surreal. Tudo ontem foi. Nem me lembro dos detalhes. — Ela sorriu. — Você me carregou para o quarto? Não me lembro de ter andado.

— Sim. Você estava completamente apagada.

— Isso é normal?

— Para você, evidentemente é. Eu já esperava que você ficasse acabada, baseado nas suas reações anteriores.

— Quero me sentir assim de novo — disse ela, com um brilho malicioso nos olhos.

— Excelente. Quero fazer você se sentir assim de novo.

Ela colocou a mão em minha perna.

— Por que você não passa suas pernas para cá e me deixa massagear seus pés?

213

— Não. Deixa que eu faço isso por você — eu disse.

— Gostaria de retribuir o favor.

— Lembra quando eu te falei que tenho meios de lidar com meus próprios sentimentos quando relaxo? — perguntei.

— Lembro.

— Esse é um deles. — Trabalhei na parte superior de seu pé. — Isso me ajuda. — Ela não disse nada. — Não que eu fizesse isto com minhas submissas anteriores, porque não fazia. Só descobri que ajuda com você. — Ergui uma sobrancelha. — Pode fazer a minha vontade?

Ela meteu o pé em minha mão com mais força.

— Claro, desde que você faça direito.

Trouxe seu pé a meus lábios e beijei a sola macia.

— E não faço sempre?

Ela apenas estremeceu em resposta, então baixei seu pé, continuei a massagem e perguntei:

— O que menos gostou em todo fim de semana?

— Sem dúvida — disse ela — eu detesto engatinhar. Detestei. Detestei. Detestei.

— É mesmo? — Não que a resposta me surpreendesse. Eu havia notado a expressão de desagrado algumas vezes.

— Sim, e não quero fazer isso com muita frequência — disse ela.

— Que pena. Que você não tenha gostado, quero dizer.

— Você gostou? — Ela ergueu a cabeça do braço do sofá. — Não me diga que gostou.

— Gostei — admiti, e ela apenas gemeu.

— Por quê? Por que você não gosta que eu beije seus pés? Por que tem de gostar que engatinhe?

— Porque, quando você beija meus pés, não dá para ver sua bunda.

— Como é? — perguntou ele.

— Eu disse. — Sorri. — Quando você beija meus pés, não dá para ver sua bunda.

— Você estava olhando para a minha *bunda* quando eu engatinhava?

— O que você acha que eu estava fazendo? — Subi a mão pela coxa de Abby e brinquei com a bainha de seu short. — Você tem uma bunda incrível.

— Vou acreditar em você. Nunca a vi.

— Isso não é problema. Eu tenho fotos.

O rosto dela corou.

— Ah, que droga.

Eu ri.

— Quer que eu pegue? — perguntei.

— Não.

— Então, mais tarde — eu disse, voltando a trabalhar em seus pés.

— Humpf — respondeu ela. Depois de alguns segundos, voltou a falar: — Então, vai me fazer engatinhar de novo?

— É um limite? — perguntei, em vez de responder.

— Não.

— O fato, Abby, é que eu sou o dominador nessa história e gosto quando você engatinha. Mas fico feliz que você tenha sido sincera e franca com o que gosta e o que não gosta. Preciso dessa informação.

Eu sabia que pediria a ela para engatinhar de novo, como sabia que ela beijaria meus pés mais uma vez, embora não fosse algo que me agradasse mesmo.

Trabalhei em seu pé em silêncio por alguns minutos, usando as mãos para relaxá-la.

— O que foi aquela história de repetir com você? — perguntou ela. — Aquilo veio do nada.

— Foi uma coisa mental — expliquei. — Algo para ajudar a manter você no estado de espírito correto. Pensei que te ajudaria a se manter focada.

— Ah.

— Deu certo?

— Acho que sim — disse ela, e passei ao outro pé.

Desci a mão por seu pé e peguei o calcanhar.

— Quero conversar sobre a sexta-feira à noite.

— Eu devia ter dito *amarelo* quando entrei em pânico — disse ela.

— Sim. Mas, além disso, fui agressivo demais em meus planos e peço desculpas. Nunca deveria ter pressionado você assim depois de uma punição longa.

— Pensei que você estivesse chateado comigo por não ter usado a palavra de segurança — disse ela.

— Isso também, mas a palavra de segurança não teria sido necessária se eu tivesse planejado melhor.

— Não quero decepcionar você.

— Dizer a palavra de segurança jamais seria uma decepção — eu disse. — Só posso pressioná-la se confiar que você usará *amarelo* ou *vermelho*, se precisar. E, sim, eu espero que você use *amarelo* mesmo que entre em pânico e pense que estou pressionando você para que fracasse.

— Eu não tinha certeza disso — explicou ela.

— Prometa que usará no futuro — falei, recusando-me a discutir mais até que ela concordasse.

— Eu prometo. Eu usei *verde* no fim de semana, não foi?

Pensei no dia anterior, quando eu a açoitei e ela estava amarrada à cruz. Já tive uma submissa me dizendo *verde*, mas, embora o uso da palavra ainda me fizesse parar por um momento, não reagi como temia. Abby dizendo "verde" evocou sentimentos de orgulho e prazer.

— Sim. Você disse. Fiquei muito satisfeito que você se sentisse à vontade o suficiente para me dizer o que precisava.

— Eu me senti à beira daquela sensação. Sabe qual? — perguntou ela.

— Subespaço. Não sei por experiência pessoal, mas, sim, sei do que está falando.

— Eu sabia que se você fosse mais rápido e mais forte, eu chegaria lá — disse ela, seus olhos vagando para uma estante de livros à distância enquanto se lembrava.

— E você chegou? — perguntei, querendo confirmar o que eu sabia, mas ela não respondeu. — Abby?

— Hein? — Seus olhos voltaram aos meus e ela sorriu. — Sim, cheguei. — Ela deslizou o pé de minha mão e se sentou. — Obrigada.

— Não há de quê, mas não terminei a massagem no seu pé.

— Quero dizer "obrigada" com um beijo — disse ela, aproximando-se de mim. — Agradecer como se deve.

Seus lábios estavam quase nos meus. Não pude deixar de olhar para eles.

— Eu diria "não é necessário agradecer", mas quero muito esse beijo.

— Ah, é? — perguntou ela, vindo se sentar em meu colo.

— Hmmmmm — respondi enquanto seus lábios encostavam nos meus.

Ela tomou a iniciativa do beijo e me deixei levar, desfrutando de sua língua correndo por fora da minha boca. Separei os lábios um pouco e a provoquei. O agradecimento dela era suave, lento e demorado. Eu podia ficar com ela no colo durante horas, mas sabia que ela ainda estava dolorida.

Mais tarde, eu disse a mim mesmo. *Talvez hoje à noite.*

Quando finalmente nos separamos, ela ficou em meu colo, minhas mãos acariciando seu cabelo enquanto se recostava em meu peito.

— Os recém-casados voltam no fim de semana que vem, não é? — perguntei.

— É, na sexta à noite. Da última vez que telefonou, Felicia falou alguma coisa sobre irmos almoçar no sábado. Eu disse a ela que veríamos. Não sabia o que responder.

— Não precisamos ficar isolados. Podemos ir lá por uma ou duas horas. Sempre vamos ter que equilibrar nosso tempo nos fins de semana. — Fiz carinho em suas costas. — Isto é, se você quiser ir.

— Estou com saudade dela.

— Sei que está. Só porque é um fim de semana, não quer dizer que não podemos fazer nada além de ficar na sala de jogos.

— Mas isso seria divertido. — Ela me provocou.

— Concordo, mas não quero pressionar você. — Desci a mão por suas costas. — Ainda dolorida?

— Só um pouco. — Ela deu de ombros. — Nada com que eu não possa lidar.

— Me diga se...

— Nathaniel. — Ela me interrompeu. — Sou uma mulher adulta e conheço meu corpo. Eu já disse que vou te falar. E falarei.

— Desculpe. Só quero ter certeza.

— Você *já* tem certeza — disse ela.

— Vamos mudar de assunto. Fiz uma lista de compras para a empregada. Está na cozinha. Preciso que você dê uma olhada e veja se quer acrescentar alguma coisa.

— Você não faz suas próprias compras? — perguntou Abby.

— Não. — Tentei me lembrar da última vez que fiz isso.

— Nunca?

— Não faço mais. Não preciso. Por quê?

— É estranho. Ter alguém fazendo tudo isso.

— Você vai se acostumar. Além disso, entre minha empresa e os fins de semana com você, não tenho tempo para andar pelos corredores do mercado escolhendo pão e leite.

— Você fala como se isso fosse alguma coisa inferior — comentou ela. — Sabia que a maioria das pessoas faz isso sem pensar duas vezes?

— Vamos brigar por causa da lista de compras? — perguntei. — Sério?

Ela enrijeceu em meus braços, pesando suas palavras ou atos, talvez.

— Não — disse ela por fim. — Não quero brigar com você.

— Ótimo. Também não quero brigar com você. — Beijei-a novamente. — Quer dar uma caminhada?

— Sim — aceitou, levantando-se e se espreguiçando. — Um ar fresco seria ótimo.

Ela esperava por mim naquela noite em nossa cama, com o lençol puxado até o pescoço, um sorriso dissimulado no rosto.

— Se escondendo? — perguntei, esgueirando-me ao lado dela.

— Não. Só uma surpresinha.

Seus ombros estavam despidos, então concluí que não devia ser uma lingerie nova. Não conseguia imaginar o que mais poderia ser.

— Para mim? — perguntei.

Ela assentiu com a cabeça.

— Você precisa desembrulhar — disse ela, estufando o peito.

— Ah, é mesmo? — Passei para mais perto dela e acompanhei com a mão além de sua clavícula. — Bom, por acaso eu adoro desembrulhar minhas surpresas. — Baixei os lábios para traçar o mesmo caminho de meu dedo.

— Hmmmm — murmurou ela. — Mais embaixo.

— Vou chegar lá — eu disse, girando a língua na cavidade de seu pescoço. — Em alguma hora.

Eu queria perguntar se ela ainda estava dolorida, mas sabia que isto provavelmente a deixaria irritada. Se ela me queria...

Bom, eu não ia discutir.

Ergui delicadamente o lençol.

— O que será que está escondido aqui? — perguntei, dando uma leve espiada por baixo. — Puta merda, Abby — eu disse, momentaneamente assombrado.

— Gostou deles?

Eles eram anéis de mamilo, muito parecido com piercings, enfeitando cada um dos seios. Ao contrário de um piercing normal, estes eram vermelhos e estavam ao redor do mamilo. Ela não estava com eles mais cedo e tinha ficado dentro de casa a tarde e a noite inteiras.

— Nathaniel? — perguntou ela.

— Ah, sim — eu disse, passando o dedo por um deles. — Gostei. Eu gostei. Muito.

— Pensei em ver como ficariam.

— O que a levou a fazer isso? — perguntei, meus olhos ainda fixos em seu peito.

— Christine colocou piercings, ou pelo menos antigamente usava. Sabia disso? — Ela puxou o ar enquanto eu baixava a cabeça para lamber gentilmente seu mamilo exposto.

— Não — respondi. Ela estava de sutiã da última vez que eu a tinha visto na sala de jogos, e a vez anterior foi anos atrás.

— Ela disse que era muito estimulante sexualmente, mas sugeriu estes primeiro.

— Mulher inteligente, essa Christine — comentei, passando ao outro seio. — Eu sabia que era uma boa ideia apresentar vocês duas.

— Além disso, eu não quero fazer algo permanente como o piercing, se você for inteiramente contra a ideia.

Meu pau ficou desconfortavelmente duro.

— *Piercing?*

Ela assentiu.

— Quem sabe só em um mamilo? Não sei.

Merda.

— Você estava pensando em pôr um piercing? — perguntei.

— Sim. Você detesta a ideia?

Suspirei e me afastei um pouco para olhá-la nos olhos.

— Acho que você tem um corpo lindo, Abby. Admito que a ideia do piercing seja muito excitante, mas não quero que você tome uma decisão apressada. — Passei de novo o dedo por um mamilo. — Vamos começar com esses.

O sorriso malicioso voltou e ela disse:

— Eu também tenho pingentes.

— Pingentes? — perguntei.

— Hmmmm. — Ela rolou para montar em mim. — Talvez eu te surpreenda com eles amanhã.

Capítulo Vinte

NATHANIEL

Havia algo estranho a semana inteira. Eu não conseguia descobrir o que era, e Abby e eu nunca tivemos numa briga explícita, mas alguma coisa estava estranha.

Com toda sinceridade, foi uma semana movimentada. Mas todas elas eram. Eu ainda via um terapeuta uma vez por semana, Abby e eu jantávamos com minha família às terças-feiras e, na semana anterior, ela tinha nos matriculado na ioga para casais às segundas e quartas.

Na manhã de sexta-feira, Sarah me mandou um lembrete da reserva para minha viagem de negócios iminente à China.

Merda.

Eu tinha me esquecido de falar da viagem com Abby. Tinha esperanças de que ela não encontrasse dificuldades em tirar uma folga da biblioteca. Certamente uma semana não seria problema. Podíamos sair cedo no sábado e voltar no domingo seguinte à noite. Talvez ela pudesse tirar a segunda e terça seguintes para relaxar. Eu a mimaria com um dia de spa. Ela ainda comentava sobre aquele que tinha ido com Elaina e Felicia antes do casamento.

Algumas horas depois, encontrei Abby para almoçar em nosso restaurante italiano preferido. Ela já havia chegado e estava sentada a uma mesa ao ar livre. Dei-lhe um beijo rápido antes de me sentar.

— Como está seu dia? — perguntei. Eu gostava muito de almoçar com Abby, era uma pausa em dias estressantes.

Ela sorriu e bebeu um gole da água.

— Bom. E o seu?

— O mesmo.

Depois de pedirmos a comida, batemos papo, principalmente sobre a volta de Jackson e Felicia e nossos planos para o almoço com eles no dia seguinte.

— Vinha querendo falar com você — eu disse, mudando de assunto. — Tenho uma viagem marcada para daqui a duas semanas e tinha esperanças de que você fosse comigo.

— Daqui a duas semanas não é bom para mim.

— Não tem como eu fazê-la mudar de ideia? — Mexi as sobrancelhas. — Soube que posso ser muito convincente quando preciso.

— Tenho uma conferência em duas semanas — disse ela, escondendo o riso, sem se deixar afetar por minhas sobrancelhas.

— Isso parece terrivelmente tedioso e monótono. Vá comigo à China. Deixa eu te convencer.

— Você vai à China? — perguntou ela.

— Ah, meus poderes de persuasão estão funcionando. Sim. China.

— Seus poderes não estão fazendo isso — disse ela. — Preciso comparecer a essa conferência se eu quiser ficar na fila para o cargo de Martha quando ela se aposentar.

— Martha vai se aposentar? — perguntei.

— Daqui a alguns anos. Além disso, eu não tenho passaporte.

— Não tem? — Como era possível que ela não tivesse passaporte? — Teremos de cuidar disso. Podemos tirar um para você.

— Porque vou fazer muitas viagens internacionais? — perguntou ela e, de repente, o clima leve do almoço foi substituído pela tensão subjacente que eu tinha notado a semana toda.

— Espero que você faça muitas viagens internacionais — falei. — Comigo.

Ela se remexeu na cadeira, desconfortável, mas antes que pudesse dizer qualquer coisa, o garçom voltou com nosso almoço.

— Será ótimo — disse ela, depois que ele saiu. — Não posso ir à China, mas você tem razão. Preciso de um passaporte. Vou cuidar disso.

Não parecia tão ótimo, não levando em conta o tom de voz de Abby, mas ela mudou de assunto e eu acompanhei. Eu sabia que devia dizer alguma coisa, devia perguntar se havia algo errado, pelo menos tentar descobrir o que se passava em sua cabeça. Mas, quanto mais eu pensava nisso, mais decidia esperar. Afinal, por que ter uma conversa franca num restaurante ao ar livre? Além do mais, se houvesse alguma coisa errada, ela não me diria?

Passei a tarde distraído no trabalho pela sensação irritante e persistente de que havia algo errado. Ou talvez errado não fosse a palavra certa, mas algo estava estranho. Minha certeza quanto a isso apenas aumentava. Tive várias reuniões naquela tarde, mas felizmente foram presididas por meus executivos, então tudo o que eu precisava fazer era comparecer.

Eram quase seis horas quando fui para casa. Em qualquer outra noite de sexta-feira, eu estaria sorridente ao pensar em meus planos para o fim de semana. Meus planos para aquela noite, porém, consistiam em me sentar com Abby e ter uma longa conversa antes de fazermos qualquer coisa. Eu não sabia se havia algo errado, mas pretendia descobrir antes de lhe dar a coleira.

Ela esperava por mim no hall. Estava sentada no banco acolchoado, com Apollo a seus pés, e me abriu um sorriso nervoso quando me viu entrar.

Baixei a pasta perto da porta e me sentei ao lado dela. Não nos tocamos, e a tensão entre nós era palpável.

— Oi — disse ela.

— Oi — respondi, confuso, inseguro e um tanto assustado. — O que está havendo?

— Nada urgente — disse ela. — Só queria falar com você.

Permanecíamos sem nos tocar e suas palavras pouco fizeram para que eu me sentisse melhor.

— Eu estava pensando o mesmo. Na realidade, ia insistir em conversar. Você esteve agindo de forma diferente essa semana.

Ela suspirou.

— O jornal traçou um perfil sobre você e sua empresa. Você viu?

O jornal na realidade tinha me entrevistado semanas atrás e eu havia me esquecido completamente disso. Tentei me lembrar do que eles me perguntaram que pudesse fazer com que ela agisse de forma tão estranha.

— Não. Não vi

— Por que você não me disse que não está retirando seu salário esse ano?

— O quê? — perguntei.

— Por que você não me disse que decidiu não retirar seu salário? — repetiu ela.

Ah, sim. *Isso.*

Dei de ombros.

— Foi uma coisa que decidi antes de você se tornar minha submissa. Acho que nunca me ocorreu abordar esse assunto.

— Você não achou que fosse importante?

— Não. Na verdade, não achei. Por quê?

— Isso me confunde — disse ela. — Quem pode decidir que não precisa de salário?

— Sou um homem rico, Abby.

— Eu sei. Só nunca percebi o *quanto* você é rico.

— Meu dinheiro é um problema para você?

— Só preciso me acostumar com isso.

— Não entendo.

— Às vezes, eu sinto... Não sei. — Ela se atrapalhava com as palavras. — Parece que não reconheço minha vida.

Suas palavras quase me estilhaçaram e eu não sabia como responder.

— Soou horrível — disse ela apressadamente. — Até mesmo para mim, porque nunca fui mais feliz do que sou agora. É sério. Tenho hesitado em dizer alguma coisa porque não quis parecer ingrata, ou insatisfeita, ou como se não quisesse ficar com você.

Meu peito ficou apertado.

— Você não reconhece sua vida? — perguntei.

Ela se virou para mim.

— Que droga. Desculpe.

— Não peça desculpas, Abby — eu disse, obrigando-me a continuar calmo e não pressupor o pior. Afinal, ela disse que queria ficar comigo. — Prefiro que você me fale disso a ignorar, envenenando nossa relação. — Foi o que já fiz muito no passado. — Mas ainda não sei exatamente qual é o problema.

— É só que eu antes me sentia útil. Agora me sinto um tanto insignificante.

Insignificante?

— Como é? Como pode se sentir assim?

Ela contou nos dedos.

— Você não precisa que eu limpe nem arrume a casa. Você é inteiramente capaz de cozinhar sozinho. Não precisa que eu cuide da roupa ou das compras. Certamente não precisa do meu salário. Ora essa, você não precisa nem do seu. Não estou contribuindo em nenhuma despesa e me sinto completamente insignificante no meio disso tudo — disse ela com um gesto que abrangia todo o hall.

Pensei por alguns segundos, sem saber qual seria a melhor maneira de responder e inseguro sobre mostrar a ela a ilusão de seu raciocínio.

Por fim, levantei-me e estendi a mão.

— Venha comigo.

Ela colocou a mão na minha, hesitante, e a apertei gentilmente quando se levantou. Levei-a ao segundo andar, passando pela sala de jogos e por nosso quarto, ao fundo do corredor, a uma única porta. Abri, mostrando-lhe outro lance de escada. Não pensei que um dia ela iria ao sótão e Abby me seguiu enquanto subíamos.

O sótão era imenso e ocupava toda a extensão da casa. Lençóis brancos cobriam móveis velhos e vários baús encontravam-se encostados na parede. Havia algumas janelas, permitindo que a luz entrasse no espaço escuro.

Já fazia muito tempo desde que eu estivera ali, e uma onda de lembranças me atingiu.

— Esse era meu esconderijo preferido quando eu era pequeno. Eu ficava sentado aqui durante horas: brincando de pirata, lendo, ou explorando. — Fui até um volume branco e levantei o lençol, mostrando uma poltrona. — Quando reformei a casa, mandei que deixassem o sótão intocado. Grande parte da mobília original da casa está aqui.

Ela passou a mão na cadeira de couro e falou:

— É a sua história.

Sorri.

— Eu vinha muito aqui em cima durante o colégio. Passava horas aqui. Era uma luta para mim, tentar decidir o que fazer. — Virei-me de frente para ela. — Sabia que me matriculei na Academia Naval?

Ela assentiu.

— Linda me contou uma vez.

— Parte de mim queria algo diferente, ir a algum lugar em que ninguém me conhecesse. Começar de novo. — Pensei naqueles dias passados há muito tempo, quando eu era adolescente, tentando desesperadamente encontrar meu lugar na vida. — Não acho que alguém saiba, nem mesmo agora, o quanto lutei comigo mesmo. Sentia-me preso no que eu pensava que o mundo queria que fosse Nathaniel West e não queria me sentir preso. — Eu me virei para ela. — Eu queria ser importante.

A janela mais próxima de nós dava para um grande carvalho no quintal. Apontei para ela.

— Está vendo aquela árvore?

— O carvalho? — perguntou ela, aproximando-se mais da janela.

— Sim. Um dia quero construir uma casa na árvore ali. Para nossos filhos.

Fiquei inteiramente imóvel e deixei que minhas palavras fossem compreendidas. Eu a ouvi inspirar com rapidez.

— Pensar nisso é um passo enorme para mim, Abby. Me permitir pensar que um dia você e eu nos casaremos e teremos filhos. Mas é você me que dá a liberdade para sonhar. — Eu me virei e peguei seu rosto nas mãos. — A riqueza, a empregada, o salário que não estou tirando esse ano? Eles não são nada. São coisas insignificantes, Abby. Não você. *Você* é a parte mais significativa de minha vida.

— Nathaniel — sussurrou ela.

— Eu te amo. É só isso que importa. Se você quiser fazer compras e cuidar da roupa suja, faça. Se vai se sentir melhor ajudando com as contas, então ajude. Mas, por favor, *por favor*, nunca se esqueça do que você significa para mim.

Ela fechou os olhos.

— Desculpe.

— Não. — Beijei sua pálpebra. — Não peça desculpas. Morar comigo, mudar todo seu estilo de vida, é claro que foi estressante. Vai exigir alguma adaptação.

— Não lidei muito bem com isso.

— Estamos aqui agora, não estamos? — Passei os braços por sua cintura e a puxei para mais perto. — Não é só isso que importa?

Ela deitou a cabeça em meu peito e suspirou.

— Sim.

O peso da semana se dissipou, deixando em seu lugar alegria e paz. O ar ao nosso redor era silencioso, e permiti que as antigas lembranças e dúvidas da minha adolescência fossem substituídas pelos novos sonhos que a mulher que eu abraçava tornava possível.

Ela suspirou e disse:

— Estraguei nosso fim de semana.

— Como assim? — murmurei em seu cabelo. Francamente, o fim de semana estava indo melhor do que eu imaginava quando cheguei em casa mais cedo.

— Já passa da hora de você me dar a coleira.

— Posso colocar a coleira em você mais tarde — eu disse, alterando mentalmente meus planos para o fim de semana.

Seus braços me abraçaram com mais força.

— Por mim está bem.

— Mais uma coisa — eu disse. — Preciso que você saiba que, embora eu aprecie o fato de que você queira que eu a trate como tratava minhas submissas anteriores, isso não vai acontecer.

Afastei-me para olhá-la nos olhos e vi sua testa se franzir.

— Você não é uma das minhas submissas anteriores. Eu te falei antes que me preocupava com elas, mas não era igual ao que sinto por você. Não chega nem perto.

— Eu nunca questionei isso.

— Ainda assim, você me pediu para te dar o mesmo tratamento — lembrei a ela. — Ainda assim, me perguntou o que eu fazia com elas.

— Então, me diga. Você teria adiado seus jogos de fim de semana por elas, como acabou de fazer?

Assenti com a cabeça.

— Se houvesse alguma coisa errada entre nós, sim. — Com a surpresa em seus olhos, continuei. — Mas eu nunca teria pensado em trazê-las aqui para cima, ou em partilhar com elas o que partilho com você. Conversei muito com Paul sobre isso, Abby, e você não é igual a elas. Não me incomoda tratá-la de forma diferente. Não deixe que isso incomode você.

— Vou tentar — sussurrou ela.

Puxei-a para meu peito.

— Não se compare com elas. Você é completamente diferente. *Nós* somos completamente diferentes.

Passamos as horas seguintes explorando o sótão juntos. De
vez em quando, um de nós pegava o outro olhando para o
carvalho e sorríamos juntos.

Capítulo Vinte e Um

ABBY

Ele havia me dito para esperar uma espécie de encenação e, na manhã de domingo, aguardei na sala de estar, lendo. Eu não o via desde o café da manhã. Ele saiu da sala de jantar logo depois de comer, instruindo-me a vestir a roupa reservada para mim em meu armário.

Eu nunca tinha usado cinta-liga. Aquela que ele havia deixado para mim era preta e, vou admitir, fazia minhas pernas ficarem ainda mais sensuais. Nunca me ocorreu usar esse tipo de coisa e decidi marcar de fazer compras com Felicia na semana seguinte.

Vesti distraidamente a saia. Era ridícula de tão curta e deixava praticamente meu traseiro exposto. Eu tinha certeza de que seria possível vislumbrar a cinta-liga por baixo da saia quando eu andasse. O casaco não era muito melhor; apertado e mal cobria meu peito. Nem sequer havia uma blusa, apenas um sutiã de renda preta que aparecia quando eu me movia para o lado certo. Preciso confessar, porém, que era excitante apenas sentar e pensar no que ele podia ter planejado.

Como eu ia saber quando ele estava pronto? Ele viria me procurar?

Teria de vir, não é?

Pensei na noite de sexta-feira. Como ele queria conversar tanto quanto eu e tinha adiado nossos jogos até ter certeza de que estava tudo bem entre nós. A lembrança ainda me fazia sorrir sempre que pensava nele falando sobre a casa na árvore e no quanto ele queria as mesmas coisas que eu.

Passamos horas no sótão, vasculhando velhos baús e, sempre que ele tirava o lençol de uma nova mobília, era como se revelasse outra parte de si. Por fim ele me deu a coleira e, por algum motivo, nosso ritual pareceu mais intenso do que o normal. Depois, na hora de dormir, ele me convidou para dormir em sua cama e nem passou pela minha cabeça rejeitar o convite.

O almoço com Jackson e Felicia no dia anterior tinha sido maravilhoso. Raras vezes fiquei tanto tempo sem vê-la e ela possuía um ar reluzente. Pela primeira vez não tive ciúme de que ela tivesse com Nathaniel uma ligação que eu não tinha. Depois de nossa conversa na sexta à noite, Nathaniel e eu estávamos mais seguros de nossa relação, de onde nos situávamos e do que queríamos ser.

Levantei-me e fui à estante guardar o livro que fingia ler.

— O que você acha, Apollo? Devo procurar alguma coisa para fazer ou apenas desistir?

Apollo tombou a cabeça de lado, soltou um grunhido suave e rolou de costas. Entendi a dica. Carinho na barriga.

Meu telefone tocou com a chegada de uma mensagem.

— Desculpe, Apollo — falei, indo à mesa ao lado do sofá para pegar o telefone. — Deve ser a Felicia.

Mas não era Felicia. Era Nathaniel. Meu coração disparou quando li a mensagem.

Meu escritório. Agora.

Olhei a mensagem por um tempo longo demais.

O escritório dele?

O escritório dele, *onde*?

Fui primeiro à mesa na biblioteca. Nada. Ele não estava na biblioteca. Ele tinha um escritório do outro lado da sala de jantar, que usava quando trabalhava em casa.

Fui com a maior rapidez que me permitiam os sapatos pretos de tiras, esperando encontrar a porta fechada. Em vez disso, estava aberta. Dei uma espiada lá dentro, mas, novamente, me deparei com um cômodo vazio.

Ele não quis dizer o escritório *escritório*, não é? Aquele no centro?

Mas não poderia ser outra coisa.

Peguei minha bolsa e a chave de seu segundo carro, afaguei a cabeça de Apollo e fui para a garagem. Um bilhete esperava no banco.

Sim, Srta. King.
  Eu quis dizer meu escritório no centro. O segurança dos fins de semana deixará você entrar no prédio.

  Atenciosamente,
  Sr. West

  P.S.: Você está atrasada.

Eram muitos significados para um bilhete tão curto, concluí enquanto seguia de carro para o escritório dele. Primeiro, eu teria permissão de chamá-lo de "Sr. West" e, segundo, aparentemente eu estava atrasada. A ideia me deixava agitada e me intrigava.

Parei na garagem do outro lado da rua e percebi que teria de andar em público com aquela roupa que ele escolheu para mim. Senti uma estranha combinação de orgulho e excitação.

Atravessei a rua correndo até o grande prédio que abrigava sua empresa.

— Sim, senhora — disse o segurança dos fins de semana quando cheguei à porta da frente.

Eu conhecia o segurança dos dias de semana, falava com ele frequentemente quando visitava Nathaniel em seu escritório. Este sujeito, porém, não era o cavalheiro mais velho do qual eu me recordava. Este sujeito era jovem e desconhecido.

— Srta. King para ver o Sr. West — eu disse, puxando minha saia. Perguntei-me se ele via a cinta-liga quando entrei e depois me censurei mentalmente. *E isso importa?*

— Sim, senhora. O Sr. West espera pela senhora. Disse para que subisse logo. — Ele só olhava em meus olhos. Seu olhar não baixou em direção à roupa. — Preciso ver sua identidade.

— O quê? — perguntei. — Ah, sim. — O sujeito dos fins de semana não me conhecia, não era o segurança dos dias úteis. Peguei a carteira e lhe mostrei minha habilitação.

— Obrigado, senhora — disse ele, depois gesticulou para que me dirigisse aos elevadores.

O escritório de Nathaniel ficava no último andar e, embora eu já tivesse entrado lá várias vezes, agora era diferente. Não eram os usuais te-encontro-para-o-almoço ou está-na--hora-da-aula-de-ioga.

Sarah não estava em seu lugar de sempre, é claro, porque era domingo. A grande porta de madeira da sala de Nathaniel estava fechada e parei por um momento, sem saber como continuar.

Ele teria ouvido o sinal sonoro do elevador quando cheguei ao andar, não é? Eu devia bater ou mandar um torpedo a ele? Quem sabe ele abriria a porta para mim?

Mas ele me fez dirigir até aqui. Certamente não ia abrir a porta para mim.

Bati.

A voz era baixa e autoritária quando ele respondeu.

— Entre.

Empurrei a porta com um gesto hesitante. Ele estava sentado à sua mesa, remexendo alguns papéis. Com a minha entrada, ele desviou os olhos da papelada e fechou a cara para mim.

— Entre, Srta. King, e feche a porta.

A porta se fechou atrás de mim num estalo alto.

— Está atrasada — falou.

Eu tinha decidido exatamente que perspectiva ia assumir, então joguei meu cabelo pelo ombro e tombei a cabeça de lado.

Gosto de você briguenta, disse ele duas semanas atrás.

Ele gostava de mim briguenta? Eu seria briguenta.

— Não sabia a que horas queria que eu viesse, Sr. West — retruquei.

Ele ergueu uma sobrancelha.

— Minha convocação não dizia *agora*?

— Talvez. Não me lembro bem — respondi.

— Este é um problema constante seu, não é? O esquecimento?

Dei de ombros.

Ele baixou os papéis.

— Soube que a senhorita anda muito esquecida ultimamente. Que esteve ocupada com outras coisas quando deveria estar trabalhando.

— Tenho muita coisa em mente, mas consigo fazer meu trabalho.

Ele passou os olhos pelos papéis diante de si.

— De acordo com o que tenho aqui, a senhorita fez telefonemas pessoais em horário de trabalho.

— Um ou dois.

— Um ou dois por hora, talvez — disse ele. — Está telefonando para um homem?

Troquei a perna de apoio.

— Às vezes ligo para o meu namorado — respondi.

Ele me olhou da cabeça aos pés, depois gesticulou para minha roupa.

— Seu namorado sabe que a senhorita se veste desse jeito?

— Ah, não, Sr. West — entrei no jogo, tentando puxar para baixo a bainha da minha saia. — Meu namorado não me vê assim. Vesti essa roupa a pedido do meu mestre.

Pensei que talvez minha confissão o fizesse se atrapalhar ou que ele por fim mostrasse algum reconhecimento. Em vez disso, ele assentiu.

— Ah, entendi — disse ele. — A senhorita é uma garota pervertida.

Pensei no fim de semana anterior e sorri.

— Muito.

— Aposto que gosta de se vestir assim. Que gosta de mostrar seu corpo para o seu mestre.

— Sim — falei, passando as mãos pelos quadris e empinando o peito ligeiramente.

— E aposto que a senhorita também gosta de se exibir para outros homens, não é, Srta. King? — Ele empurrou a cadeira para trás. — Como o segurança lá embaixo?

— Ele até que era bonito. — Passei a mão pelo corpo, desviando-me do volume dos seios. — Mas na realidade estou mais interessada no que o senhor pensa, Sr. West.

Ele se levantou e caminhou na minha direção, seus olhos jamais deixando de encarar os meus.

— É com essa atitude que seu supervisor precisa lidar? Esse assédio inadequado?

Dei a ele meu melhor sorriso.

— O senhor não respondeu a minha pergunta. O que acha da minha roupa?

Ele se colocou atrás de mim e suas mãos envolveram meu corpo, pegando meus seios.

— O casaco é apertado demais. — Ele puxou o tecido e os botões se espalharam no chão. Sua voz era baixa e grave enquanto as mãos deslizavam pelos meus quadris. — E a saia é curta demais — sussurrou ele em meu ouvido.

— Quem sabe o senhor não prefere que eu a tire? — perguntei, empurrando-me contra a virilha dele e sorrindo ao sentir sua ereção.

— Srta. King — disse ele, fingindo estar chocado. — Percebe a gravidade de seus atos? Eu poderia demiti-la por sua impertinência. — Aquelas eram palavras dele, mas suas mãos não saíam do meu corpo.

Virei para me colocar de frente para ele e lhe dei uma piscadela.

— Mas, Sr. West, eu preciso desse emprego.

— Não tenho alternativa — disse ele e deu um passo para trás. — Tenho de demitir a senhorita. Não posso ter esse comportamento desrespeitoso e inadequado distraindo meus outros funcionários.

Caminhei lentamente até ele, deixando cair no chão os restos esfarrapados de minha roupa, pisando para fora delas.

— Certamente há algo que eu possa fazer.

— Não sei. É uma situação muito grave.

— Deve haver alguma coisa.

O olhar dele subiu e desceu por todo o meu corpo.

— Pode ter uma coisa.

— Eu faço — Era estranho como a encenação aumentava minha confiança, como afetava até meu andar. Meus quadris balançavam de um lado para outro enquanto eu me aproximava dele. Passei o dedo em seu peito. — Por favor.

Ele se virou e foi à mesa, retirando lentamente o cinto ao avançar. Quando se colocou ao lado da mesa, virou-se para mim, dobrando o couro nas mãos.

— Não sei se a senhorita está preparada para isso.

Puta merda. Ele vai me espancar com o cinto?

— Garanto ao senhor que estou, Sr. West.

— Venha cá.

Fui até sua mesa.

— Estenda as mãos — mandou.

Ele as pegou e enrolou o cinto nelas, amarrando meus punhos. Não lutei enquanto ele me empurrava para a frente e apoiei os braços na mesa, a bunda virada para ele.

Certificando-se de que eu visse cada movimento dele, Nathaniel foi para trás da mesa e abriu uma gaveta. Puxei o ar quando ele pegou uma palmatória de madeira e a apoiou na mesa.

Ele guardava uma palmatória no escritório?

Entre algumas respirações trêmulas, ele tinha se colocado atrás de mim. Seus dedos beliscaram a pele de minhas coxas enquanto ele abria minha cinta-liga. Esfregou de maneira brusca meu traseiro através da renda áspera da minha calcinha antes de meter os dedos por baixo do cós e descê-la por meus quadris, me deixando exposta.

— A senhorita tem sido uma funcionária muito sem-vergonha, Srta. King. Terei de castigá-la.

Mexi os quadris.

— O que achar melhor, Sr. West.

Sua mão desceu em meu traseiro com um estalo satisfatório.

— Vou me certificar de que compreenda as consequências de seus atos. — Enquanto falava, ele me espancava. — A senhorita precisa entender exatamente o que espero de meus funcionários. O que é permitido. Se esquecer, serei obrigado a lembrá-la de novo.

Ele deu um muxoxo ao deslizar o dedo comprido entre minhas pernas.

— Por que eu tenho a sensação de que não estou convencendo a senhorita?

Minha bunda estava quente e sensível por causa do espancamento e eu arqueei os quadris, tentando tomar seu dedo mais fundo.

— Não sei, Sr. West. Talvez o senhor deva me castigar mais.

Ele pegou a palmatória na mesa.

— Já que insiste, Srta. King.

— Acho que é o único jeito de eu aprender a lição.

A palmatória bateu na pele do meu traseiro e gemi.

— Essas são as regras que a senhorita deverá obedecer se quiser continuar trabalhando para mim. — Enquanto falava, ele descia a palmatória sem parar. — A senhorita se vestirá de forma adequada.

Palmada.

— Não usará mais cinta-liga nem trajes apertados que mostrem seu corpo.

Palmada.

— Nada de telefonemas pessoais para o namorado em horário de trabalho.

Palmada.

— Basta de seduzir os funcionários. A mim, inclusive.

Palmada.

— Basta de esquecimentos.

Palmada.

— E quando eu lhe disser para vir a meu escritório imediatamente, a senhorita virá a meu escritório imediatamente.

Palmada.

— Eu me fiz entender, Srta. King?

Palmada.

Antes que eu pudesse responder, suas mãos estavam em mim, provocando e fazendo cócegas em minha carne inchada.

Me come. Me come. Agora.

Ele desceu um tapa em minha bunda, mas com a mão em vez de usar a palmatória.

— Eu lhe fiz uma pergunta, Srta. King.

É verdade. É verdade. É verdade.

— Hmmmm — fingi gaguejar. — Qual era a pergunta mesmo?

Ele bateu com mais força.

— Entende como a senhorita deve agir quando estiver em minha empresa?

Mexi as pernas, desesperada pelo atrito.

— Sim, Sr. West. Eu entendo.

Ele suspirou.

— Eu devia demitir a senhorita de verdade. Nunca precisei de nada parecido com isso antes.

O escritório caiu em silêncio. Os únicos sons audíveis eram o tique-taque constante de um relógio na mesa e o zumbido fraco de um frigobar ao canto.

Ergui o corpo lentamente da mesa e olhei para trás. Ele havia recuado alguns passos, mas sorria.

— Provavelmente a senhorita mandará que me prendam — disse ele.

Desamarrei os pulsos e deixei o cinto cair no chão.

— Eu nunca mandaria prendê-lo.

Ele balançou a cabeça.

— Por tratar a senhorita desse jeito.

— Eu precisava disso.

— Não — disse ele. — Não há desculpas para o modo como eu agi.

— Mas agora eu serei boazinha, Sr. West. — Estendi a mão às costas e abri o sutiã. As alças deslizaram por meus ombros. A peça de roupa fina caiu no chão. — Me deixe mostrar como posso ser boazinha.

Ele ajeitou as calças.

Isso.

— Acabo de bater na senhorita por esse tipo de comportamento — disse ele.

Balancei a cabeça.

— Não estou flertando. Vou mostrar ao senhor a boa garota que sou. — Sentei em sua mesa, mordendo os lábios com o leve ardor do desconforto. Cheguei para a frente e trouxe os pés para cima, apoiando-os na mesa, dobrando e abrindo os joelhos, para que ele visse exatamente o que queria. — Por favor, Sr. West.

Ele se aproximou mais, parecendo um gato assediando sua presa.

— Boazinha até que ponto? — perguntou ele.

— Venha descobrir. Farei valer o seu tempo.

Ele abriu a calça enquanto andava. Não tinha nada por baixo.

— Ah, Sr. West — eu disse, olhando para o pênis dele. — O senhor é bem maior do que meu namorado.

Um sorriso brincou nos lábios dele.

— Sou?

— Sim. Mas talvez um pouquinho menor do que meu mestre. — Levantei a cabeça e olhei em seus olhos. — Meu mestre é enorme.

Ele riu baixinho e livrou-se da calça. Com dois passos curtos, estava diante de mim, parado entre minhas pernas.

— Posso tirar a sua camisa? — pedi, minhas mãos trabalhando rapidamente nos dois primeiros botões. Fiquei impaciente com o terceiro, agarrando o tecido e dando um puxão. — Epa — falei quando seus botões caíram sobre a mesa e no chão.

— A senhorita rasgou minha camisa, Srta. King. Terei de espancá-la novamente.

— Estou ansiosa por isso, Sr. West. — Arranquei a camisa dos ombros dele, passando as mãos por seu peito.

— Hmmmm — murmurou ele. — A senhorita sem dúvida parece deliciosa.

Curvei-me para trás, oferecendo meus seios a ele.

— Por que não prova?

Ele respondeu agindo, baixando a cabeça até meu pescoço e passando a língua por ele. Seus dentes mordiscaram, descendo a um mamilo, depois ao outro. Ele me sugou gentilmente, quase com reverência, antes de subir aos beijos e sussurrar em meu ouvido.

— Exatamente como eu pensei. A senhorita é deliciosa.

Segurei sua cabeça e sussurrei, surpresa com a facilidade com que as palavras saíram de minha boca.

— Devia provar minha boceta.

Ele mordeu o lóbulo da minha orelha.

— Estou chocado, Srta. King. — Mas deslizou o dedo entre minhas pernas abertas, entrando momentaneamente em mim e trazendo o dedo para fora. Lambeu-o com a ponta da língua. — Embora a senhorita esteja certa.

Empurrei-me para ele, tirando o prazer da sensação de seu peito contra o meu, seu calor me cercando. Corri as mãos levemente por suas costas.

— Estou louca para sentir você dentro de mim, Sr. West.

Ele enroscou minhas pernas em sua cintura.

— Longe de mim, então, fazer a senhorita esperar mais.

Com uma arremetida intensa, ele me penetrou, preenchendo-me completamente.

— Puta merda, Srta. King.

Não falamos mais, concentrando nossa atenção no movimento de nossos corpos. Desfrutando do vaivém de um em relação ao outro. Ele grunhia baixo em meu ouvido e eu respondia com meus gemidos guturais.

Cada estocada forçava meus quadris a deslizarem pela madeira dura da mesa e a sensação do atrito, combinada com a dor persistente do espancamento, levou-me a trabalhar mais rápido para meu orgasmo. Ele arremetia ainda mais rápido e com mais intensidade, provocando correntes de prazer por meu corpo.

— Sr. West — ofeguei, estreitando as pernas em volta dele.

— Tem razão, Srta. King — disse ele com uma estocada poderosa, atingindo um ponto fundo dentro de mim. — A senhorita é boa.

Minha necessidade de gozar ficava mais forte e lutei para reprimi-la até que ele desse permissão.

— Posso? — pedi. — Estou perto.

Ele deu outra estocada.

— Sim.

A cabeça dele baixou em meu ombro e estremeci enquanto seus dentes roçavam minha pele.

— Merda — eu disse. — Mais forte.

A única reação dele foi uma mordida em meu ombro, mas só foi preciso isso. Meu clímax me tomou e gozei intensamente. Ele continuou seu ritmo incansável ao se impelir ao próprio clímax. Os músculos de suas costas endureceram sob minhas mãos e senti que ele gozava dentro de mim.

Com um suspiro suave, ele relaxou.

— A senhorita tem seu emprego pelo tempo que quiser, Srta. King.

Capítulo Vinte e Dois

ABBY

Ele partiu para a China duas semanas depois, numa sexta à noite. Eu o acompanhei na viagem de carro até o aeroporto, querendo que ficássemos juntos o máximo possível. Ele segurou a minha mão o tempo todo e a longa semana de separação se estendia interminável diante de nós.

— Será o maior tempo que vamos ficar separados desde março — disse ele, olhando a rua ao nos aproximarmos do aeroporto.

É só uma semana. É só uma semana.

Só de pensar nisso me dava vontade de chorar.

— Queria poder ir com você — sussurrei.

Ele levou minha mão a seus lábios, roçando suavemente minha pele.

— Está fazendo o que é melhor para você e para sua carreira. Tenho o mais profundo respeito por isso.

Reprimi uma lágrima.

— Eu te amo.

Ele beijou minha mão novamente e seus lábios se demoraram enquanto ele inspirava meu cheiro.

— Abby — sussurrou, seu hálito suave como uma carícia. — Eu te amo.

Na noite anterior, ficamos acordados fazendo amor até as primeiras horas da manhã. Ele foi lento e reverente em seu afeto, sem ter pressa nenhuma, memorizando cada detalhe do meu corpo. Mesmo quando finalmente me penetrou, agiu sem pressa, como se tivesse todo o tempo do mundo.

Enquanto o sol nascia e acordamos nos braços um do outro, gozamos juntos de novo, mas com uma ferocidade e uma urgência nascidas do conhecimento de que logo estaríamos separados por mais de uma semana. Nossas mãos e nossas vozes eram apressadas e empurramos e puxamos até que por fim desmaiamos juntos, onde ficamos descansando até finalmente nos obrigarmos a sair da cama.

No aeroporto, fiquei com ele até que seu piloto discretamente pigarreou e indicou o relógio. Mesmo assim, fiquei no aeroporto até o jato desaparecer no céu. Só aí voltei para o carro dele para a longa e solitária viagem de volta.

Ao chegar, parei no hall e joguei as chaves dele na mesa. Nunca fiquei sozinha na casa de Nathaniel — *na minha casa*, me corrigi. Andei pelos cômodos, verificando os alarmes, embora Nathaniel tivesse feito o mesmo antes de sair.

Quando fiquei satisfeita de que estava segura, subi para o nosso quarto. Foi só quando passei pela sala de jogos que me lembrei das palavras de Nathaniel naquele mesmo dia.

Não poderei te dar a coleira este fim de semana, disse ele no almoço. *Mas tenho algumas tarefas para você.*

Falou que havia deixado envelopes para mim no meu quarto de submissa. *Mas quero que você durma em nosso quarto, se desejar.*

Sim, eu sabia, eu queria dormir em nosso quarto. Embora Nathaniel não estivesse em nossa cama, eu podia dormir em seu travesseiro e talvez nos lençóis que ainda tinham seu cheiro.

Parei por um momento no quarto pequeno. Uma pilha de envelopes esperava por mim. O de cima era um pacote embrulhado em papel pardo e etiquetado com a letra elegante de Nathaniel.

Sexta à noite.

Dei uma olhada no envelope por baixo.

Sábado, oito e meia da manhã.

Como o pacote não indicava uma hora, levei para nosso quarto e o coloquei na cama. Voltei a ele depois de tomar um longo banho quente. Decidi dormir com uma das camisas sociais de Nathaniel, então subi na cama, dobrei as pernas e abri o pacote aos poucos.

Era um diário com capa de couro.

Abri na primeira página e meu coração deu um salto quando vi a letra dele.

> *Sei que você costuma ter dificuldades para expressar seus sentimentos com palavras faladas. Pensei que, talvez, você se sentisse mais à vontade escrevendo-as.*
>
> *Quero que use este diário como um espaço para escrever seus temores, suas dúvidas e mágoas, bem como suas alegrias, esperanças e seus sonhos. Gostaria de ver você usá-lo principalmente para detalhar sua jornada como submissa, embora eu compreenda que haverá alguma sobreposição também com nossa vida diária.*
>
> *Para começar, darei a você algumas tarefas. Meu único pedido é que você seja completamente sincera no que escrever. Nada que colocar neste livro será usado contra você.*
>
> *Você me deu muito. Sei que me dará também isto.*

Passei o dedo pela tinta, de algum modo me sentindo mais perto dele com este simples ato. Virei as páginas em branco. Christine me contou que mantinha um diário, mas não tinha arranjado um para mim mesma.

Nathaniel acabou cuidando disso...

Peguei o envelope que caiu do diário e o abri. Havia uma única folha de papel ali dentro.

Discutimos no início desta semana que depois que eu voltasse da China poderíamos ir juntos a uma festa de jogos. Faça uma lista dos seus temores e para cada um deles sugira uma forma de contra-atacá-lo. Em outra página, liste os benefícios que você espera obter ao comparecer.

Discutiremos quando eu voltar.

Ele falava sério? Parecia um dever que um professor poderia me passar.

Ele me daria uma nota?

Se achasse que fracassei, me puniria?

Ri da ideia, mas me lembrei do medo que tive na primeira vez que ele sugeriu a festa e concluí que escrever sobre ele poderia ser uma boa ideia. Passei a mão pela cama até a mesa de cabeceira e procurei na gaveta, por fim encontrando uma caneta presa embaixo de um saco de brinquedos.

Foi surpreendente a liberdade com que as palavras me vieram depois que comecei a escrever. Eu me sentia solta e desinibida. Escrevi sem parar, apenas colocando o que me vinha à mente e preenchendo página após página tanto com meus medos quanto com o que eu esperava realizar.

Quando terminei, olhei para o relógio, surpresa com a rapidez com que o tempo havia passado. O voo para Hong Kong levaria 16 horas, assim eu esperava ter notícias de Nathaniel muito em breve.

Bocejando, apaguei a luz e me meti sob as cobertas. Apollo pulou para se deitar a meu lado. Talvez fosse a privação de sono da noite anterior, pois cochilei minutos depois.

Sábado, oito e meia da manhã.

Virei o envelope, ansiosa para ver o que continha. Seria outra tarefa de escrita? Passei os dedos pela aba e abri.

> *São oito e meia da manhã de sábado e ainda estou no avião. Espero que você tenha tido uma boa noite de sono e que Apollo lhe tenha feito companhia. Tive uma conversa séria com ele antes de partir.*

Sorri ao ler suas palavras. Ele tinha feito muito progresso nos últimos meses e eu adorava ver o lado engraçado e brincalhão dele.

Acariciei a cabeça de Apollo e continuei lendo.

> *Estivemos na sala de jogos incontáveis vezes nos últimos meses, mas não chegamos perto de explorar todas as diferentes formas com as quais podemos jogar. Esta manhã, quero que você entre lá e olhe em volta. Encontre um brinquedo, objeto ou algum tipo de equipamento que não tenhamos usado, mas que você gostaria de experimentar da próxima vez que jogarmos. Escreva em seu diário para conversarmos depois.*
>
> *Eu posso decidir usá-lo.*
>
> *P.S.: Você só tem uma hora. Felicia estará aí às nove e meia para levar você para fazer compras e almoçar.*

Dei uma olhada rápida no envelope seguinte.

> *Sábado, três e meia da tarde.*

Muito tempo para curtir algumas horas com Felicia.

Li novamente a carta das oito e meia. Nunca passei muito tempo explorando a sala de jogos sozinha. Nathaniel e eu passamos por isso juntos antes de ele me dar a coleira, meses atrás, e a limpeza agora era de minha responsabilidade, mas eu ainda sentia que aquele ambiente era domínio dele.

Como eu já havia tomado banho e o café da manhã, subi para a sala de jogos. Depois de entrar, passei pelo banco de açoitamento, pela mesa acolchoada e pela cruz, andando em linha reta até a parede oposta. Armários feitos à mão guardavam muitos açoites. Alguns ele tinha usado comigo: o de pelo de coelho e o de camurça. Ele possuía outros, é claro, de couro e alguns de couro trançado; pareciam mais pesados e eu me perguntei que sensação teriam.

Hmmmm. Talvez.

Os armários ficavam acima de uma mesa grande, feita da mesma madeira suntuosa e com várias gavetas. Abri uma e vi sua coleção de plugs e vibradores. Brinquedos divertidos, mas não vi nada que se destacasse.

Presa a uma parede estava sua coleção de varas, e passei o dedo por uma delas. Conversei com Christine sobre elas algumas vezes desde nossa visita, mas ainda não estava preparada para experimentá-las.

Tentei imaginar a expressão de Nathaniel se eu dissesse a ele que queria que usasse uma vara em mim.

Ficaria chocado? Concordaria?

Mas eu ainda não me sentia pronta, então continuei andando.

Mexi numa coleção de máscaras e mordaças. Nunca jogamos com nenhuma delas. Eu ainda me perguntava como seria ser amordaçada.

Peguei uma mordaça de bola e tentei imaginá-lo me obrigando a usá-la, combinada com um novo açoite. Isso podia ser divertido. O bilhete dele, porém, disse para escolher um. *Um.* Como isso seria possível?

Pegando o diário e a caneta, sentei-me no meio da sala de jogos e refleti. Imaginei diferentes hipóteses, usando vários objetos que encontrei nas gavetas e nos armários. Todos pareciam divertidos, mas não conseguia me decidir por um só.

Bati a caneta na lombada do diário e olhei o relógio. *Nove e meia.*

Dei uma última olhada na sala, sorri e baixei a cabeça para escrever. Escrevi sobre o brinquedo que escolhi e, só por diversão, acrescentei alguns detalhes sobre a cena.

Felicia e eu estávamos chegando em nossa primeira parada, uma loja de lingerie, quando meu telefone tocou.

Nathaniel!

— Alô — eu disse.

A voz dele parecia cansada.

— Abby.

Meu coração se aqueceu só de ouvir a voz dele.

— Como foi a viagem?

— Longa. Acabamos de pousar.

Minha mente tentou calcular a diferença de fuso horário.

— Que horas são aí?

— Pouco depois das onze da noite — disse ele. — Parece que pulei um dia inteiro.

— Está tudo bem — brinquei. Imaginei-o passando os dedos pelo cabelo, como ele fazia quando estava cansado ou frustrado. — O sábado está se arrastando. Você não perdeu grande coisa.

— Discordo — disse Felicia do banco do motorista. — Você está fazendo compras comigo e nossa primeira parada é uma loja de lingerie. O sábado não vai se arrastar.

Ele riu baixinho.

— Falo com você daqui a algumas horas. Só queria ouvir sua voz e dizer que cheguei bem.

— O que vai fazer agora? — perguntei, sem estar preparada para desligar.

— Fazer check-in no hotel e dormir algumas horas antes de recomeçar a trabalhar.

— No domingo?

— Não tenho mais nada para fazer — respondeu ele num tom provocante. — Alguém se recusou a vir comigo.

— Você sabe por quê.

— Sei e compreendo.

— Você devia sair e passear um pouco. Até parece que você vai à China todo dia.

— Felizmente não. Vou sair um pouco. Mas duvido que a Grande Muralha tenha mudado muito desde a última vez em que a vi.

— Vai ver a Grande Muralha?

— Não. Fica longe demais. Da próxima vez, talvez você também possa vir e podemos ir juntos.

— Já estou com saudade — falei.

— Eu também.

— Chegamos — avisou Felicia.

Eu estava tão envolvida na conversa com Nathaniel que nem percebi Felicia estacionando o carro.

— Vou deixar você ir — disse ele. — Divirtam-se, as duas. Não arrumem muitos problemas.

— Hmmmm — brinquei. — Arrumar problema parece bom.

— Mais tarde — disse ele com certo sorriso na voz, mas depois falou mais baixo: — Eu te amo.

— Te amo.

Voltei para casa horas depois com sacolas de roupas e lingerie novas, várias cintas-ligas diferentes e o coração leve depois de muito papo de mulherzinha com minha melhor amiga. A vida de casada combinava com Felicia e eu nunca a tinha visto mais satisfeita e feliz.

Eu cantarolava ao guardar minhas compras. Talvez mais tarde, naquela semana, eu colocasse uma lingerie nova e tirasse uma foto para mandar a Nathaniel.

Às três e meia, abri o envelope seguinte.

> *Espero que tenha aproveitado seu tempo com Felicia. Você e minha nova prima são muito diferentes, entretanto sei que essa amizade significa muito para as duas. Eu jamais quis que sentisse que teria de desistir de alguma coisa ao decidir usar minha coleira.*
>
> *Tendo dito isso, sei que conversamos antes que ser uma submissa não faz de você fraca, ingênua ou boba. Na realidade, é bem o contrário.*

Para sua próxima tarefa, quero que escreva mil palavras sobre o seguinte tema:

Minha Submissão: O Que Significa para Mim.

Quando tiver terminado, dê uma caminhada, jante e depois escreva mil palavras sobre seu próximo tema:

Minha Submissão: O Que Significa para Meu Mestre.

Estou ansioso para conversarmos sobre as duas tarefas e dizer a você o que penso de cada uma delas.

Puxa.

Ele não estava mentindo quando disse que eu teria de usar o diário. Porém, a noite anterior tinha sido reveladora, pois descobri enquanto escrevia. Embora estivesse apreensiva sobre ir a uma festa quando ele abordou o assunto, agora ansiava por isso. Em especial porque ele tinha me obrigado a pensar nisso e escrever para vencer meu medo.

Eu estava louca para descobrir o que esta nova tarefa de escrita me ensinaria.

Sábado, dez e meia da noite.

Esta noite você descobrirá como é possível me servir à distância. Você tem 15 minutos para tirar a roupa e pegar o celular.

Você ligará para mim de sua cama às dez e quarenta e cinco.

Meu coração se acelerou ao ler essa curta missiva.

Servi-lo à distância?

Eu estava louca para descobrir o que ele pretendia dizer com isso. Ainda mais excitante era a oportunidade de ouvir a voz dele. Calculei a diferença no horário. Seria de manhã em Hong Kong.

Talvez ele fizesse uma pausa para almoçar mais cedo?

Quinze minutos depois, eu esperava na cama. Exatamente às dez e quarenta e cinco, apertei o botão *send* e liguei para ele.

O telefone estalou quando ele atendeu.

— Abigail — disse ele, e eu não falava mais com o viajante cansado e desgastado com quem conversei horas antes. A voz baixa e autoritária que provocava tremores por minha espinha pertencia a uma só pessoa.

— Mestre.

Capítulo Vinte e Três

NATHANIEL

Ela falou aquela única palavra, *mestre*, e ouvi a excitação nervosa em sua voz.

— Seguiu minhas instruções? — perguntei.

— Sim, mestre.

— Quero que você ligue o viva voz, coloque o telefone na cama e assuma sua posição de inspeção. Diga quando tiver terminado.

Do outro lado do telefone veio um leve farfalhar e a imaginei fazendo o que eu pedia.

— Estou pronta, mestre — disse ela.

— Obrigado, minha linda. Agora, diga o que eu veria, se estivesse aí.

Ouvi-a descrever seu corpo, detalhando sua posição e sua postura.

— Muito bem — eu disse quando ela terminou. — Posso ver você mentalmente e isso com certeza é parte do que eu queria fazer. Porém, você acabou de passar muito tempo escrevendo sobre dois temas específicos. Com *isto* em mente, diga o que eu vejo.

O silêncio encheu o outro lado da linha enquanto ela pensava em minhas palavras, depois ouvi seu "ah" suave e sorri.

— O que eu vejo? — perguntei mais uma vez. — Comece por sua cabeça.

— O senhor não vê somente minha cabeça jogada para trás, mas também o significado por trás disso — disse ela, completamente excitada.

— E qual seria?

— Meu pescoço está exposto. Vulnerável. E eu o coloco como uma oferenda ao senhor.

— Sim. E seu peito?

— Empinado — respondeu ela. — Mas é mais do que presentear o senhor com meus seios. Meu peito abriga meu coração e, nesta posição, meu coração também é vulnerável. — Ela falava com orgulho. — Meu coração é um dos órgãos mais importantes do meu corpo, bem como o centro simbólico das minhas emoções. É quase como se eu lhe oferecesse minha vida. O senhor pode me magoar, mas confio que não o fará. Pode me ferir, mas sei que não faria isso.

A excitação dela e o prazer em me responder atingiram meu próprio centro simbólico.

— Você sabe o que isso faz comigo, o que significa para mim, ver você na minha frente, assim?

— Não, mestre — disse ela. — Mas tenho uma noção.

— Então, nós dois estamos fazendo progressos.

— Sim, mestre.

— Se eu estivesse com você, andaria até suas costas e falaria para você assumir a posição de espera. O que você faria com sua cabeça?

— Eu a abaixaria, mestre.

— Faça isso. Depois jogue o cabelo de lado para que o pescoço fique exposto a mim. Curve-se para a frente e sinta minha respiração roçando a pele delicada que cobre sua coluna.

Ela puxou o ar, trêmula.

— Meus lábios acompanham o rastro da minha respiração — continuei. — Roço levemente seu ombro direito. Estou passando a mão pelo esquerdo, acompanhando sua bela estrutura óssea com a ponta dos dedos.

Ela suspirou.

— Sinto você estremecer. Sua reação me deixa mais duro. — Toquei a cabeça do meu pau, mas apenas de leve. Tínhamos de continuar. — Seja minhas mãos percorrendo seu corpo. Elas pegam seus seios gentilmente e sinto seu coração bater. Está disparado. Passo os polegares em seus mamilos e eles endurecem. Você está ficando excitada, não é, Abigail?

— Sim, mestre.

— Sente seu coração?

— Sim — disse ela. — Está *mesmo* disparado, mestre.

— Aperto seus mamilos com a ponta dos meus dedos e começo a beijar seu pescoço. Meus dentes raspam em sua pele e minha língua segue seu rastro. — Lambi meus lábios. — Seu gosto é inacreditável.

Fechei os olhos e imaginei.

— Deite-se de costas — eu disse, porque seria mais fácil para ela e porque ela ficou ajoelhada por muito tempo. — Agora estamos em nossa cama. Mantenha os joelhos dobrados e abertos. — A cama farfalhou enquanto ela obedecia. — Sente o ar frio em sua boceta? Você está ansiosa para que eu a toque?

— Sim, mestre — disse ela quase num gemido.

— Mas suas mãos estão nos seios, onde eu as deixei?

— Sim, mestre.

— Excelente. Desço por seu corpo e atravesso o contorno de sua costela. Sinto seu peito subir e descer e noto como sua respiração está pesada. Você também sente isso?

— Sim, mestre.

— Baixo ainda mais as mãos e contorno seus quadris. Eu me movimento para pousá-las entre suas pernas, mas tenho o cuidado de não tocar onde você me quer. — Fecho os olhos e imagino. — Seus lábios são macios e você os abre com meu beijo. Você suspira suavemente e eu baixo ainda mais a mão para traçar círculos lentos em torno do osso de seu quadril.

Abri os olhos e olhei o telefone a meu lado como se pudesse vê-la através dele. *Da próxima vez, webcam.*

— Está traçando círculos lentos?

— Sim.

— Sim, o quê?

— Sim, mestre.

— Belisco seu mamilo direito um pouquinho — eu disse, e a ouvi ofegar ao fazer isso. — Volto com a mão à parte inferior de seu corpo e roço em sua barriga. O que está sentindo?

— Sinto o senhor quente na minha frente — disse ela suavemente. — Seu pênis está duro e pressiona minha barriga. Quero sentir o senhor mais embaixo. Eu me empurro para o senhor, ansiosa.

— Sei exatamente o que você quer, minha linda. E você sabe que eu daria a você. Mas ainda não estou pronto.

Ela gemeu e eu sorri.

— Baixo minha cabeça e chupo você — eu disse. — Estou com a língua em seu mamilo, apertando. Você está fingindo que suas mãos são meus dentes?

— Sim, mestre.

— Que bom. Agora, belisque-os porque estou mordendo e puxando. Adoro sentir você em minha boca. O leve puxão de sua pele.

Ela arquejou.

— E adoro os barulhos que você faz para mim — eu disse, com um sorriso e certo anseio por não estar com ela pessoalmente para ouvi-los.

— Adoro fazer barulhos para o senhor, mestre. Em geral não consigo evitar.

— Meu barulho favorito é aquele que você faz quando eu penetro você — eu disse, afagando meu pau, lembrando-me. — Se eu dissesse para você agir espontaneamente, o que você faria?

Jurei que podia ouvir seu sorriso através do telefone.

— Eu desceria mais pelo corpo, provocaria a ponta do seu pau com minha língua e veria se conseguia eu mesma arrancar alguns barulhos do senhor, mestre.

Eu ri. Ela estava mais brincalhona desde o dia da nossa encenação, e fiquei animado ao ouvir mais esse lado dela. Só porque estava com minha coleira nos fins de semana não queria dizer que ela precisava abrir mão dessa parte de si.

— Tenho certeza de que você arrancará mais do que isso daqui a alguns minutos — eu disse enquanto me segurava. — Meu pau está duro só de pensar nisso. Você continuaria me provocando ou finalmente me pegaria na boca?

— Continuo provocando, mestre. Adoro seu pau e eu passaria o tempo que o senhor deixasse lambendo-o e mordiscando-o gentilmente. Agora estou lambendo o senhor e passando a ponta do dedo em seu pênis duro. — Minhas mãos seguiram suas palavras, fingindo que ela estava no quarto fazendo o que dizia. — Minha língua gira pela glande e finalmente pego todo o pênis na boca, mas por pouco tempo.

Meus quadris deram um solavanco na cama.

— Implicante — comentei.

— O senhor pediu, mestre — disse ela, num tom de satisfação pessoal.

— Pedi mesmo, minha linda. Eu pedi — eu disse, satisfeito com o quanto ela estava entrando no jogo. — Onde estão suas mãos?

— O senhor não me disse para mexê-las. Ainda estão em meus seios.

— Desça por seu corpo. Porque agora é minha vez de provocar. Ainda está de joelhos dobrados e abertos?

— Sim, mestre.

— Estou descendo, passando a língua pelo seu corpo, dando atenção a cada parte. Cada parte, exceto onde você mais me quer — eu disse. — Passo o rosto para a parte de trás de seu joelho esquerdo e beijo a sarda minúscula que você tem ali.

Fechei os olhos e imaginei, um pequeno pontinho, bem na dobra do joelho.

— Subo aos beijos até a parte interna da coxa, chegando perto demais de sua boceta, mas justo quando você pensa que vou tocá-la, saio e volto a descer pela coxa direita. Está me sentindo, minha linda? Sentindo meu hálito em sua pele?

Ela murmurou em resposta.

— Mais alto, Abigail — eu disse. — Ou vou parar.

— Sim, mestre.

— Ótimo. No próximo passo, roço levemente sua boceta por fora. Você está molhada, não está?

— Sim, mestre.

— Toque-a. Com delicadeza — eu disse. — Depois sinta seu gosto e me diga como é.

— Um pouco salgado. Um toque de almíscar e alguma doçura.

— Você é tão doce. — Minha voz baixou. — Se eu estivesse aí, você não conseguiria sentir o seu gosto. Eu tomaria tudo para mim.

— É tudo seu, mestre — disse ela, com a voz igualmente baixa.

Merda, sim, é tudo meu. Meu e de mais ninguém.

— Acho que já provoquei você o suficiente — falei. — Olhe embaixo da cama, do meu lado, e pegue o saco que deixei ali.

Esperei enquanto a ouvia sair da cama, imaginando o saco que encontraria no chão. A cama se mexeu quando ela voltou a subir.

— Peguei, mestre — disse ela.

— Abra — disse, imaginando o consolo que tinha colocado na sacola antes de sair. Ela gemeu quando o encontrou.

— Gostou? — perguntei.

— Ah, sim, mestre.

Sorri.

— Ótimo. Fique de costas, com os joelhos dobrados e abertos. Finja que é meu pau e chupe por alguns segundos. — Ouvi seus movimentos do outro lado da linha. — Imagine que estou metendo na sua boca e pense em como você vai se sentir bem quando eu sair de sua boca e comer essa boceta.

Quando achei que ela já estava com o consolo na boca por tempo suficiente, voltei a falar:

— Estou descendo pelo seu corpo pela última vez. Mova o brinquedo e finja que sou eu. Coloque em sua entrada, porque vou provocar você com a cabecinha por alguns minutos.

Brinquei com a cabeça do meu pau, imaginando que ela estava no quarto comigo e que eu a provocava.

— Estou entrando em você com a cabecinha — eu disse. — Só o mais leve movimento de meus quadris e você não tem permissão de mexer o seu.

— Por favor, mestre.

— Não. Ainda não. Sinto você tremer embaixo de mim. Você me quer loucamente. Mexo com os quadris mais um pouquinho e entro um pouco mais. — Minha mão afagou mais meu pau, mas apenas levemente. Não estava nem perto de ser o que eu precisava. Nem perto de ser o que ela precisava. — O que você está sentindo, Abigail?

— O senhor está respirando em minha orelha — disse ela. — Sinto seus músculos se cerrarem sob minhas mãos, porque estou segurando seus quadris. Ancorando-me para não me mexer. Eu quero o senhor. Quero muito que meta em mim. Por favor, mestre.

— Coloque e tire o brinquedo de sua boceta, rápido, mas não vá muito fundo. Estou te dando um pouco de atrito, mas negando o que você quer por enquanto.

Ela gemeu, mas ouvi seus movimentos e deixei que ela ficasse ainda mais excitada.

— Agora — falei, me tocando mais rápido. — Estou metendo um pouco mais forte e mais fundo. Está sentindo?

— Sim, mestre.

— Agora enfie meu pau todo — eu disse, segurando-me com mais força. — Goze quando estiver pronta, mas empurre fundo. Estou arremetendo com força e o mais fundo que posso.

Nos minutos seguintes, não falamos. Eu me concentrei no meu pau e no leve gemido de prazer que ouvia dela ao telefone. A respiração dela ficava cada vez mais acelerada.

— Quero ouvir você. Ainda não terminei — eu disse enquanto meu próprio clímax crescia. — Goze.

— Ah, merda, mestre. — Ela ofegou e eu a imaginei, vi que trabalhava com o consolo com toda força que podia. — Ah.

Ergui os quadris da cama no ritmo do movimento da minha mão e arqueei as costas, imaginando-a embaixo de mim. Bem a tempo, alcancei a toalha de rosto que tinha separado e gozei nela.

Pelos sons da respiração constante de Abby, eu sabia que ela havia chegado ao orgasmo.

— Você está bem? — perguntei.

— Sim, mestre — respondeu ela, a voz carregada de prazer. — Obrigada.

— Se eu estivesse aí, colocaria você no meu peito, para ouvir seu coração. Estou enchendo seu corpo de beijos e sussurrando em seu ouvido o quanto eu te amo.

— Eu te amo, mestre — disse ela timidamente.

Meu coração se apertou ao saber que ela não falava com Nathaniel, mas com seu mestre. Não me passou despercebido que esta era a primeira vez que ela dizia *eu te amo* desse jeito.

— Abigail. — Sorri. — Meu amor.

Por um tempo, ficamos como estávamos, satisfeitos por ter uma linha telefônica nos conectando. Contudo, eu sabia que ela havia tido um longo dia e que devia estar cansada.

— Vou deixar você dormir — eu disse por fim.

— Queria poder ficar na linha com o senhor a noite toda e ouvir sua respiração.

— Logo. Logo estarei em casa.

— Não tão logo assim.

Conversamos baixinho por algum tempo. Quando a ouvi bocejar, nos despedimos, desejamos boa noite e desligamos.

Apoiei-me na cabeceira e respirei fundo algumas vezes. Eu ainda queria que Abby pudesse ter viajado comigo, mas a entendia e a admirava por ter ficado em Nova York para a conferência. Além disso, tínhamos o resto da vida para viajar juntos.

Flórida, lembrei a mim mesmo. Eu precisava falar com ela sobre a viagem à Flórida que eu planejava.

O sexo por telefone com Abby tinha sido incrível. Sexo por telefone não era novidade para mim, claro. Na realidade, com minhas submissas anteriores, era algo em que eu me envolvia frequentemente, quando o impulso me dominava durante a semana ou eu queria recompensá-las por algo e achava que elas desfrutariam da experiência.

Contudo, era basicamente sexo, e me admirava como nunca era só sexo com Abby. Satisfazia uma necessidade? Sim. Ajudava a satisfazê-*la*? Sim. Mas era mais do que isso.

Tudo com Abby era sempre mais.

Mas não me assustava como antigamente.

Olhei o relógio na mesa de cabeceira. Ela estaria enroscada na cama, tentando dormir. Só havia mais dois envelopes esperando para serem abertos no dia seguinte. O primeiro ela abriria às nove e meia. Era sua última tarefa de escrita. Depois, às onze, Elaina a pegaria para um brunch de domingo.

Pensei no restante da semana. Na segunda-feira, encomendei um jantar para ser entregue em casa para ela. Sushi. Com um pequeno bilhete lembrando-a o quanto significava que tivesse concordado em me encontrar para comer sushi tantos meses atrás em vez de me dar uma surra, como eu merecia.

Na terça-feira, ela sairia com Felicia depois da conferência. Abby precisava mudar seu endereço e Felicia, atualizar o sobrenome. Parecia certo, de algum jeito, tê-la dividindo meu endereço. Lembrei-me da casa tão cheia de vida em minha infância e fiquei deliciado por sentir isso de novo.

Pensei na entrega das flores que havia marcado para terça--feira. Depois que ela chegasse em casa, duas dúzias de rosas creme com um toque de vermelho seriam entregues junto a uma carta que eu tinha escrito e deixado com o florista. Só um pequeno bilhete dizendo a ela como eu estava feliz por dividir minha casa.

Na quarta-feira, pouco antes de eu sair de uma reunião aparentemente interminável para ir almoçar, meu telefone tocou com uma mensagem de texto. Abby e eu em geral trocávamos torpedos ou nos falávamos pouco antes do almoço, assim, pedi licença da sala de reuniões e fui para uma sala extra que usava durante minha estada.

Abri a mensagem.

Me preparando para ir dormir, ela havia digitado.

Queria poder colocar você na cama, respondi.

Eu também, ela mandou de volta. **Tenho uma coisinha para você...**

O que ela enviou em seguida me tirou o fôlego e cambaleei para me sentar na cadeira. Ela mandou uma foto sua depois da outra, ou de partes dela. Partes cobertas e outras não tão cobertas, com tiras de renda. Uma liga aqui. Uma alça mínima de sutiã ali. Um mamilo brincando de esconde-esconde com um toque de renda. Uma calcinha que deixava muito pouco de seu traseiro para minha imaginação.

Puta que pariu, digitei quando as fotos pararam.

Gostou?, perguntou ela.

Digamos que, se eu estivesse aí, tiraria cada pedaço dessa lingerie. Com os dentes.

Ah, é?, perguntou ela. **E faria o que depois?**

Olhei para o relógio. Eu tinha alguns minutos antes de ter de sair da sala.

Amarraria você ao pé da cama.

Parece bom, respondeu ela.

Bateria nessa bunda por ser tão provocante.

me contorcendo

Sorri e digitei rapidamente.

Colocaria o dedo em sua boceta.

Hmmmmmm, ela digitou.

Alguém bateu na porta.

Merda. Merda. Merda.

Porcaria de almoço, escrevi.

Porcaria de viagem de negócios empata-foda, respondeu ela.

Pelo menos você pode gozar aí, mandei de volta. **Vou ficar preso num almoço sufocante.**

Afogue sua tristeza no álcool.

Vou mesmo, digitei. **Tenha bons sonhos.**

Bons sonhos *logo*, escreveu ela. **Primeiro preciso cuidar de um probleminha.**

Eu gemia, imaginando-a encontrando o brinquedo na mesa de cabeceira, com as pernas abertas...

Implicante, finalmente digitei para ela.

Aprendi com o melhor, replicou ela.

Fiquei deprimido o dia todo. Só mais dois dias até poder sair da China, mas sabia que aqueles dois dias se arrastariam. Liguei para Jackson quando voltei ao quarto de hotel naquela noite. Ele levantava cedo e eu sabia que estaria acordado.

— Nathaniel — disse ele. — Como está a China?

— Demorada e tediosa. Não acordei você, acordei? — Com a diferença de fuso horário, passava pouco das cinco da manhã.

— Não, estou me preparando para a corrida matinal.

Conversamos por uns minutos sobre nada em especial e fizemos alguns planos de nos encontrarmos depois que eu voltasse. Não demorou muito para que a conversa fosse desviada para seu recente casamento e Felicia. Ele adorava falar da nova esposa.

— Uma pergunta — falei, depois de ouvir um longo discurso a respeito dos planos dos dois relacionados à aposentadoria dele. — O que foi toda aquela fofoca que houve quando vocês ficaram noivos? — Sinceramente eu não conseguia me lembrar; foi uma época difícil para mim, com Abby me deixando e tudo.

— Algumas pessoas disseram que Felicia podia estar grávida — respondeu ele, rindo. — Mas é claro que isso não era verdade.

Eu sabia que os dois queriam ter filhos, mas também sabia que queriam esperar alguns anos.

— Por quê? — perguntou ele. — Você e Abby...

— Não — interrompi. — Não é nada disso. — *Ainda não.* — Eu só sei que vocês não se conheciam há tanto tempo quando você propôs casamento. Isso me fez pensar.

— Primeiro. Eu não dou a mínima para o que as pessoas pensam e tenho certeza absoluta de que você também não dá.

Eu ri. Ele tinha razão, pelo menos na maior parte.

— Segundo — continuou. — Se eu encontrasse a mulher que eu sabia ser aquela com quem queria me casar e ela quisesse se casar comigo, por que a opinião dos outros importaria?

— Não quero as pessoas fofocando a respeito de Abby — comentei sem pensar. — Não quero ninguém pensando mal dela.

— Arrá! Eu sabia.

Revirei os olhos, embora ele não pudesse ver pelo telefone.

— Eu não disse que não pensava em me casar com Abby.

— Mas era isso que você estava dando a entender — disse Jackson e continuou, sem esperar por minha resposta. — Escute, cara, a Abby é uma mulher forte.

— Sei disso.

— E é segura o bastante de quem ela é para não dar a menor bola se as pessoas fofocarem sobre ela. Além disso, quem pensar mal dela por concordar em se casar com você ou é um babaca ou está com inveja.

Eu ri.

— Obrigado, Jackson. Às vezes eu preciso conversar com alguém.

— Sem problemas

— Essa conversa vai ficar apenas entre nós, não é? — perguntei. — Você não vai contar...

— Para a minha esposa que o namorado da melhor amiga dela está pensando em fazer o pedido? — perguntou ele e eu sabia que estava sorrindo.

— Isso mesmo.

— Seu segredo está seguro comigo.

Pensei em minha conversa com Jackson por grande parte do restante da noite. Antes de ir dormir, mandei um SMS para Abby com três linhas simples.

Quero você.
Saudades de você.
Amo você.

Liguei para ela na noite de sexta, no fuso horário da China, com más notícias.

— Estamos com alguns problemas — eu disse a ela, enquanto via meu piloto falar no fone de ouvido. Ele gesticulava. — Não vamos conseguir partir no horário.

— Quanto tempo de atraso?

— Acho que mais algumas horas — respondi. — Devo chegar em Nova York por volta das três da madrugada. Vou pegar um táxi para casa.

— Posso ir te buscar. Não tem problema.

— Eu sei, mas prefiro que você descanse. Estarei aí quando você acordar.

Eu não ia ficar ao telefone por muito tempo; estava bastante irritado por não poder decolar no horário e não queria que ela pensasse que estava chateado com ela.

Quase vinte horas depois, entrei em nosso quarto na ponta dos pés. Ela dormia, abraçada a meu travesseiro, com Apollo enroscado a seu lado. Ele levantou a cabeça quando entrei e apontei para o chão.

Depois de ele pular para baixo com um suspiro pesado, tirei a roupa lentamente, largando-a em uma pilha no chão. Puxei o lençol de leve e meu coração quase parou quando vi que ela usava uma das minhas camisas brancas.

Tomando cuidado para não acordá-la, subi na cama e gentilmente a envolvi nos braços. Ela se aconchegou em mim com um suspiro leve de satisfação. Fechei os olhos.

Em casa.

Enfim

Capítulo Vinte e Quatro

ABBY

Há algo importante de que preciso me lembrar. Em meu sonho, luto para lembrar o que era. Alguma coisa ia acontecer. Algo que eu sabia que não devia esquecer.

Alguma coisa. Alguma coisa.

Enquanto eu despertava, fiquei consciente de braços quentes me envolvendo, braços quentes e a sensação de alguém me observando. Aos poucos, abri um olho.

Nathaniel!

— Oi — disse ele, abrindo aquele sorriso de parar o coração que sempre me derretia. Não havia nada melhor do que acordar nos braços dele. Nada. Nada. Nada.

— Oi — falei, retribuindo o sorriso dele. — Que horas você chegou em casa?

— Lá pelas quatro. — Ele olhou por sobre meu ombro para o relógio na mesa de cabeceira. — Umas três horas atrás.

— Você não estava dormindo?

— Não. Dormi no avião. Fiquei deitado aqui abraçado a você. Vendo você dormir. — Seu dedo correu por minha orelha. — Sabia que você tem uma pequena sarda bem aqui também?

Senti meu rosto esquentar.

— Não.

Ele semicerrou os olhos mirando a sarda.

— Eu nunca tinha percebido. — Depois seus lábios se fecharam ali e ele beijou gentilmente o ponto bem atrás do lóbulo de minha orelha. — Estava com muita vontade de fazer isso, mas não queria que você acordasse.

— Até parece que eu teria reclamado — comentei, espreguiçando-me contra ele. *Ora, ora, ora.* — Você está pelado.

Ele riu, mas seus olhos ficaram sérios.

— Sim, e você não está.

— Espero que não se importe. Tomei emprestada uma camisa sua.

— Ah, não, não me importo nem um pouco. Fica melhor em você. Eu estava pensando que na verdade não é certo, eu nu e você vestida.

— Não precisa ficar chateado. Sua empregada trouxe suas camisas da lavanderia alguns dias atrás. — Passei a mão por seu peito. — Você pode pegar uma e assim não ficará nu.

— Hmmmm — murmurou ele. — Não, obrigado.

Estendi a mão para ele, puxando-o para perto, e senti seu cheiro.

— Saudade.

— Saudade — falou ele com os lábios em meu cabelo.

— Da próxima vez, vou com você.

— Da próxima vez, vou arrastar você comigo — disse ele, afastando-se para olhar em meus olhos.

Eu me embriaguei na visão dele. Enfim em casa. Na cama. Comigo. O sol brilhava forte pela janela atrás dele.

— Não quero sair desta cama o dia todo — declarei. — Você não tem nenhum plano para hoje, tem?

— Ah, tenho — disse ele, esfregando o nariz por meu rosto. — Tenho muitos, muitos *e muitos* planos.

— E quais seriam? — perguntei, na esperança de que os planos dele coincidissem com os meus.

— Para começar — disse ele, seu hálito fazendo cócegas em minha orelha e a mão provocando minha barriga —, vou nos trazer o café da manhã e vou usar você como minha mesa...

— Eu vou poder usar você como minha mesa também?

— Claro que sim. Depois pretendo passar horas fazendo amor com você em todas as posições possíveis e quando terminarmos — ele abriu lentamente a camisa que eu vestia e sua voz ficou mais baixa —, vamos inventar algumas posições novas.

Estremeci quando seus dedos afagaram levemente meus seios. Mas eu não sentia frio. Na verdade, era bem o contrário.

— Provavelmente vamos perder o almoço, inventando todas essas novas posições — eu disse com a maior tranquilidade possível, as mãos dele abrindo minha camisa.

— Então, se não tiver problema para você, não quero nada além de uma pizza enorme. Podemos pedir por telefone e comer lá fora.

— Não sei. Eu estava pensando em *lo mein*. Tem um restaurante chinês novo que entrega em casa.

Ele se afastou.

— Sério? Você quer comida chinesa?

Ri da expressão perplexa dele e disse:

— Não. Só estava brincando.

— Não me provoque, mulher — disse ele, voltando a trabalhar na camisa e enfim abrindo o último botão. — Sou um homem desesperado.

Deslizei para baixo dele e passei a mão em seu traseiro nu.

— Você não é o único.

Engraçado, pensei no dia seguinte enquanto me ajoelhava na posição de espera. *De certo modo não era isso que eu tinha em mente quando respondi à pergunta dele ontem.*

Ele me perguntou em algum momento no sábado, depois da pizza.

Estávamos do lado de fora, no pátio. Sentei-me em seu colo e nossos pés pendiam na banheira de hidromassagem. Estava quente demais para ficar dentro da água.

— Devíamos instalar uma piscina — disse ele, com a cabeça jogada para trás, desfrutando do sol. — Mas você acha que deve ser lá dentro ou aqui fora?

Do lado de fora eram várias as vantagens, mas morávamos em Nova York, então talvez uma piscina indoor fizesse mais sentido. Disse isso a ele.

— O porão está relativamente inacabado — observou ele. — Que pena que não podemos colocar a piscina lá.

— Podemos fazer aqui fora e fechar — sugeri.

— Pode funcionar. — Ele pensou por alguns segundos. — Vamos ligar para um empreiteiro na semana que vem. Pedir que eles olhem o jardim.

Gostei de como ele usava "nós" com frequência, como saía naturalmente de seus lábios. Tombei a cabeça de lado para beijar os ditos lábios.

— Por que você tem um porão inacabado? — perguntei.

Ele me deu outro beijo. Mais demorado.

— Quando comecei a reforma, não consegui decidir se queria fazer a sala de jogos lá embaixo ou não.

— Hmmm. Uma sala de jogos no porão.

— Mais uma espécie de masmorra — disse ele.

— Isso é... — pensei enquanto falava — ... assustador.

As mãos deles subiram para meu cabelo.

— Masmorra. Sala de jogos. A mesma coisa, na verdade.

— Gosto de como soa "sala de jogos" — eu disse. — Masmorra deve ter correntes, cordas e...

Ele ergueu uma sobrancelha.

— Tudo bem — admiti, rindo. — É a mesma coisa, na verdade.

Ele sorriu.

— E por falar em salas de jogos, quer usar sua coleira neste fim de semana? Talvez por algumas horas amanhã?

Passei o dedo em seus lábios e ele o capturou em um beijo. Eu sentira tanta falta dele, percebi. De Nathaniel todo: o amante doce e atencioso dos dias úteis e o mestre severo e implacável dos meus fins de semana. Eu amava os dois, precisava dos dois.

— Gostaria de usar por algumas horas amanhã.

Mal sabia eu que estaria usando a coleira enquanto ele folheava meu diário, vendo se eu tinha concluído todas as suas tarefas. Eu estava de cabeça baixa, é claro, então não podia ver o que ele estava lendo. Senti que o comentário "Interessante. Muito interessante" veio quando ele leu sobre o brinquedo que escolhi e o cenário que detalhei.

Ele estava sentado em uma poltrona e eu, a seus pés. Meus joelhos pousavam no piso atapetado da sala de jogos, e não em uma almofada.

— Olhe para mim, Abigail — disse ele por fim.

Levantei a cabeça e olhei em seus olhos. Estaria ele satisfeito com o que escrevi? Não dava para saber olhando para ele.

— Você tem talento para escrever — elogiou.

É mesmo? Pensei que a maior parte fosse apenas de reflexões aleatórias que aparecessem na minha mente.

— Parece ser um jeito mais fácil de você se comunicar — continuou ele. — E a encenação que você detalhou é muito criativa.

— Obrigada, mestre. O senhor me inspira.

Tive esperança de que ele entendesse que não estava fazendo elogios gratuitos, mas falando a verdade. Ser a submissa dele tinha libertado um lado meu que eu nem sabia que existia. A Abby do ano anterior nunca teria sonhado em pensar as coisas que detalhei no diário, muito menos escrevê-las e deixar que alguém as lesse.

Ora essa, antes dele eu tinha uma vida sexual insatisfatória, quase tinha desistido completamente do sexo. Mas agora...

Bem, eu *estava* ajoelhada e nua aos pés dele.

E passamos o dia anterior todo transando da forma mais maravilhosa do mundo.

— Estou muito satisfeito com o que você descobriu, minha linda. E quero conversar mais sobre isso, mas, por enquanto... — Ele se levantou e foi até o armário. Os pés descalços mal faziam barulho ao andar. — Sua encenação me inspirou e creio que você merece uma recompensa por isso.

Ele se virou de frente para mim e notei que tinha a mordaça de bola e o sino nas mãos.

— Vá para a mesa — mandou. — Por enquanto, apenas fique sentada.

Levantei-me — ele não me disse para engatinhar — e fui até a mesa. Será que usaria todas as minhas ideias ou apenas algumas? Eu escolhi a mordaça em vez de outro brinquedo porque pensei que ele usaria algo além dela. Mas também escrevi sobre um açoite, que era novo para mim e eu sabia que ele usaria, se quisesse.

Seus passos soaram novamente quando veio na minha direção, mas mantive o foco em seu rosto. Pelo canto do olho, notei seu peito sem camisa e os objetos que ele ainda tinha nas mãos.

— Abra — disse ele. Depois colocou a mordaça em minha boca. Prendeu a fivela em minha cabeça e senti meu coração palpitar com força. As batidas pesadas sacudiam meu corpo.

— Relaxe — falou, afagando meu cabelo. — Você está ótima. Respire pelo nariz.

Ele me deixou sentada por alguns segundos, para me acostumar à sensação de ter algo na boca e regularizar a respiração.

— Olhe para mim — ordenou por fim. Depois, continuou a falar quando olhei em seus olhos: — Agora você não pode falar sua palavra de segurança, então precisa disto. — Ele colocou um sino em minha mão. — Se precisar dizer *amarelo* ou *vermelho*, deixe cair isto. Responda com a cabeça se você entendeu.

Fiz que sim.

— Ótimo. Agora quero que você experimente. Largue o sino.

O sino caiu da minha mão e bateu no chão com um tinido e um baque. Nathaniel se abaixou, pegou-o e o colocou em minha mão.

— Mais uma vez — disse ele, e novamente deixei o sino cair.

Da vez seguinte, ele segurou meus pulsos e os amarrou a minhas costas.

— De novo — disse ele. Ele estava tão perto que eu sentia seu peito contra o meu e seu corpo entre minhas pernas. Deixei cair o sino de novo. Imediatamente ele soltou meus pulsos.

Depois que o sino estava mais uma vez em minha mão, ele ergueu meu queixo.

— Sente-se confortável com o sino? Faça um *sim* com a cabeça ou a balance para dizer *não*.

Fiz que *sim*.

Ele se curvou para perto.

— Fico muito excitado ao ver você amordaçada para meu prazer — sussurrou ele, com meu queixo ainda em sua mão. — Excelente ideia a sua, Abigail. — Seus dentes rasparam o lóbulo da minha orelha. — Vamos experimentar sua ideia seguinte, por que não?

Sim, pensei enquanto ele me puxava da mesa e me curvava sobre ela. *Isto é mais parecido com o que eu tinha imaginado.*

Olhei meu relógio. Quase na hora de me encontrar com Nathaniel no hall.

Era o sábado seguinte e íamos a um encontro de amigos de Nathaniel da comunidade BDSM. Ele disse que qualquer novo integrante tinha de comparecer a um desses encontros antes de ter permissão para ir a uma festa. Como a festa seria no final daquela noite, iríamos à reunião à tarde.

Meu cérebro disparava nas mais loucas direções e meus dedos se coçavam para escrever no diário, só para tentar dar um sentido aos pensamentos que passavam por minha mente.

Não me serviria de nada me atrasar para encontrar Nathaniel. Eu só precisava dar a ele um motivo para me castigar antes de partirmos. Embora eu tivesse certeza de que todos saberiam na hora o que aconteceu se eu fosse incapaz de me sentar.

Dei uma última olhada no espelho. Nathaniel havia escolhido para mim jeans e uma camiseta de gola em V, que mostrava minha coleira, e meu cabelo estava puxado em um rabo de cavalo baixo. Não achei que parecesse realmente uma submissa. Era esse o objetivo?

Como era a aparência de um submisso mesmo?

Seria eu capaz de distingui-los na reunião? Eu tinha certeza de que estariam mais perceptíveis na festa.

Minha roupa de festa ainda estava no armário em um saco com zíper e mais uma vez tive de resistir ao impulso de olhá-la. Nathaniel me disse que eu teria de esperar a hora de me arrumar.

O ponto positivo é que decidi que pelo menos significava que eu usaria uma roupa. Os cenários mais loucos que eu tinha imaginado me colocavam nua na festa.

Ouvi Nathaniel voltar depois de ter levado Apollo para fora e corri para baixo a fim de encontrá-lo.

Olhei-o com um olhar mais crítico. Será que todo mundo sabia que ele era um dominador?

Loucura, eu disse a mim mesma. *Ele conhece toda essa gente. Todos vão saber quem e o que ele é.*

O que significa...

— Abigail — disse ele, com um leve sorriso irônico erguendo o canto da boca. — Há algum motivo para que você esteja parecendo tão orgulhosa?

Eu tinha certeza de que a pergunta dele só tornaria meu sorriso ainda maior.

— Sim, mestre. Acabo de perceber que todo mundo saberá.

Ele veio a mim. Como era possível que alguém pudesse ficar tão bem apenas *andando*?

— Todo mundo saberá o que, minha linda?

— O que você faz comigo. Às vezes parece que estamos nos escondendo de todos. Embora Elaina, Todd e Felicia saibam, não é a mesma coisa. Eles são diferentes, porque não participam.

— E ficar perto daqueles que participam? — perguntou ele, parando na minha frente.

— Posso servir ao senhor livremente. Posso mostrar a todos o quanto gosto de ser sua. — Sorri. — Mal posso esperar.

— Você mal pode esperar — repetiu ele. Suas mãos vieram pousar em meus ombros. — Não é o mesmo estado de espírito da submissa que escreveu páginas sobre temores na semana passada.

— É verdade, mestre — eu disse, apertando minha bochecha contra a mão dele enquanto seus dedos acariciavam minha face. — Escrever me ajudou. Obrigada.

— Eu apenas te dei as ferramentas — disse ele. — Você teve de descobrir tudo sozinha. — Ele moveu a outra mão para pegar inteiramente meu rosto. — Estou muito orgulhoso de você.

Os lábios dele eram macios e leves ao roçarem nos meus e uma sombra de desejo me invadiu. Ele devia sentir o mesmo, porque não demorou em tornar o beijo mais intenso. Enquanto cada toque dele me dominava, havia algo no beijo do meu mestre que agitava um desejo bem no fundo da minha alma.

Finalmente ele se afastou e me deu um último beijo leve.

— E eu estou louco para mostrar a todos o quanto gosto de ser seu.

Capítulo Vinte e Cinco

ABBY

A reunião preparatória aconteceria em um centro comunitário no centro da cidade. Nathaniel disse que nem todos os convidados da festa estariam na reunião, que consistiria em uma espécie de palestra sobre um tema predeterminado e eu assinaria uma papelada depois disso.

— Temos de nos proteger — disse ele, explicando os documentos. — Não se pode deixar que qualquer um compareça à festa.

Pensei em Samantha e que foi ela que me falou de Nathaniel. Que quebra enorme de protocolo isso deve ter sido.

— Também é bom que Samantha não esteja mais em Nova York — disse ele, como se lesse meus pensamentos. — Eu detestaria ser aquele que seria obrigado a falar com ela. Em especial porque foi o escorregão dela que trouxe você a mim. — Seu tom e suas palavras me diziam que ele falava sério e que a confidencialidade era importante para ele.

Chegamos ao centro pouco antes das três horas. Nathaniel me levou para dentro do prédio, sua mão pousada de leve na parte inferior de minhas costas. Como sempre, seu toque me acalmou. Embora animada, ainda estava um pouco nervosa. Com certeza ele sentia a empolgação pulsando e correndo por mim.

Um homem de meia-idade esperava numa porta no final de um curto corredor. Cumprimentou Nathaniel calorosamente e assentiu para mim com um gesto de cabeça e um sorriso.

Gente normal do dia a dia, lembrei a mim mesma. Se eu conhecesse este homem no supermercado, não teria olhado duas vezes para ele. Ora essa, eu não olhei duas vezes para ele *agora*.

A sala tinha uma grande mesa de reuniões, com talvez 15 pessoas presentes. Meus olhos percorreram-na rapidamente. Parecia haver um número igual de homens e mulheres, embora nem todos parecessem formar pares.

É claro, eu disse a mim mesma, nem todos formam um casal. Um grupo de três mulheres estava no canto, conversando. Notei como uma delas, uma loura, olhou Nathaniel de cima a baixo. Ele parecia não perceber a presença dela, mas cumprimentou com um gesto de cabeça e sorriu para várias pessoas. Quase todos pareciam conhecê-lo, mas ninguém falava diretamente conosco.

Ele puxou uma cadeira e gesticulou para que eu me sentasse. Foi só quando ele se acomodou a meu lado que prestei um pouco mais de atenção à sala.

Sentado perto da cabeceira da mesa estava o segurança do escritório de Nathaniel — aquele que tinha estado lá no fim de semana de nossa encenação. Ele me viu olhando, piscou e abriu um leve sorriso.

Devo ter feito algum tipo de barulho, porque Nathaniel apertou com delicadeza meu joelho sob a mesa. Levantei os olhos e ele balançou a cabeça. *Agora não*, articulou com a boca, sem emitir nenhum barulho.

Mordi o interior da minha boca para não dizer nada, mas retribuí o sorriso e olhei para o sujeito novamente.

Ele tinha cabelo preto meio comprido e maçãs do rosto angulosas. Recostava-se na cadeira, com os dedos tamborilando sobre o joelho, a cabeça assentindo como no ritmo de uma batida que só ele ouvia. Ninguém se sentou perto dele e notei que não usava uma coleira.

Dominador, concluí. *Sem dúvida nenhuma, dominador.*

Sabendo o que ele **era** e ciente do que eu precisava em um relacionamento, olhei-o com mais atenção, tentando ver se eu sentia algum interesse por ele. Era bastante agradável de se olhar: tinha um corpo magro e musculoso e uma tatuagem escura fechando o braço direito. Além do tipo de apreciação que eu poderia sentir ao olhar uma bela obra de arte, não senti nada. Não houve faísca, nem desejo, nem atração pelo homem sentado à cabeceira da mesa.

Voltei a olhar Nathaniel, porém, e todo meu corpo reagiu. Minha pulsação se acelerou. Meu olhar baixou de seus olhos para sua boca e estremeci lembrando-me dela mais cedo. Somente ele afetava meu corpo e minha alma. Ninguém mais sequer chegava perto.

Mas, perguntei-me, enquanto olhava mais uma vez o homem à cabeceira, se o nome dele estaria entre aqueles que Nathaniel pensou em me dar quando o deixei no início do ano. Ele disse que não podia decidir por ninguém e me perguntei pela primeira vez por quê. Será que o homem de cabelos pretos era cruel? Haveria algum defeito em seu caráter que o tornava indesejável como dominador?

Um farfalhar no fundo da sala chamou minha atenção e eu, junto a todos os outros, virei-me para ver a mulher que entrava. Ela dominava completamente o ambiente. Até o segurança (desejei que eu pelo menos tivesse olhado para o crachá dele algumas semanas antes, assim saberia como chamá-lo) sentou-se mais ereto e deu a ela sua total atenção.

Não havia nada de visivelmente extraordinário nela. Era uma mulher alta e de cabelo discreto, mas seus olhos eram vívidos e ela se movimentava com uma elegância dramática. Sua presença e sua autoridade eram inegáveis.

Seu nome era Eve, disse ela, e falava com pleno poder, cumprimentando todos e dando um breve resumo do tema do dia: tipos de corda e seus usos.

Não demorou muito para que minha atenção vagasse da discussão dela sobre os prós e contras das cordas de fibra natural em oposição às fibras sintéticas. Não era nada que eu um dia tivesse de recordar, afinal. Até notei que a loura que tinha babado por Nathaniel reprimiu um bocejo. Ela olhou para nós; abri um leve sorriso e me aproximei mais de Nathaniel. A mão dele baixou até meu joelho e pensei novamente no fim de semana anterior, quando ele representou o cenário que eu havia escrito.

A mordaça de bola. O açoite de couro que parecia mais afiado contra minha pele do que o de camurça. Nathaniel me comendo, com força e rápido, por trás. Sua ordem de me ajoelhar e beijar seus pés em agradecimento depois disso.

Ai.

Eu me remexi, pouco à vontade, na cadeira.

Foco, eu disse a mim mesma e obriguei meu cérebro a se concentrar nos diversos fatores que influenciava a escolha de uma corda para amarrar alguém. Porque, sinceramente, pensando bem, quem sabia que havia tanto a considerar sobre o assunto?

Quando a palestra acabou e Eve respondeu às perguntas de todos, fomos dispensados. Nathaniel se levantou e puxou minha cadeira.

— Pronta para preencher a papelada? — perguntou ele.

Quando confirmei, ele me levou para o dominador de cabelos pretos e pediu os documentos necessários. Depois me deixou sozinha para ler e preenchê-los. Fez isso, eu sabia, para mostrar que era uma decisão minha. Se eu não estivesse à vontade, iríamos embora, sem mais perguntas.

Eu sabia que tipo de informações daria porque Nathaniel tinha me falado sobre o que deveria esperar e conversamos sobre os vários aspectos. Regras fundamentais eram estabelecidas e, se eu concordasse, assinaria a última página. Esta também teria os detalhes do nome pelo qual eu queria ser chamada e outras informações necessárias.

Depois de ler e preencher tudo, entreguei a papelada ao homem de cabelos pretos.

Ele baixou os olhos para os papéis, lendo-os, antes de se dirigir a mim.

— Bem-vinda, Abby — disse ele, com os olhos ilumina-
dos de quem se diverte com alguma coisa. — Meu nome é
Jonah.

Apertei a mão dele.

— Oi, Jonah. É um prazer vê-lo de novo.

— Igualmente — disse ele, ainda sorrindo.

Meu rosto estava quente e soltei a primeira coisa que me
passou pela cabeça.

— Pensei que você fosse segurança.

— Eu sou segurança — disse ele. — Mas quando o Sr.
West ligou para a mestra Eve, não pude recusar.

Isso não fazia sentido nenhum para mim.

— Está só fazendo um favor para outro dominador? —
perguntei.

Ele balançou a cabeça com um ar confiante.

— Eu não perguntaria *por que* à mestra. Em geral não faço
perguntas a ela. — Ele riu. — A não ser, é claro, que esteja me
sentindo muito insolente e queira que ela me castigue.

Minha boca se abriu.

— Você é submisso?

— Prefiro o termo *inferior* — respondeu ele com um sorriso. — Mas, sim. Sou.

— Ah. — Senti-me um tanto idiota. — Não percebi. —
Apontei minha coleira. — Eu não poderia dizer só de olhar
para você.

Ele ergueu a mão direita e notei pela primeira vez a algema
de couro que tinha no pulso.

— Nem todas as coleiras ficam no pescoço. Mas também
tenho algumas dessas.

— Eu só tenho esta — eu disse. É claro que eu sabia que a
maioria dos submissos não usava coleiras de diamantes. Apenas pensei que eles estariam mais perceptíveis. *Idiota. É nisso
que dá ficar fazendo suposições precipitadas.*

Ele deu de ombros, seus ombros magros rolando por baixo
da camiseta apertada.

— O Sr. West sempre faz as coisas do jeito dele.

Ocorreu-me, com atraso, que Jonah saberia muito mais sobre Nathaniel do que simplesmente como ele era como patrão. Queria saber há quanto tempo ele o conhecia, então perguntei.

— Eu o conheço há cerca de três anos — respondeu. — Estou trabalhando para ele há um ano. É um bom chefe. Tem uma boa cabeça. Não são muitos os diretores executivos que conhecem o supervisor de segurança de fim de semana. — Ele abriu um sorriso indolente. — Ele é um bom superior também. Já o vi em ação.

— Você viu? — falei, na esperança de que meus olhos não estivessem esbugalhados demais.

-- Claro. Ele e a submissa anterior, qual era mesmo o nome dela?

— Beth — eu disse e me perguntei se ela estaria na festa.

— Isso mesmo. Eles faziam algumas demonstrações de vez em quando.

Nathaniel era dom havia mais de dez anos. Ele me falou bastante sobre suas submissas anteriores e o que eles haviam feito. Eu tinha conhecimento de que ele era ativo na comunidade, como mentor e como participante. Não ficava com ciúmes ao pensar nele com outras mulheres antes de mim. Eu me mantinha confortavelmente segura por saber que era eu que ele queria. Agora e para sempre. Nenhuma de suas outras submissas dividiu sua cama, seu coração ou sua mente como eu. Elas não pertenciam aos sonhos dele de ter uma casa na árvore.

— Sabe — disse Jonah, interrompendo meus pensamentos. — Faço parte de um grupo de submissos que se reúne uma vez por mês. Gostaria de ir a nossa próxima reunião?

Minha última tarefa por escrito enquanto Nathaniel estava na China foi detalhar onde eu queria estar, como submissa, em cinco anos. Disse que queria ser ativa na preparação de submissas novatas, assim como Nathaniel era mentor de dominadores.

Eu queria ajudar os outros como Christine me ajudou, da mesma forma com que este grupo poderia me ajudar.

— Seria ótimo — falei. — O que vocês fazem? — Era difícil imaginar um grupo de submissos sentados e conversando, bem, sobre ser submissos.

Ele se apoiou na mesa e cruzou os braços.

— Depende. Na reunião passada, um de nossos participantes contou sua receita de massa caseira de macarrão e todos tentamos preparar um pouco.

Meu riso chamou a atenção de várias pessoas. Até Nathaniel ergueu uma sobrancelha para mim. Ele conversava com a loura.

— Desculpe — eu disse a Jonah. — Eu esperava que vocês fizessem qualquer coisa, menos massa caseira para macarrão.

— Está tudo bem. Acho que no início parece mesmo estranho e temos também conversas sobre o estilo de vida. Tome — ofereceu, pegando uma folha de papel na mesa e escrevendo alguma coisa. — Este é o meu número. Ligue e vou dizer a você a hora e o endereço.

Peguei o papel.

— Obrigada.

— Preciso ir — disse ele, olhando por sobre meu ombro para onde Eve devia estar gesticulando para ele. — A gente se vê à noite.

— Com certeza — eu disse. — Vai ser ótimo ter outra pessoa conhecida lá.

— Bem — disse ele, como os olhos dançando de satisfação. — Provavelmente não vou poder te ajudar muito; eu estarei amarrado. — Ele se curvou para perto. — A mestra e eu faremos a demonstração do bondage japonês.

Enquanto ele se afastava, meu rosto ficou quente ao pensar no quanto dele eu veria mais tarde.

— Está pronta para ir, Abigail? — perguntou Nathaniel, vindo atrás de mim e colocando a mão em meu ombro.

— Sim, mestre — eu disse, surpresa com a facilidade com que a palavra *mestre* saiu. Em como não parecia estranho com minha atual companhia.

— Vi você conversando com Jonah. Ele é um homem animado e inteligente. Chefia minha equipe de segurança nos fins de semana.

Começamos a sair.

— Foi uma surpresa vê-lo — eu disse.

— Muito adequado que Eve estivesse disposta a me deixar usá-lo, como o fez.

Lembrei-me de como Jonah agiu no fim de semana de nossa encenação. Como ele manteve os olhos em meu rosto, sem deixar jamais que vagasse para o resto de mim. Mesmo quando Nathaniel e eu saímos usando roupas diferentes, ele disse apenas um agradável "tenham um maravilhoso dia".

— Muito adequado, mestre — concordei.

— Tenho certeza de que Eve o recompensou bem. Eu disse a ela que ele era um testemunho do treinamento que ela dava.

Suas palavras calaram fundo em mim.

— Espero ser um testemunho do treinamento que o senhor me dá, mestre.

— Você é, minha linda. E por passar por sua primeira reunião com sucesso, vou recompensá-la quando chegarmos em casa.

— Como o senhor desejar, mestre — eu disse com um sorriso.

Minha recompensa consistiu em ser amarrada à mesa dele, aberta, de joelhos dobrados, a bunda na beirada da mesa, enquanto seus lábios subiam por meu corpo. Ele mordiscou e lambeu, cada vez mais baixo, até que, *puta merda, isso, aí mesmo...*

Ele levantou a cabeça.

Que merda é essa?

— Você pode gozar quando quiser e quantas vezes quiser — disse ele, seu hálito quente em minha carne sensível. — Mas não pode se mexer, nem emitir nenhum som.

Mau. O homem era inteira e completamente mau.

E eu adorava aquilo.

Obriguei meu corpo a ficar parado enquanto ele trabalhava em mim com a boca, os dedos e a língua. Lenta e metodicamente ele me pressionava, sabendo exatamente o que fazer e como meu corpo reagiria.

Meu primeiro orgasmo se formou lento e ondulou suavemente por meu corpo. Mantive o corpo imóvel sem dificuldade nenhuma. Porém, embora fosse suave e tranquilo, não passou despercebido para Nathaniel.

— Isso — sussurrou ele. — Lindo.

Suas mãos ficaram mais ousadas, trabalhando em meu corpo com longas passadas pelos mamilos e seios, roçando demoradamente minha barriga, até que por fim ele concentrou toda a atenção entre minhas pernas. Desta vez ele foi mais intenso, o nariz esfregando meu clitóris — *meu Deus do céu, é bem aí* — enquanto a língua entrava mais embaixo.

Foi difícil ficar parada quando meu segundo orgasmo se aproximou. Meus joelhos tremiam e tive de lutar para manter os quadris imóveis quando o que realmente queria era empurrá-los contra a boca dele. Mas acabei conseguindo e continuei parada pela segunda vez.

— Excelente — disse ele, passando o nariz por minha coxa enquanto meu corpo se aquietava. — Eu quero muito comer você agora.

Eu também queria que ele me comesse.

— Mas vou esperar — acrescentou. — Você só terá meu pau depois da festa. E, mesmo assim, só se merecer.

Completa e inteiramente mau. Como eu pensei.

Era uma casa modesta, como a de Paul e Christine. Nada ostentoso e nada do lado de fora que desse algum sinal do que acontecia em seu interior. É claro que isso era parte do motivo pelo qual eu estava vestindo um sobretudo. Nathaniel disse que não seria respeitoso com nossos anfitriões aparecer na casa deles usando (ou não usando) algo corriqueiro.

Por baixo do sobretudo estava a roupa que Nathaniel tinha escolhido para mim: um lindo espartilho de renda preto. O bojo era acolchoado para que não aparecesse o mamilo, mas era possível ver parte de meu tronco através da renda. Minha calcinha delicada e a cinta-liga estavam cobertas por uma saia tão curta que eu jamais a usaria em público, mas estava excitada por usar esta noite. Ele sugeriu que talvez me fizesse tirar a saia a certa altura, mas, mesmo assim, eu sabia que um biquíni mostraria a mesma quantidade de pele, se não mais.

Nathaniel manteve a mão em minhas costas ao nos aproximarmos e deu nossos nomes ao homem na porta da frente. Depois de ele nos deixar entrar, fomos recebidos por uma mulher que supus ser nossa anfitriã.

— Nathaniel — disse ela e, como se tornava a regra, ela parecia absolutamente normal. — É um prazer vê-lo de novo. — A atenção dela se voltou para mim. — Esta deve ser Abby.

Trocamos gentilezas, mas eu estava ansiosa para ver o resto da casa. Estava quase desesperada para saber o que acontecia em uma festa de jogos. Finalmente Nathaniel nos afastou e pude observar mais. Meus olhos queriam passear pelo lugar e apreender tudo ao mesmo tempo, mas obriguei-me a olhar uma coisa de cada vez.

O que notei primeiro foi que todas as portas estavam abertas.

— Não é permitido jogar em ambientes fechados — dissera Nathaniel. — Se uma porta está fechada, o quarto é proibido, e se você está no quarto, a porta precisa estar aberta.

Se quer minha opinião, isso faz sentido. Parecia mais seguro assim.

Ouvi gemidos suaves saindo do quarto mais próximo de nós, mas Nathaniel ainda não estava nos levando para lá. Ficamos na sala de estar e, embora algumas pessoas falassem conosco, o principal motivo, eu sabia, era para que eu me acostumasse a estar ali.

Vi uma ou duas pessoas inteiramente nuas e algumas seminuas. A maioria, como Nathaniel, vestia jeans e camiseta, embora houvesse várias mulheres com uma roupa parecida com a minha. Uma delas era levada por uma coleira por um homem. Ajoelhava-se aos pés dele, olhando para o chão enquanto ele falava com outra pessoa.

Tirando os gemidos agora mais altos e os trajes de vários convidados, podia ser uma festa dada em qualquer outro lugar.

— Ao contrário do que muitos pensam — havia dito Nathaniel —, as festas não são imensas orgias. Embora existam grupos e clubes que promovam esse tipo de coisa. Só não é o que eu gosto.

Não era permitido nenhum tipo de penetração nas festas do grupo de Nathaniel.

— Nem mesmo entre casais como nós — disse ele. — Quem quiser levar um jogo mais além terá de fazer isso depois, em seu próprio tempo e seu próprio espaço.

De certo modo fiquei aliviada por saber que não veria pessoas fazendo sexo. E ficar parada ali observando as pessoas era legal, mas não era o real motivo pelo qual estávamos ali.

Olhei para Nathaniel e rocei levemente sua mão, nosso sinal predeterminado de que eu estava pronta para explorar mais a casa. Ele ergueu uma sobrancelha para mim e assenti com a cabeça.

Juntos, fomos ao quarto mais próximo, aquele com a mulher que gemia. Depois de passarmos por um pequeno grupo de pessoas, eu a vi

Ela estava recurvada sobre uma mesa acolchoada, parecida com aquela que Nathaniel tinha em sua sala de jogos, enquanto era açoitada. Com um susto, percebi que era a loura que tinha falado com Nathaniel depois da reunião. Eu pretendia perguntar a ele o que ela desejava, mas não tive oportunidade. Não podia perguntar no meio da festa.

Mais tarde, eu disse a mim mesma.

— Observe como ela arqueia — sussurrou Nathaniel só para eu ouvir. Ele estava atrás de mim e, enquanto falava, suas mãos envolveram minha cintura. — Como suplica em silêncio pelo próximo golpe do açoite. Como seu corpo anseia por isso.

Vendo o corpo dela se mover enquanto o homem a açoitava, entendi do que Nathaniel estava falando. Como a mulher se mexia, como se erguia. Vi o homem andando em volta dela, segurando o brinquedo enquanto a provocava, a atormentava e jogava com ela. Fiquei surpresa ao perceber que eu estava me mexendo contra o corpo de Nathaniel.

Outra coisa que me surpreendeu foi que era como se nós nem sequer estivéssemos ali. Ela não prestava atenção nenhuma em nós. Nem ela nem a pessoa que a açoitava pareciam ligar ou ficar apreensivos por jogar na frente de terceiros. A liberdade dela me excitava.

As mãos de Nathaniel subiram, roçando a lateral dos meus seios.

— Em seu diário, você disse que queria ser mentora daqui a cinco anos — disse ele. — Ainda pensa nisso?

O homem que olhávamos desceu o açoite pelo traseiro da mulher com um estalo alto. Jurei ser capaz de sentir o calor em minha própria pele e me encostei mais em Nathaniel.

— Sim, mestre — respondi.

— Gostaria de, um dia, participar mais ativamente em uma dessas festas? Ter todos olhando enquanto eu a açoito e dou a você o que deseja? Servir a mim de uma maneira mais pública?

— Sim, mestre — eu disse, apertando-me mais contra ele. Não conseguia sentir sua ereção através dos jeans, mas tinha certeza de que ele estava excitado.

— Fantasia exibicionista?

O estádio de futebol. A casa de Paul e Christine. A biblioteca.

Os prazeres safados ficavam mais excitantes com o risco da descoberta.

— Sim, mestre.

A voz dele era baixa e grave.

— Tire a saia.

Capítulo Vinte e Seis

NATHANIEL

Já fazia mais de seis meses desde que compareci a minha última festa e tenho de confessar que era bom estar de volta entre os meus. Era ainda melhor com Abby a meu lado. Desfrutei de assistir à experiência de seu ponto de vista de novata, mas gostei ainda mais de ver seu nervosismo se dissolver em excitação.

Eu não conseguia me concentrar na cena que se desenrolava diante de mim; meu corpo e minha mente eram atraídos para Abby. Ela se mexia contra mim, esfregando-se sempre que a ponta do açoite recaía sobre o traseiro da loura. *Mary*, eu me corrigi. *O nome da loura é Mary.*

Ela tinha enviado sua candidatura a Godwin, o cavalheiro que selecionava minhas submissas, mais ou menos na época em que Abby sugeriu enviar a própria candidatura pela segunda vez. Pensei que seria suficiente dizer a Godwin que eu não estava interessado. Não tinha imaginado que Mary provavelmente compareceria à reunião e à festa.

Ela veio falar comigo depois da reunião, enquanto Abby preenchia a papelada.

Sim, disse a ela. Eu me lembrava de Godwin ter falado nela.

Não, eu não procurava uma nova submissa.

Não, eu não previa que *algum dia* procuraria uma nova submissa.

Sim, eu iria à festa.

Não, eu não estava interessado em participar de nada com ela.

Nunca, finalmente tive de acrescentar, na esperança de finalizar a conversa.

Ela levou tudo numa boa, embora eu temesse ter sido ríspido com ela. Em outra hora e em outro lugar, eu podia ter ficado interessado. Ela era muito bonita e possuía uma atitude despreocupada que agradava a muitos dominadores, mas não era nada em que eu estivesse interessado. Não quando já tinha tudo o que queria.

Abby.

A uma ordem minha de tirar a saia, ela manteve os olhos na encenação diante de nós, mas passou a mão pelas suas costas. Lentamente abriu o zíper da saia, mas não antes de se aproximar mais e roçar a mão em meu pau.

— Safada — sussurrei, adorando a provocação. — Pagará por isso, Abigail.

O segundo golpe de sua mão me disse que ela estava mais do que ansiosa por isso.

Ela deslizou a saia pelos quadris e a empurrou para o chão, retirando dela uma perna de cada vez. Seus olhos ainda estavam concentrados na encenação quando entregou a saia a mim.

— Dobre e coloque em sua bolsa — eu disse.

Eu não tinha planos para ela participar de nada esta noite, nada além de algumas simples ordens. Eu amava e respeitava Abby, mas também a pressionaria. Comparecer à festa, tirar a saia e andar por ali de espartilho, cinta-liga e calcinha era muita pressão por uma noite. Afinal, não queria assustá-la.

Porém, como seus objetivos de longo prazo combinavam com os meus, talvez daqui a alguns meses déssemos nossa própria festa em nossa casa. Eu iria pressioná-la um pouco mais. Talvez fazer uma encenação de demonstração simples. A caminho de casa, depois da reunião, ela me falou da conversa que havia tido com Jonah. Fiquei feliz de ele ter convidado Abby para se juntar ao grupo de submissos. Ela encontraria mentores lá e a companhia e o apoio ajudariam Abby a evoluir e desabrochar.

Ouça a si mesmo, West, repreendi-me. Está pensando em objetivos de longo prazo, de evoluir e desabrochar em uma festa de jogos. Que merda, cara, relaxe.

A encenação diante de nós perdia o gás. Olhei para o relógio. Quase na hora da demonstração de Eve e Jonah.

— Abigail — chamei, desviando a atenção que ela concentrava no casal. — Venha comigo.

Eu a instruíra a andar um pouco atrás de mim e se manter sempre ao meu alcance, sabendo que obrigá-la a se concentrar em algo além de seu nervosismo ajudaria a acalmá-la. É claro que ela não estava parecendo muito nervosa ao assistir à encenação do açoite.

Conduzia-a pela área de estar, anexa a uma cozinha espaçosa. A sala de estar e a cozinha eram consideradas áreas neutras e eu havia dito isso a ela mais cedo. Nenhum jogo poderia ser realizado ali, embora eu soubesse que podia tê-la me servindo discretamente, dando-me comida, por exemplo.

Notei um pequeno sofá de dois lugares e uma mesa de canto posicionados perto da cozinha.

Hmmmm. Depois, talvez.

A demonstração de bondage aconteceria no segundo andar, em um quarto de hóspedes. Como era algo novo para ela, pensei que seria uma boa ideia que Abby visse se desenrolar antes de experimentarmos.

Depois de tomarmos nossos lugares, dei uma olhada na sala. Reconhecia várias pessoas, mas outras eram novas ou desconhecidas. Pensei que Carter e Jen, um casal com que joguei no passado, estariam presentes, mas até agora não os tinha visto. Fiquei um tanto aliviado. Abby sabia deles, mas eu temia que fosse um tanto estranho. Além disso, havia outro casal presente que podia ser mais estranho, mas até agora, tudo bem.

Eve e Jonah estavam se preparando para a demonstração. Eve se postava atrás dele, cochichando alguma coisa que ninguém mais podia ouvir. De vez em quando, ele falava, seus lábios formando um silencioso "Sim, mestra".

Eu conhecia Jonah havia vários anos e estava feliz por ele agora trabalhar para mim. Prosperava no cargo de chefia no trabalho, mas, na vida particular, ansiava e necessitava pela dominação que Eve lhe dava.

Ela certamente estava vestida para a ocasião, com saltos agulha, saia e bustiê de couro, pretos e apertados. Jonah, é claro, estava nu.

Enquanto víamos as encenações, eu disse a Abby que ela devia ficar na minha frente. Queria a visão dela desimpedida e queria sussurrar em seu ouvido. Enquanto ela olhava o casal à frente, pus a mão em seus ombros e a puxei para mim.

— Jonah adora esse tipo de coisa — sussurrei, explicando, porque ela podia ter dificuldades para conciliar o homem bem-humorado que tinha conhecido mais cedo com aquele diante dela. — Ele adora demonstrações. Exibicionismo. Quase tanto quanto gosta de ser mentor. É um sujeito complexo, com muitas camadas de personalidade. — Beijei a nuca dela. — Parecido com você. Estou satisfeito que ele tenha mostrado interesse em colocá-la sob a asa dele.

Jonah seria um bom amigo para ela. Um confidente respeitável e alguém em quem eu confiava cegamente.

A demonstração começou e Eve falou, andando por uma corda bamba entre instruir os presentes e manter parte de sua atenção concentrada no submisso.

Ela pegou duas cordas e brevemente discutiu suas diferenças.

— Uso cordas para dois propósitos — sussurrei no ouvido de Abby enquanto ela olhava. Baixei as mãos de seus ombros para segurar seus pulsos atrás de suas costas. — O primeiro é para imobilizar, manter você no lugar para meu prazer. Lembra-se do fim de semana em que eu tirei as fotos?

Ela se lembraria daquele fim de semana, eu sabia. Como a mantive amarrada enquanto a comia por trás.

— O segundo é provocar você. Tudo se baseia na corda e na posição do nó.

Parei por um segundo para ela prestar atenção ao que Eve fazia. A dominatrix pegou uma corda e amarrou a coxa de Jonah enquanto explicava o nó que usava.

— Se feito corretamente — eu disse enquanto Eve ainda amarrava a corda nos quadris de Jonah —, você pode usar as cordas por baixo das roupas. — Peguei os seios dela. — Imagine andar por aí com cordas amarrando você aqui. A pressão. Puxando. O atrito. — Minhas mãos desceram a seus quadris. — Ou aqui. Como eu poderia colocá-las entre suas pernas e amarrá-las bem forte. Eu poderia mantê-las ali por horas, fazendo você passar por seu dia como se não houvesse nada de diferente. Sem deixar você sentir alívio.

Observamos por mais alguns minutos.

— Esta noite ela está usando corda preta — sussurrei enquanto Eve falava das várias questões de segurança da corda. — Embora seja uma boa opção, acho que eu usaria a vermelha em você. — O corpo de Abby estremeceu enquanto eu passava as mãos por suas costas. — Formaria um lindo contraste com sua pele clara.

Eve fazia o mesmo com Jonah. Eu ouvia os gemidos dele. Meu foco, porém, estava em Abby.

— O tipo de bondage que quero experimentar pode ser muito intenso — eu disse, enquanto, ao fundo, Eve ordenava que Jonah fizesse silêncio. — Precisamos de um fim de semana prolongado. O que você acha, Abigail? Essa ideia a excita?

— Sim, mestre — sussurrou ela.

— O que você acha em termos de época? — perguntei. O feriado mais próximo era o Dia do Trabalho.

— Tenho um feriado prolongado em agosto.

Ela me disse que Martha lhe daria algum tempo de folga.

— Tem certeza? — perguntei.

— Hmmmmm — murmurou ela, enquanto eu afagava seus quadris. — Sim, mestre.

— Vou marcar no calendário.

Quando Eve terminou de amarrar Jonah, falou com ele em voz baixa por alguns minutos e começou a desamarrá-lo lentamente.

— Por mais sexy que seja amarrar alguém — sussurrei para Abby —, também pode ser sexy desamarrar. — Corri as mãos por seus braços. — Imagine minhas mãos soltando lentamente a pressão das cordas. Meus lábios acompanhando suavemente o caminho das mãos. Pode sentir?

— Eu quero, mestre.

A primeira corda caiu do braço de Jonah.

— Está vendo as marcas? São fracas, mas estão ali.

As cordas não ficaram nele por tempo suficiente para deixar marcas profundas, mas estavam presentes, se observadas com atenção. Enquanto olhávamos, Eve começou a desamarrar as pernas do submisso.

— Quando eu tirar as cordas de você, as linhas estarão evidentes — eu disse. — Vou acompanhá-las com os dedos. A sensação não será parecida com nada que você já tenha experimentado.

Alguns minutos depois, a demonstração estava encerrada e as pessoas começaram a se afastar.

— Tem um sofá de dois lugares lá embaixo, perto de uma mesa de canto — eu disse a Abby. — Vá preparar um prato e pegue uma garrafa de água. — Eu não gostava muito de beber refrigerante, e álcool era proibido. — Descerei em dez minutos para você me servir. Se o sofá estiver ocupado, fique de pé ali perto e espere.

Dar-me comida seria um pequeno gesto de serviço feito em público, mas a deixaria excitada. Disso, eu tinha certeza. Abby tinha certa tendência ao exibicionismo e seria uma maneira bem sutil e quase discreta de explorar este lado.

Depois que ela saiu, virei-me e conversei alguns minutos com Eve, olhando o relógio para verificar a hora.

— Ela é muito bonita — disse Eve quando ficou evidente que meus pensamentos não estavam em nossa conversa.

— Obrigado. Ela estava meio nervosa por vir esta noite, mas está se saindo extremamente bem. Fico feliz por Jonah ter conversado com ela hoje.

Ela olhou para Jonah; ele estava curvado, embrulhando as cordas e guardando-as. À primeira vista, não pareciam combinar, mas eu sabia que tinham um vínculo forte.

— Ele disse que a convidou para a próxima reunião — comentou ela.

— O que me deixa muito satisfeito. Será bom para ela ter a companhia dos outros. Transmita meus agradecimentos a ele.

Ela abriu um sorriso irônico.

— Ah, pode deixar — disse ela. — Sem dúvida.

Eu também sorri e ainda sorria ao descer a escada alguns minutos depois. Olhei mais uma vez para o relógio. Abby estaria esperando por mim. Eu deixaria que ela me desse comida por alguns minutos, depois deixaria que fizesse o próprio lanche. A essa altura eu provavelmente já teria me fartado de gente. Iríamos embora e eu a levaria para casa, ficaríamos um pouco na sala de jogos...

Meu sorriso congelou quando cheguei ao pé da escada.

Ela estava esperando, segundo minhas instruções, junto ao sofá de dois lugares, com um prato com lanches e uma garrafa de água. De pé, porque o sofá estava ocupado.

Ocupado pelo único casal que eu não estava ansioso para apresentar a ela: Nicolas e Gwen.

Meus olhos mal registraram Gwen. Vi que ela estava nua, ajoelhada ao lado de Nicolas, e ele segurava a guia dela. Gwen não me viu e não fiz nenhum movimento para atrair sua atenção ou ver se sentia alguma coisa ao vê-la; meu foco estava em Abby.

Abby balançou a cabeça, respondendo negativamente a alguma coisa dita por Nicolas. Ele levantou o braço, talvez para tocar nela. Talvez não, mas a possibilidade existia.

Atravessei a sala em menos de dois segundos.

— Não se atreva nem a *pensar* em tocar nela — eu disse num sussurro baixo, para não chamar a atenção de outros convidados da festa.

A mão dele parou e ele se virou para mim, com um sorriso de crueldade colado no rosto.

— West — falou, baixando a mão ao próprio colo. — Que surpresa agradável. Não vejo você há meses.

Olhei para Abby. Os olhos dela estavam arregalados.

— Ele tocou em você? — perguntei. — Disse alguma coisa inadequada?

Nicolas não era um dom ruim e eu estava entrando em terreno perigoso ao sugerir algo do gênero.

Não me importei.

— Não, mestre — disse ela.

— Mestre? — repetiu Nicolas. — Ah, ela é sua, West? — Sem esperar por uma resposta, ele continuou. — É difícil saber, com essa imitação ridícula de coleira. — Ele gesticulou para a mulher a seus pés, que usava uma grossa coleira de couro preta. — Você devia marcar de maneira mais correta sua propriedade.

Falei por entre os dentes.

— Acho que não preciso de suas dicas.

— Então é assim? — perguntou ele. — Nesse ponto tenho de discordar de você. Tenho certeza de que minha garota aqui faria o mesmo, mas esta noite ela não tem permissão para falar. Se não, você mesmo podia perguntar a ela.

Abby nos olhava, a cabeça indo de mim a Nicolas e Gwen como se visse uma partida de tênis.

Mas que merda.

Gwen manteve a cabeça baixa durante nosso diálogo. Sabendo o que eu sabia sobre ela, eu não esperava menos do que isso.

Mas Nicolas não estava sob restrição nenhuma e olhou para Abby de cima a baixo.

— Ouvi dizer que você tinha uma nova submissa — disse ele. — E que você estava... Como se diz mesmo? *Apaixonado?*

— Cala a merda da sua boca — avisei, cerrando os punhos. Não seria sensato começar alguma coisa agora. Não em público. Não numa festa domiciliar.

— Ela é muito bonita — observou ele. — Talvez um dia eu tenha a oportunidade de desfrutá-la.

Isto ultrapassou os limites. Teria de pensar no que fazer em relação a isso quando estivesse mais calmo.

Avancei e peguei o prato e a garrafa de água das mãos de Abby. *Desculpe*, articulei com a boca, sem chegar a emitir nenhum som, antes de me colocar entre ela e Nicolas.

— Abigail — eu disse. — Vista sua saia.

Um monitor tocou meu ombro, imediatamente neutralizando a situação.

— Algum problema aqui, amigos?

— Não. — Nicolas e eu respondemos em uníssono.

— Terei de acompanhar vocês para fora, se não puderem ser civilizados — informou ele.

Provavelmente ficaria mal para mim e para Abby irmos embora. Nesse momento, eu simplesmente não me importava. Vendo Nicolas olhando para Abby. Vendo Abby com Gwen aos pés dele, imaginando...

— Estávamos mesmo indo embora — eu disse, baixando a comida e a água e pegando a mão de Abby.

Mas é claro que isso não bastava para Nicolas.

— Quando você não puder ser o que ela precisa também — falou, enquanto atravessávamos a sala para pegar o casaco de Abby —, dê meu número a ela. Eu não me importaria de ser a segunda opção dela.

Seu riso ecoou a nossas costas.

A ida para casa foi silenciosa. Pensando agora, eu sabia que Abby devia estar com medo de falar. Que não tinha certeza do que deveria dizer. Na hora, porém, imaginei apenas que ela não estava falando por estar com a coleira e não querer falar primeiro, ou sem que fosse solicitada.

Não me lembro muito bem da ida para casa. O tempo pareceu passar muito rápido quando peguei nossa entrada de veículos e fui até a casa.

Bati a porta do carro e fui abrir a do carona. Não disse nada. Ela saiu do automóvel e subiu a escada atrás de mim.

— Sala de jogos em dez minutos — eu disse, porque era o que ela esperava e o que eu supunha que ela quisesse.

Levei Apollo para fora, mas tudo foi muito mecânico. Andei no automático. Nada suficiente para afastar meus pensamentos de Nicolas e Gwen e a miríade de emoções que eles provocavam em mim.

Abby estava ajoelhada na sala de jogos quando subi a escada. Percebi que ela ainda estava com a roupa da festa.

Eu não disse a ela para tirar.

Falei-lhe para se despir e ir até a mesa acolchoada, mas, para ser franco, eu não tinha nenhum plano em mente. Ela se levantou, tirou a roupa rapidamente e foi à mesa.

Enquanto isso, andei até os armários, na esperança de ser inspirado pelo que encontrasse ali. Peguei um açoite pesado, lembrando-me da última vez que o usei. Foi com Gwen. Passei os dedos pelas pontas.

A voz de Nicolas ecoava em minha cabeça. *Quando você não puder ser o que ela precisa também.*

Eu era exatamente o que ela precisava, disse a mim mesmo. Virei-me. Ela estava posicionada, curvada sobre a mesa, esperando.

Por que não me ocorreu que Nicolas e Gwen estariam na festa?

Por que não pensei em avisá-la sobre ele?

Dei passos lentos e cuidadosos até onde ela esperava.

Eu devia ter dito a ela assim que vi os dois.

Ela esperava.

Recuei a mão livre e a espanquei algumas vezes. Ela ficou completamente imóvel enquanto a cor lentamente surgia em sua pele.

Eu sempre serei o que ela precisa.

Ergui o açoite e golpeei nas coxas. Ela só puxou o ar rapidamente. Tomei isso como um sinal para avançar e dei um golpe mais alto. Na vez seguinte, golpeei o traseiro.

Eu ainda ouvia o riso de Nicolas ao descer o açoite pela terceira vez.

Ela se mexeu diante de mim.

— Amarelo.

O tempo parou.

— Amarelo — sussurrou ela de novo. — Por favor.

Pisquei.

Larguei o açoite que segurava, apavorado. *O que estou fazendo?* "Pare", sussurrei enquanto o açoite caía ao chão. Depois falei mais alto:

— Vermelho. Ah, merda. Vermelho.

Ela levantou a cabeça e me olhou por cima do ombro.

— Mestre?

— Desculpe. — Balancei a cabeça. — Não posso.

Pela primeira vez, ela parecia preocupada de verdade.

— Nathaniel?

Virei-me, fui ao banheiro adjacente à sala de jogos e peguei uma toalha pendurada no gancho. Quando voltei, envolvi o corpo dela, depois tirei sua coleira e a guardei no bolso.

Eu tremia quando peguei a mão dela.

— Pode vir ao quarto comigo?

— Nathaniel? — perguntou ela enquanto andávamos pelo corredor. — Você está bem?

Não respondi. Não sabia como.

Depois de entrarmos no quarto, sentei na cama e puxei-a para meu colo, sentindo o cheiro de seu cabelo. Eu precisava que ela me acalmasse depois da intensidade da noite. Precisava senti-la em meus braços, saber que estava comigo.

— Desculpe — eu disse por fim —, nunca devia ter pedido a você para ir à sala de jogos essa noite. Não depois do que aconteceu na festa. Obrigado por usar sua palavra de segurança.

— O que houve?

— Eu não estava emocionalmente bem. Não depois de ver os dois. Pensei que pudesse fazer isso. Pensei que era o que você queria e que você ficaria decepcionada se não fôssemos para a sala de jogos.

— Está se referindo àquele casal, não é?

— Desculpe. Eu devia ter imaginado que eles estariam lá e contado sobre eles. Logo que os vi pela primeira vez eu devia ter dito alguma coisa.

— Quem são eles? — perguntou ela, passando a mão em meu cabelo. Eu não tinha percebido que eu o estava puxando.

— Depois que Melanie e eu nos separamos — comecei. — Bem, depois que eu terminei com ela, entrei fundo na cena hardcore. Eu não jogava havia mais de seis meses. Estava ansioso para voltar.

Ela assentiu com a cabeça.

— Entendi.

— Gwen e eu nos conhecemos numa festa. Gwen é a mulher que estava com Nicolas. Nunca dei uma coleira para ela. Nunca passamos do teste de fim de semana.

— Por quê?

— Ela precisava de mais do que eu podia dar.

Ela tombou a cabeça de lado e perguntou:

— Como Melanie?

— Não — disse, depois sussurrei: — Mais dor.

Eu me senti culpado ao me lembrar de Jackson perguntando se eu sabia de alguma mulher disponível em meu primeiro fim de semana com Abby e como eu pensei, brincando, em dar o nome dela a ele.

— Ah — comentou ela baixinho.

— Tudo com ela era sempre *verde*. Ela sempre queria mais. E eu não podia fazer isso. É como a asfixia erótica... Conheço meus limites. Sei quanta dor estou disposto a infligir e o que não posso fazer.

Ela concordou com um gesto de cabeça.

— E Nicolas?

— É óbvio que ele dá o que ela quer — eu disse. — O que não tem problema nenhum. Ele é um imbecil, mas não abusa. Mas a observação dele sobre jogar com você foi inadequada. Vou pensar em como lidar com isso depois.

Ela bufou.

— Concordo com você sobre a parte do imbecil.

— Gostaríamos que depois conversássemos sobre quando o jogo se aproxima dos limites ou se torna abusivo. Acho que é um tema importante. — Pensei por um segundo. — Talvez uma discussão do tipo fórum aberto na próxima reunião.

— Quer dizer, quando alguém pede para fazer algo que é perigoso? — perguntou ela. — Foi o que Gwen fez com você?

— Ela não pediu nada perigoso. Só mais do que eu me sentia confortável em fazer. Por isso é importante conhecer seus limites, como dom e como submissa. Eu sabia até onde estava disposto a ir. Não entendo isso como fracassar com ela. Só éramos incompatíveis. Eu devia saber que não daria certo. Dei diretrizes mais estritas a Godwin depois de Gwen.

— Mas me ver ao lado de Nicolas?

Fechei os olhos por um momento e assenti com a cabeça.

— É. Acho que foi o que ele disse: "Quando você não puder ser o que ela precisa também."

— Ah, Nathaniel.

— Acho que isso mexeu com meus antigos temores — eu disse. — Me deixou aborrecido e não pude entrar no clima que precisava para jogar.

— Você não pensou realmente que eu trocaria você por Nicolas, não é?

— Não, é claro que não. Isso nunca passou pela minha cabeça. — Sorri pela primeira vez em horas. — É um progresso, não acha?

— E como. — Ela abriu um sorriso tão grande que não pude deixar de me curvar para beijá-la. — Hmmmm — disse ela. — E por que esse beijo?

— Por me amar. Por me suportar. Por confiar em mim. — Afastei-me, sentindo-me um pouco melhor depois de conversar sobre aquilo tudo. — Eu nunca devia ter levado você para a sala de jogos.

— Mas você parou — disse ela. — Não deixou que a situação evoluísse.

— Deixei que chegasse longe o suficiente e por isso peço desculpas.

— Você me deu as palavras de segurança por algum motivo. Agora entendo por quê.

— Por que você disse *amarelo*? — perguntei.

— Tudo me parecia estranho. As coisas não estavam bem depois da festa. Mas então, quando percebi que você estava usando um açoite diferente e que parecia mais duro, eu simplesmente precisava abrandar a situação. Acalmar as coisas.

Afaguei as costas dela, descendo para colocar a mão em seu traseiro.

— Eu a machuquei? Está dolorida?

— Estou bem. Juro.

— Eu te amo — eu disse, pois precisava dizer aquilo.

— Eu também te amo — respondeu ela, provavelmente sabendo o quanto eu precisava ouvir isso. E continuou: — E Gwen?

— O que tem ela?

— Vocês dois jogaram?

Dei de ombros.

— Sim, mas não por muito tempo. Você ficou pouco à vontade vendo submissas com quem eu joguei?

Ela franziu a testa, concentrada.

— Foi esquisito, mas não desconfortável. Sei que você teve submissas antes de mim.

— Saber é diferente de ver.

— É, mas dá no mesmo. Sei do seu passado. Adoro seu passado, na verdade. É o que faz de você quem você é. — Ela segurou meu rosto e olhou fundo em meus olhos. — E você, tudo de você, passado, presente, tudo, é o homem que eu amo.

Sustentei seu olhar.

— Você pode não ser minha primeira submissa — declarei. — Mas juro por tudo que há de mais sagrado, será a última.

Ela se curvou mais para perto, preparando-se para me beijar.

— É melhor que eu seja mesmo.

Seus lábios eram macios e gentis nos meus.

Exatamente o que eu precisava.

Capítulo Vinte e Sete

ABBY

Enquanto ele trabalhava a corda em minha perna esquerda, pensei nas últimas semanas e no que aconteceu desde a noite em que ambos dissemos as palavras de segurança.

Ele se recusou a recolocar a coleira em mim naquela noite. Em vez disso, fomos para a cama e dormimos nos braços um do outro. Eu ainda me lembrava de como adormeci com a perna dele sobre minha coxa, de forma quase protetora. Na manhã seguinte, conversamos mais sobre Gwen e Nicolas, até sobre Mary. No meio da manhã, nós dois estávamos mais calmos e mais relaxados, assim concordamos que eu usaria a coleira pelo resto do dia.

Eu me sentia mais ligada a ele depois daquela noite. Antes eu sabia, é claro, que ele pegaria mais leve ou pararia se eu dissesse a palavra de segurança, mas viver isso de algum modo confirmou o quanto podia confiar nele. Nathaniel disse que a situação tinha feito o mesmo por ele, que se sentia melhor sabendo que eu diria a palavra de segurança se fosse necessário.

Fui à reunião do grupo de submissos e Jonah logo me apresentou a todos. Além de ter ganhado conhecimento sobre o estilo de vida, fiquei surpresa com os diferentes sentimentos que tive em relação a alguns participantes.

Jonah parecia meu irmão mais velho, às vezes rindo e implicando, outras protegendo e me apoiando. Como um dos integrantes mais experientes, ele era requisitado por todos. Não demorei a descobrir que ele e sua mestra eram muito bem-vistos na comunidade.

Os atos de Nicolas não passaram despercebidos na noite da festa e, segundo Jonah, ele foi convidado a se retirar logo depois de Nathaniel e eu irmos embora e instruído a não voltar. Gwen ainda era bem-vinda, porém, e fiquei bastante surpresa ao vê-la em minha primeira reunião do grupo.

Ela parecia uma mulher independente e segura. Mal a reconheci como a submissa nua que se ajoelhava aos pés de Nicolas. Ainda mais chocante foi o fato de eu não sentir quase nada em relação a ela, em especial considerando que ela já tinha jogado com Nathaniel.

A mulher de quem eu mais sentia ciúme era Jen. Quando pensei nisso, entendi que não fazia sentido. Jen estava numa relação séria com Carter, só havia jogado com Nathaniel algumas vezes, e só na presença de Carter. Ainda assim, acho que é como o ciúme funciona. Não precisa fazer sentido. Especialmente quando eu sabia que Nathaniel não sentia nada por Jen. Na maior parte do tempo, eu ignorava isso.

Com relação a Mary, vou confessar que me senti um pouco superior. Eu tinha o que ela queria. Nathaniel era *meu* mestre. Nathaniel era *meu* amante. Era a coleira dele que eu usava e eram as mãos dele que guiavam e possuíam meu corpo nos fins de semana. Ela podia se candidatar com Godwin quantas vezes quisesse. De jeito nenhum ele um dia seria dela.

— Há algum motivo para esse sorriso vingativo, Abigail? — perguntou Nathaniel, trazendo-me de volta à questão do momento.

— Não, mestre — eu disse. Pensei em contar o que eu estava pensando, talvez acrescentar uma atitude um tanto irritadiça, mas decidi pelo contrário. Afinal, havia hora e lugar para ser briguenta.

Ele ergueu uma sobrancelha.

— Precisamos passar ao banco de açoitamento para aquietar sua mente?

Epa. Sem dúvida alguma não era hora de ser briguenta. Não escapou à minha atenção que ele usou o verbo no plural. A decisão seria minha.

— Não, mestre — respondi, na esperança de eliminar de meu rosto quaisquer vestígios do sorriso.

Ele me lançou um olhar severo antes de voltar a dar o nó. Passamos os últimos fins de semana (e uma noite de quarta-feira muito agradável) evoluindo para este ponto. Num dia ele amarrou meu peito com várias cordas e nós; em outro, amarrou minhas pernas. O fim de semana seria uma combinação disso tudo.

Como ele não me ordenou o contrário, fechei os olhos e me concentrei em suas mãos passando a corda por mim. Trabalhava de maneira metódica e lenta, pegando a corda e a correndo pela parte superior de uma perna antes de seguir para a perna oposta.

Seus lábios corriam por minha barriga e ele falava mansamente:

— Amarro você para meu prazer. Você ficará o dia e a noite toda com as cordas. — Ele roçou a mão entre minhas pernas. — Colocarei algumas aqui para provocá-la e você não poderá gozar sem minha permissão.

Meeeerda.

Ele continuava a falar:

— Tenho um vestido para você lá em cima. Vai usá-lo para ir à casa de Linda. Ninguém vai saber nem conseguirá dizer o que você está usando por baixo. — Ele soltou uma risada baixa e gutural. — Ou o que não está usando.

Algo me dizia que não haveria uma calcinha acompanhando o vestido.

— Vou colocar alguns ganchos de liberação rápida aqui — disse ele, roçando pouco abaixo de meu umbigo. — Quando precisar ir o banheiro, terá de me pedir e eu retirarei a corda entre suas pernas.

O piquenique na casa da tia de Nathaniel seria dali a algumas horas. Todos estariam presentes. Devido a nossas agendas ocupadas, a família toda não se reunia havia quase um mês. Eu estava ansiosa pelo evento.

Nathaniel colocou uma corda fina entre minhas pernas, certificando-se de que ela esfregasse em mim.

Ansiosa para ir por mais de um motivo.

— Isso é só o começo — sussurrou ele.

— Você está linda — Nathaniel me elogiou no carro, a caminho da casa de Linda.

— Obrigada, mestre.

Correspondendo ao que ele disse, as cordas estavam discretamente cobertas pelo vestido que ele havia escolhido. Por baixo, eu tinha cordas envolvendo minhas coxas, a cintura e entre as pernas. Ele se recusou a permitir que eu usasse sutiã. Em vez disso, cordas vermelhas enrolavam meu tronco, acima e abaixo dos seios, que estavam com mais corda entre eles. Embora o vestido fosse de manga curta, uma gola alta cobria a corda que envolvia meu pescoço.

Quando mexia os braços para o lado certo, a tensão das cordas e um puxão do tecido do vestido contra meus mamilos expostos provocavam tremores por meu corpo.

— Acho que gostaria de ouvir um jazz — disse ele.

Sim, acontece quando me mexo exatamente assim.

— Obrigado, Abigail — agradeceu com um sorriso que me dizia que ele sabia exatamente o que senti quando mudei a emissora de rádio.

— Não, mestre — eu disse enquanto um jazz suave invadia o interior do carro. — *Eu* é que agradeço.

Uma hora depois, eu estava no jardim conversando com Linda e Elaina enquanto Todd, Jackson, Nathaniel e Felicia jogavam uma partida desigual de basquete. Declinei graciosamente de me juntar a eles, em especial porque estava de vestido. Os esportes não eram meu passatempo preferido, embora jogar com as cordas em volta do corpo teria tornado as coisas interessantes.

— Nathaniel nos disse que vocês vão à Flórida no mês que vem — disse Linda.

— Sim, a Orlando — respondi. — Estou ansiosa para ir. Não tenho férias de verdade há anos.

— Nem Nathaniel — comentou Elaina.

— Acho que não serão bem férias para ele — expliquei. — É uma conferência sobre finanças e ele será o principal palestrante. — Faríamos check-in num sábado e ficaríamos até a sexta seguinte. Eu estava louca pela viagem porque proporcionaria novas formas de jogar.

— Só me prometa que vai tirá-lo do terno por algumas horas — disse Linda. — Ele bem que precisa descansar e relaxar um pouco.

Elaina se curvou e cochichou:

— Tenho certeza de que você vai tirá-lo do terno por mais do que algumas horas.

Eu ri.

— Pode apostar que vou. — Ficaríamos na Flórida pelos dias úteis e durante o fim de semana e, se dependesse de mim, ele não ficaria usando o terno quando estivesse fora da conferência. Ficaria sem usar *nada*.

Linda disparou o que supostamente seria um olhar severo, mas só conseguiu nos fazer rir ainda mais. Eu adorava a proximidade de todos. Adorava como eles receberam a mim e Felicia de braços abertos.

Fiel ao que Nathaniel havia dito, ninguém conseguiu saber o que eu tinha por baixo do vestido. Eu preferia pensar que Linda não sabia de nosso estilo de vida. Ela nunca nos deu nenhuma indicação de que soubesse, afinal. Apesar disso, nós duas ficamos mais íntimas nos últimos meses e eu a considerava uma segunda mãe.

Elaina era a irmã que nunca tive. Embora ela soubesse bem de minha relação com Nathaniel, nunca falava disso comigo e, na realidade, eu preferia assim.

Jackson, eu não sabia. Nathaniel disse que achava que ele não sabia, então, por enquanto, fingi ser verdade. Felicia pode ter contado a ele, mas, se contou, ele nunca me tratou de um jeito diferente.

Só notei que o jogo de basquete tinha terminado quando fui cercada por dois braços muito fortes e muito quentes.

— Ai — disse Elaina a meu lado, empurrando Todd. Ele a pegou no mesmo abraço que Nathaniel deu em mim. — Você está suado.

Hmmmm. Nathaniel.

— Você está bem? — sussurrou ele.

— Sim — respondi, sem acrescentar o *mestre*. Estávamos perto demais da família dele e eles podiam ouvir.

Seus braços se apertaram mais em volta do meu corpo, atingindo também as cordas.

— Tem certeza?

Fechei os olhos e me encostei nele enquanto uma onda de desejo me dominava.

— Muita.

— Vai me dizer se alguma coisa ficar desconfortável? — perguntou ele.

Assenti com um movimento de cabeça.

— Sim.

— Você está indo muito bem — sussurrou. Ele se afastou antes que eu pudesse responder. — Posso ajudar em alguma coisa do almoço? — perguntou Nathaniel à tia.

— Não. Já está tudo pronto.

Jackson apareceu por atrás de nós e pegou a bebida que Felicia lhe oferecia.

— Faltou você jogando com a gente hoje, Elaina.

Elaina espanou um fiapo imaginário da camisa de Todd.

— Ao que parece, na faculdade de medicina não ensinaram a Todd que grávidas podem se exercitar.

Foram necessários quatro segundos para que entendêssemos o que ela disse e então todos falaram ao mesmo tempo.

— Você está grávida?

— Por que não disse nada antes?

— Quanto tempo?

Apesar de tudo, Elaina e Todd ficaram parados ali, olhando a família e sorrindo.

— Dez semanas — disse Elaina, depois que todos se calaram por tempo suficiente para que ela pudesse falar. — Ouvimos o coração batendo ontem.

Antes que Nathaniel e eu pudéssemos nos juntar ao restante da família para dar abraços de parabéns aos futuros pais, ele passou um braço por minha cintura.

— A casa na árvore ficará muito mais divertida com sobrinhos e sobrinhas também, não é? — sussurrou ele para mim.

Virei a cabeça e nossos lábios se encontraram num beijo suave.

Ao chegarmos em nossa casa (ainda era com certo choque que eu via a mansão imponente como *nossa*), ele me disse para subir e preparar seu banho. Era um novo tipo de comando, mas não completamente inesperado. Ele ainda estava suado, afinal, e precisava tomar banho.

Quando ele voltou de passear com Apollo e subiu a escada, eu já tinha começado a preparar seu banho e colocado toalhas no aquecedor. Apenas porque parecia a coisa certa a fazer, também tirei o vestido. Não conseguia me decidir se ajoelhava ou ficava de pé, assim, quando ele entrou, eu ainda estava de pé.

Ele olhou o vestido no chão.

— Está tudo bem, Abigail?

— Sim, mestre — respondi. Ele ainda estava com as roupas. Estava delicioso.

— Precisa usar o banheiro?

Bem, sim. Agora que ele falou no assunto, eu precisava.

— Por favor, mestre.

Ele se aproximou e abriu com destreza a corda entre minhas pernas. Não sem antes se demorar brincando com meus mamilos expostos, é claro.

Gemi com a pressão de seu polegar.

Ele riu e me deu um tapa rápido no traseiro.

— Vá rápido e volte logo. Preciso de sua ajuda.

O banheiro dele era imenso. Durante o fim de semana, eu pensava nele como o banheiro de Nathaniel, embora as provas de que eu morava ali estivessem espalhadas por uma das bancadas. Nos fins de semana, em geral eu usava o banheiro da suíte da submissa.

Quando voltei à parte principal do banheiro, ele tinha se despido. Procurei não pensar em como ficava ainda mais delicioso sem roupa, mas não consegui. Ele sorria como se soubesse exatamente o que eu pensava.

Mas que droga.

— Mais tarde, Abigail.

Muito bem. Ele disse nada de gozar sem permissão.

Mas que droga duas vezes.

Ele correu as mãos por meu corpo, provocando e atiçando enquanto trabalhava na corda entre minhas pernas. Ali, tão próxima dele, nós dois nus, era um desafio continuar parada, mas consegui.

Ele voltou a enganchar a corda, fazendo uma última carícia suave em meu clitóris e sussurrou:

— Você está fazendo um ótimo trabalho.

Mexi as pernas, agora acostumada à pressão contra meu corpo e ao tormento leve e constante das cordas.

— Obrigada, mestre.

Ele sorriu.

— Estou pronto para meu banho.

Ah, sim. O banho.

Abri a porta do boxe imenso, verifiquei a água para saber se estava na temperatura certa e me afastei para que ele entrasse. Passou rapidamente por mim e me perguntei por um segundo se deveria segui-lo. Eu não sabia. Certamente eu podia molhar as cordas, não? Não ia doer nada, ia?

— Abigail? — perguntou, parado ao lado de uma das duchas.

— Sim, mestre?

— Preciso de sua assistência. — A voz dele era baixa e trazia certa aspereza. A provocação das cordas aumentou um pouco, mas quando ele entrou na água, obriguei-me a me concentrar nele e não em meu corpo.

Não foi difícil. Ele ficou sob o chuveiro enquanto eu ajeitava as duchas laterais, depois ele se sentou em uma das bancadas de ladrilho.

Durante a semana, em geral tomávamos banho juntos no chuveiro ou na banheira. Tomar banho juntos era uma de nossas maneiras preferidas de acordar. No começo da noite, às vezes dividíamos uma garrafa de vinho enquanto relaxávamos em sua imensa banheira de hidromassagem.

Mas, lembrei a mim mesma, este não era Nathaniel. Era meu mestre.

Peguei seu xampu e coloquei um pouco na palma da mão. Passei os dedos em seu cabelo, coçando gentilmente o couro cabeludo como eu sabia que ele gostava.

— Hmmmm — disse ele depois de alguns minutos. — Isso é bom, Abigail.

Meu peito roçou em seu ombro *por acaso*.

— Obrigada, mestre.

Depois de terminar com seu cabelo, comecei pelo resto do corpo, trabalhando de cima para baixo. Eu gostava de lavá-lo, o modo como minhas mãos deslizavam por seu peito e voltavam enquanto o ensaboava, ele fechando os olhos de prazer e eu virando uma das duchas para ele quando queria enxaguá-lo. O tempo todo, as numerosas duchas laterais e do alto nos mantinham aquecidos e enchiam o boxe de vapor.

Trabalhei mais para baixo e ele se levantou para me acomodar. Pulei sua ereção de propósito e ensaboei as coxas, meus dedos massageando primeiro uma perna, depois a outra.

Quando cheguei aos pés, ajoelhei-me no chão, peguei o pé direito, coloquei em meu joelho, curvei-me e o beijei.

Suas mãos vieram a minha cabeça.

— De novo — disse ele.

Plantei beijos de boca aberta no peito de seu pé e por toda a lateral dele antes de fazer o mesmo com o outro pé. Por fim, coloquei o pé esquerdo dele no chão e levantei a cabeça. Ele olhava para mim com olhos sombrios e me senti quente, mas não do vapor que nos cercava.

— Você pulou uma parte — disse ele, os quadris se deslocando só um pouco para a frente.

Subi a mão por suas pernas.

— Ah, não, mestre. Não me esqueci de nada. Estava guardando o melhor para o fim.

— É mesmo?

— Sim, mestre — eu disse, pegando mais sabonete líquido e subindo com as mãos.

Lavei-o gentilmente, pegando com cuidado seu saco e o limpando o melhor que podia. Voltei minha atenção, sem pressa, para seu pau, segurando com força e me certificando de que não faltasse um centímetro dele. Não perdi nem um pedacinho.

Ele estava de olhos fechados, mas os abriu quando retirei as mãos de seu corpo.

— Terminou? — perguntou ele.

— Terminei de lhe dar banho, mestre. Mas, se o senhor não se importa, gostaria de fazer mais uma coisa.

— Diga o que é.

— Posso mostrar ao senhor?

— Não — disse ele. — Quero que fale.

Ele queria que eu falasse? Eu falaria.

— Eu quero o seu pau, mestre — eu disse, sem sequer sentir o calor revelador na minha pele, algo que em geral acompanhava qualquer obscenidade dita por mim. — Na minha boca.

Ele ficou em silêncio. Escutei a água batendo em nós, temendo que ele me dissesse *não*. Afinal, a prerrogativa era dele. Ele podia me dizer *não* com a mesma facilidade com que dizia *sim*.

Travei a coluna. Prometi a mim mesma que não levaria para o lado pessoal se ele dissesse *não*.

— Gostaria muito disso — falou ele por fim.

Meu coração se acelerou, mas esperei. Ele ainda não havia dito *sim*.

— Pode fazer, Abigail.

— Obrigada, mestre — disse, sabendo que só porque eu queria, não significava que ele me deixaria ter. Não no fim de semana.

Ele tinha gosto de sabonete e eu o lambi, girando a língua por seu pau antes de chupar. Ele estava grosso, grande e duro e, como sempre, só precisei de um minuto para me adaptar a tê-lo em minha boca.

As mãos dele encontraram meu cabelo e ele balançava os quadris de leve, mas na maior parte do tempo deixou que eu me demorasse. Lentamente, trabalhei num ritmo até encontrar o ideal.

Foi por solicitação minha que eu o servi e ele permitiu que eu fizesse do meu jeito. Mantinha as mãos em meu cabelo, mas não se mexeu além de balançar ligeiramente os quadris no ritmo de minha boca. Um movimento de meu corpo puxava de formas deliciosas as cordas e me perguntei, não pela primeira vez, quando ele permitiria meu orgasmo.

— Merda — exclamou, tão baixo que mal ouvi debaixo da água jogada em nós.

Entendi a palavra como um estímulo e me movi mais rápido. Minhas mãos deslizaram por sua pele. Era difícil segurá-lo, porque seu corpo estava molhado demais, mas redobrei os esforços e consegui. Minhas mãos brincaram com sua bunda e passei um dedo hesitante pelo espaço entre as nádegas.

Ele se arqueou contra mim com um prazer evidente.

Ora, ora, ora. Isto seria algo interessante a ser explorado.

— Merda — repetiu ele, entrando mais fundo em minha boca. Finquei os dedos atrás de suas coxas e relaxei a garganta instantes depois, enquanto ele gozava em minha boca.

Ele parecia inteiramente saciado quando ajudou a me levantar.

— Obrigado — disse ele.

— O prazer foi meu, mestre.

O brilho em seus olhos me dizia que ele recompensaria muito bem meus serviços e eu estava louca para ver o que havia reservado para mim.

No domingo, ele me levou para a sala de jogos, onde me amarrou com mais cordas e usou vários açoites diferentes. Começou com o de pelo de coelho e evoluiu para o de couro, despertando em mim a sensação que eu começava a desejar. Aquela que também desejavam as outras submissas com quem eu havia falado.

Quando terminou, eu tremia de desejo e tinha certeza de que gozaria numa onda interminável se ele apenas olhasse para mim. Pensei que me comeria na sala de jogos, mas, em vez disso, quando de algum modo me recuperei e consegui me levantar, ele pegou minha mão e me levou para nosso quarto.

Entrei ali atrás dele, notando que o ambiente estava escuro graças às cortinas. Velas bruxuleavam na cômoda e nas mesas de cabeceira e uma suave música de piano enchia o ambiente.

— De costas, no meio da cama — disse ele.

A pressão das cordas agora me era familiar, embora minha excitação crescesse enquanto tentava imaginar o que ele havia planejado.

Depois que me acomodei, ele se juntou a mim na cama, montando em meu corpo. Começou por meu peito, soltou a corda que me envolvia com a mesma lentidão com que a colocou. Ainda mais lentamente. Quando um rolo de corda saiu, ele fez o que tinha prometido muitas semanas antes e passou o dedo pela marca que havia ficado.

— Sua pele tem impressões profundas. Está sentindo?

Eu sentia. Minha pele estava hipersensível onde tinha ficado coberta no dia anterior. A sensação era aquela de quando se retira um Band-Aid, deixando nova e quase esfolada a pele recém-exposta. Estremecia conforme seu dedo acompanhava as marcas que eu podia imaginar que estavam lá.

Mais corda se soltou e os lábios dele se uniram aos dedos na exploração de minha pele. Fechei os olhos e senti. Um hálito quente sobre meus seios. Beijos doces e ternos em minha pele sensível e tensa. Carícias suaves e tranquilizadoras em meu traseiro, ainda sensível pelo calor do açoite.

As mãos dele baixaram a minha cintura para soltar as cordas ali.

— Goze quando quiser — disse ele, a voz rouca.

A corda entre minhas pernas se soltou, substituída pelo calor de seu toque. Eu sabia então o que ele estava fazendo: estava fazendo amor comigo como meu mestre. Um homem. Dois papéis.

Nathaniel, meu amado. Meu amante gentil e atencioso, que venerava meu corpo e capturava meu coração.

O mestre, também meu amado. Meu dominador, que me comandava com um olhar, controlava meu corpo e segurava minha alma com amor em suas mãos fortes.

Naquele momento, por uma fração de tempo, eles se juntaram em um só e abri os olhos, vendo-o olhar para mim abaixo de minha cintura.

— Isso — eu disse, um sussurro suave, até para meus próprios ouvidos.

— Isso? — perguntou ele, virando a cabeça para plantar um beijo leve na face interna de minha coxa.

— Isso — repeti. — Os dois. Agora. Assim.

Eu sabia que não devia fazer sentido nenhum para ele, mas não consegui me conter. Quer ele compreendesse ou não, continuou com o que fazia, retirando lentamente as cordas. O tempo todo me deixando com a impressão de que ele desatava *a mim*.

Suspirei quando a última corda se soltou. Era como se eu tivesse nascido de novo em minha própria pele. Cada toque, cada respiração pareciam novos e desconhecidos. Meu corpo tremia com as sensações que ele criava em mim. Virei a cabeça e me perdi na dança das sombras das velas bruxuleando na parede. Depois fechei os olhos e me permiti experimentar o deleite de seu toque enquanto a música suave me transportava.

Ele riu contra minha pele.

— Você não vai dormir embaixo de mim, vai?

— Não, mestre. Só estou tentando apreciar tudo.

Ele subiu por meu corpo, parando em meu peito. Sua língua circulou gentilmente meu seio e ele soprou o hálito quente em meu mamilo.

— Eu também quero saborear tudo.

Ele me chupou, girando a língua, os dentes raspando ainda mais suavemente na minha pele. Repetiu no outro seio.

— Está me sentindo? — perguntou ele, mudando a posição do corpo para que eu sentisse sua ereção.

Baixei a mão entre nossos corpos e peguei seu pau.

— Sim, mestre.

— Você me quer? — perguntou ele, empurrando-se um pouco.

Apertei-o com mais força.

— Sim, mestre.

— Mostre — sussurrou ele.

Posicionei as pernas de cada lado dele e arqueei os quadris, alinhando nossos corpos. Tomei-o dentro de mim, sentindo meu corpo se esticar enquanto ele me preenchia.

— Isso — eu disse de novo. *Isso*, repeti mentalmente.

Ele passou o braço por baixo de meu joelho e ergueu minha perna, entrando mais fundo.

— Ah — eu disse enquanto ele atingia um ponto novo.

— Assim? — falou, reforçando a pergunta com uma estocada dos quadris.

— Assim, mestre. — Gemi. — Mais. Por favor. De novo.

Ele respondeu com mais uma estocada, atingindo o mesmo ponto. A outra mão deslizou a meu traseiro e me puxou para perto. Gemi do prazer de sua mão, *ali*, bem onde minha pele ainda estava sensível do beijo de seu açoite.

— Está sentindo? — perguntou ele, e senti tudo: sua posse, seu domínio, sua proteção, seu amor. Ele.

Não consegui formular as palavras, então respondi com um gemido.

— Eu te amo — disse ele, no ritmo da arremetida seguinte. — Eu te amo, Abigail.

Ele só tinha me dito que me amava em um fim de semana uma vez e havia sido em resposta a minha própria declaração. Depois que eu tinha dito aquelas palavras pela primeira vez ao telefone. Porém, neste momento, ele fazia mais do que fazer amor com Abigail, sua submissa. Ele me mostrava com seu corpo, suas palavras e seus atos que tinha dominado seu medo de não ser capaz de ser ao mesmo tempo amante e dom para mim.

Passei as mãos por suas costas, sem perceber até então que eu partilhava alguns dos mesmos temores. Que eu tinha medo de um dia ele descobrir que não queria ou não precisava dos dois lados. Enquanto ele se movia, eu soube, no fundo da minha alma, que ele sempre precisaria dos dois lados de si. Exatamente como eu precisava dos meus dois lados. Ambos necessitávamos dos dois lados do outro.

Ele deu mais uma estocada e respondi erguendo os quadris.

Nossos corpos nos dominaram, falando por nós como nenhuma palavra poderia. À aproximação de meu clímax, passei as pernas em volta dele.

Meu orgasmo se formou lentamente até que ele estendeu a mão entre nós e gentilmente esfregou meu clitóris. Gozei com um grito curto e um tremor que sacudiu meu corpo. Ele ficou parado, bem dentro de mim, enquanto seu próprio orgasmo o tomava. Mantive as pernas apertadas em volta dele, querendo reter pelo maior tempo possível nossa ligação física.

Por fim, ele nos rolou para que ficasse por cima e me pegou nos braços. Ergui o rosto e beijei seu queixo. Ele suspirou.

— Mestre? — eu disse, querendo ter sua atenção.

— Hmmmm?

— Eu te amo.

Ele me abraçou mais forte.

— Eu te amo.

Capítulo Vinte e Oito

ABBY

No final de setembro fomos para a Flórida. Vou confessar que minha ideia de férias agradáveis não incluía estar cercada por crianças gritando, famílias extremamente cansadas e corpos suados e pegajosos. A não ser, é claro, que se contasse o corpo suado e pegajoso de Nathaniel.

O resort em que nos hospedamos era muito bonito. De longe, parecia uma enorme mansão vitoriana e, se você ignorasse o tráfego constante no saguão, também era lindamente decorado. Nathaniel providenciou uma suíte espaçosa, e era relativamente tranquilo nos andares superiores.

Quando chegamos, na noite de sexta, eu estava com minha coleira. A princípio, pensei que seria igual a quando ficamos em Tampa para o Super Bowl, mas ele logo me disse o contrário.

— Quero você em minha cama nesse fim de semana, Abigail — disse ele.

Eu não ia discutir quanto a isso.

A participação dele na conferência só começaria no final da tarde de domingo, assim, na primeira etapa de nossa viagem, o tempo era nosso. Bem, nosso e das duzentas mil pessoas que por acaso estavam de visita na mesma época.

Tentamos fazer coisas de turista no sábado. Observei Nathaniel e desfrutei de sua jovialidade quase infantil, percebendo o quanto de sua infância lhe havia sido roubada com a morte dos pais. Mas bastou um dia para não suportarmos a pressão das multidões. Suponho que nós dois éramos pessoas relativamente tranquilas, que gostávamos de nossa privacidade. Por mim estava tudo muito bem, considerando os planos dele para a manhã de domingo. De algum modo me havia escapado que as barras de extensão, os açoites e raquetes enchiam uma de suas malas.

Na segunda-feira, passei a manhã no spa do resort, uma recompensa de Nathaniel pelo dia anterior. Depois disso fiquei na piscina, vendo crianças pequenas jogando água na parte rasa. Embora eu estivesse lendo, um pouco distraída, percebi imediatamente quando Nathaniel chegou à área da piscina.

Primeiro, ele ainda estava de terno e gravata. Apesar de estar na Flórida para uma conferência, eu não via mais ninguém na piscina vestido daquele jeito.

Segundo, ele *era* Nathaniel e *era* uma visão e tanto. Isto foi comprovado pelo número de mulheres que ergueram a cabeça ou falaram de maneira mais animada quando ele apareceu. Levantei minha revista, escondendo só por um segundo que eu o observava.

Ele deu uma olhada pela área, seus olhos varrendo rostos, tentando me encontrar. Disparei meu olhar para o texto diante de mim quando ele se virou para o deque da piscina.

As vozes das mulheres à minha direita baixando a um murmúrio baixo eram minha única indicação de que ele tinha me encontrado. Esforcei-me para ouvir o que elas diziam quando ficou evidente que ele vinha na minha direção.

— Aí está você — disse ele, sentando-se na espreguiçadeira vazia à minha esquerda.

Dobrei a revista no peito e lhe abri um sorriso luminoso.

— Como foi?

— Hmmm. Do jeito que eu esperava. Falação, falação e mais falação. Uma chatice, na verdade.

— Sem recepção. Nenhum coquetel hoje à noite?

— Nada — disse ele. — Só você e eu.

— O paraíso — falei. Na noite anterior comparecemos a uma recepção e os sorrisos e apresentações intermináveis acabaram comigo.

— Começará assim que eu sair desse terno.

Pensei em meu comentário a Elaina no mês anterior sobre tirá-lo de suas roupas. E nossa suíte tinha uma piscina privativa com hidromassagem.

— Quer alguma ajuda nisso? — perguntei. — Talvez pedir o vinho do serviço de quarto?

Ele se levantou.

— Pode contar comigo.

Peguei minhas coisas e passei minha bolsa fina pelos ombros. Não me passaram despercebidos os olhares viperinos das mulheres à minha direita enquanto saíamos com a mão de Nathaniel protetoramente acomodada em minha cintura.

No final da tarde de terça-feira, ele me surpreendeu depois de terminar sua conferência naquele dia.

— Prepare a mala para uma viagem de uma noite — disse ele, encontrando-me enquanto eu vasculhava minha bolsa em busca de um livro. — Tenho uma surpresa para você.

— Para uma viagem? Já não estamos fazendo isso? — Gesticulei para a mala desfeita, visível no armário aberto.

Seus olhos com certeza dançaram de empolgação.

— Considere isso uma viagem da viagem.

— Tudo bem — eu disse, entendendo seu humor brincalhão e deixando de lado o meu livro novo. — O que se leva para uma viagem da viagem?

— Primeiro — ele desfez a gravata enquanto falava e me aproximei para ajudá-lo —, use o vestido que Elaina te deu e...

— Aquele? — perguntei, minhas mãos parando em sua gravata. Segurei seu rosto, obrigando-o a olhar em meus olhos. — Aonde você vai me levar?

Um lado de sua boca se curvou para cima.

— Não seria surpresa se eu contasse.

Fiquei carrancuda, mas Nathaniel ainda tinha aquele meio sorriso.

— Tudo bem. Tá legal — eu me rendi. — Vou usar o *vestido*. Ninguém neste planeta deveria ter permissão para chamá-lo de *vestido*. O que mais?

— Para amanhã, roupa informal.

Quarta-feira era seu dia de folga. Semicerrei os olhos para ele como se pudesse pegar a informação de seu cérebro apenas pela minha força de vontade.

O que ele está planejando?

— Um traje de banho. — Ele indicou o banheiro. — E suponho que você vá precisar levar seus duzentos potes de creme facial.

Eu ri.

— Nem todos são cremes faciais, e não são duzentos. Só tenho um de limpeza, um tonificante e um...

— Sim, sim — disse ele, claramente se divertindo. — Todos eles. Leve todos.

— Você é impossível.

Novamente o sorriso.

— Não para você — disse ele. — Nunca sou impossível para você.

Cruzei os braços, fingindo revolta.

— Quanto tempo eu tenho?

Ele me deu um beijo rápido no rosto.

— Duas horas?

Duas horas depois, eu estava vestida e de mala pronta. Vou admitir que me senti meio tola usando o vestido que Elaina tinha me dado de aniversário. Ainda não entendia bem por que ela sentiu a necessidade de me dar um vestido, entre tantas outras coisas. Supus que ela soubesse que eu precisava de várias peças formais, uma vez que Nathaniel comparecia a muitos eventos de gala todos os anos.

O vestido era lindo: um elegante modelo frente-única feito de chiffon vaporoso e acinturado. A cor cinza-ardósia devia ter me deixado apagada, mas de algum jeito Elaina percebeu que ficaria fabuloso em mim.

Ainda assim...

Eu estaria andando por um resort familiar com um vestido de gala, arrastando uma mala, pelo amor de Deus. Podia apostar que todos me olhariam como se eu tivesse algum problema mental.

Olhei-me no espelho da sala para saber se não tinha batom nos dentes. Não podia estar toda produzida para ir a algum lugar — *um lugar secreto*, me corrigi — e ter batom nos dentes.

Assenti com a cabeça, satisfeita, para meu reflexo. Nada mau. Mesmo para quem teria de arrastar uma mala.

E então Nathaniel saiu do banheiro.

Ora essa, eu já havia visto Nathaniel de smoking e sempre foi o suficiente para me abalar, mas de algum modo ele estava ainda mais... *Mais.*

Olhei-o de cima a baixo.

— Oi, lindo.

— Oi, linda — disse ele, plantando um beijo em minha testa. — Você está perfeita demais para ser tocada.

Isto partindo do homem que levou barras de extensão e uma raquete de madeira na mala para as férias?

— Deixe de ser bobo — eu disse, dando um tapinha em seu peito.

Ele pulou para trás como se eu o tivesse socado, o rosto petrificado de pavor, mas pouco antes de eu registrar o que havia acontecido, a expressão dele voltou ao normal.

Pisquei.

— Você está bem? — perguntei.

— Ah, sim. Só pensei ter esquecido de guardar uma coisinha.

Inclinei a cabeça para o lado.

— E aí?

— E aí o quê?

— Esqueceu de guardar a coisinha?

— Não. A coisinha está perfeita e segura.

Peguei a alça de minha mala.

— Podemos ir?

Ele olhou para o relógio.

— Quase. — Ergueu um dedo. — Só preciso...

Alguém bateu na porta.

— Disso — terminou ele.

Disso?

— O carregador para levar nossas malas — explicou ele.

É claro. Por que eu pensaria que Nathaniel me faria arrastar uma mala, assim, toda produzida?

Ele abriu a porta, entregou nossas malas ao cavalheiro que esperava e estendeu o braço para mim.

— Pronta?

Atravessamos corredores intermináveis a caminho da saída. Eu sabia que algumas cabeças se voltavam enquanto passávamos. Pelo canto do olho, até vi uma senhora tirar uma foto nossa com o celular. Ri antes de lembrar que meu nome tinha aparecido na *People*. Na realidade, minha foto tinha aparecido na revista também, graças a ter sido dama de honra de Felicia.

Ainda assim, isso não justificava tirar uma foto daquela forma, de passagem.

Lembrei-me de ter procurado o nome de Nathaniel no Google depois de conhecê-lo em seu escritório e como encontrei sua foto ao lado de Melanie. Perguntei-me se essa imagem ainda seria a primeira a aparecer, ou se havia sido substituída por outra comigo. Fiz uma anotação mental para verificar em meu laptop quando voltássemos ao quarto.

Enquanto seguíamos sinuosamente pelo saguão, algo interessante aconteceu.

Eu andava mais ereta, meus ombros para trás e a cabeça erguida. Percebi com essa postura que eu não era apenas acompanhante de Nathaniel, sua submissa, nem mesmo a namorada que morava com ele.

Eu e Nathaniel estávamos em pé de igualdade.

Em tudo.

No quarto, fora do quarto. Na sala de jogos, fora dela. No mundo dos negócios e fora dele.

Ele não era melhor nem pior do que eu, e eu não era nem melhor nem pior do que ele.

Fiquei tão emocionada com esta percepção, que já estávamos no final de uma doca quando compreendi onde nos encontrávamos.

Olhei para a frente.

— Você vai me levar num barco? — perguntei.

Ele se curvou e sussurrou para mim.

— Tecnicamente, é um iate, mas sim, vou.

Era comprido e elegante, e parecia poder enfeitar a capa de uma revista náutica em vez estar ancorado no centro-sul da Flórida. Mas eu não ia reclamar por ele estar ancorado no centro-sul da Flórida.

— Nunca estive num barco — admiti. Logo acrescentei: — Nem num iate.

— Nunca?

— Não. Nunca me interessei muito em pesca.

— Não quer navegar?

— Ah, não. Eu sempre quis estar num barco, mas não num barco de pesca.

— Iate — me corrigiu, assentindo para o homem uniformizado que se aproximava de nós. — Ele pode se ofender se você continuar chamando essa belezinha de barco.

— Iate — eu disse. — Sempre quis navegar num desses também.

O capitão nos recebeu a bordo e nos deixou a sós para explorar. Havia um quarto, uma sala de estar e um banheiro bem abastecido. Notei que nossas malas tinham sido guardadas no armário do quarto.

Anoitecia quando fomos para o convés. Olhei em volta. O iate tinha zarpado das docas e do resort e se afastava para o meio do lago.

Olhei a água por alguns minutos, desfrutando da brisa suave e do zumbido do motor. Depois de nos afastarmos da maioria do tráfego aquático do resort, paramos.

— O jantar está servido — sussurrou Nathaniel, vindo por trás de mim e pegando minha mão.

Assenti e me virei. Alguém esteve ocupado. Uma mesa à luz de velas tinha sido preparada no convés com uma toalha branca imaculada e uma louça delicada.

— Lindo — elogiei.

Ele sorriu.

— Acho que a beleza é relativa. Venha comigo. Pedi seus pratos preferidos.

Ele puxou uma cadeira para mim e, depois de sentar-se em seu lugar, serviu vinho tinto para nós dois. Peguei a taça que me oferecia e levantei os olhos ao beber. Mil estrelas cintilantes eram visíveis, unindo-se ao todo para tornar o cenário ainda mais perfeito.

Um garçom apareceu e colocou uma tigela de sopa diante de cada um de nós.

— Sabe de uma coisa — falei, depois de desfrutar algumas colheradas da sopa deliciosa. — Um dia desses vou surpreender você.

— Vai?

— Vou. Antes de tudo, você estará vendado.

— Estou gostando disso.

Tomei outra colherada da sopa. Abóbora-cheirosa. O gosto era uma combinação deliciosa de doçura amadeirada.

— Depois o obrigarei a entrar no carro e vou dirigir.

— E para onde vai me levar?

— A um lugar inteiramente inesperado. — A expressão dele praticamente implorava para que continuasse e assim fiz. — Ao supermercado.

Ele baixou a colher.

— Ao supermercado?

— Sim. E vou arrastar você pelos corredores e te mostrar como escolher direito o leite e o pão.

— Você vai me surpreender com uma ida ao supermercado?

Concordei com um aceno de cabeça.

— Isso mesmo. Porque eu nunca poderia fazer frente a algo tão maravilhoso quanto isso. — Gesticulei. — Isso é lindo. Obrigada.

— Você está me agradecendo e ainda nem chegamos ao prato principal.

— Não preciso de pratos principais. Basta ficar aqui com você. A ideia, o planejamento que você dedicou a tudo isso. É perfeito. Obrigada.

— Abby. Eu passei a maior parte da minha vida adulta sozinho. Adorei cada minuto do planejamento disso. — Seus olhos ainda possuíam o brilho de empolgação de horas atrás. — Além disso, você, à luz da lua, com velas iluminando seu rosto. Esse vestido. — Ele balançou a cabeça. — Sou eu que tenho de agradecer.

Ele não exagerou quando disse ter pedido meus pratos preferidos. A sopa foi seguida por cordeiro na brasa com aspargo assado. Em seguida, veio uma tábua de queijos.

— Estava maravilhoso — eu disse, finalmente colocando o guardanapo ao lado do prato vazio. — Acho que não consigo comer mais nada.

Nathaniel sorriu para o garçom, que apareceu para retirar os pratos.

— Mais nada por enquanto — disse ele ao homem.

Perguntei-me o que mais ele tinha planejado.

— Obrigado, senhor — disse o garçom e saiu, com as mãos cheias de pratos vazios.

Uma música suave de algum modo foi colocada no convés e tocava enquanto comíamos. Instantes depois de o garçom sair, a música mudou e começaram a tocar os acordes familiares de um piano.

Nathaniel se levantou, veio a meu lado e estendeu a mão.

— Quer dançar comigo?

Peguei sua mão e me levantei.

— Sempre.

Ele me puxou para perto e, enquanto dançávamos, senti o calor de suas mãos em meus ombros. Pensei no passado, recordando-me, e suspirei.

— Suspiro de felicidade? — perguntou ele.

— Sim. Só estou me lembrando.

— Se lembrando do quê?

— De nossa primeira dança. — Afastei-me e o olhei nos olhos. — Você se lembra?

— É claro. Você me fez querer dançar. Como esquecer disso?

— Eu acho... — comecei, mordendo o lábio inferior. — Acho que foi naquela noite que percebi pela primeira vez que poderia me apaixonar por você.

— É mesmo?

— Hmmmmm — murmurei enquanto ele me girava lentamente pelo convés. O garçom não estava à vista e parecia que éramos as únicas pessoas na Terra. Talvez fôssemos. — Essa percepção me assustou. Eu ainda não te conhecia, mas isso não importava. Eu sabia que corria o risco de me apaixonar por você. — Semicerrei os olhos para ele. — No que você estava pensando naquela noite?

Ele tinha uma expressão distante.

— Na noite da nossa primeira dança, na festa beneficente de Linda, eu ainda estava em uma negação terrível. Não conseguia admitir para mim mesmo o que sentia por você.

Não era de surprender se pensássemos bem.

— Agora — disse ele, com a mão deslizando para minha cintura. — Na noite de nossa segunda dança...

— A festa de noivado de Jackson e Felicia?

Ele assentiu.

— Naquela noite, eu sabia exatamente o quanto gostava de você. O quanto a amava. E era *eu* quem estava assustado. Tinha tanto medo de que você jamais quisesse alguma coisa comigo de novo.

A noite era perfeita demais para ficarmos remoendo o passado. Já tínhamos conversado e falado sobre isso muitas vezes. Eu queria falar de nosso presente, de nosso futuro.

— Mas nossa terceira dança — falei. — Quando eles se casaram...

— Aquela dança — disse ele, com um sorriso. — Foi quase perfeita.

— É, mas não tão perfeita quanto esta.

Paramos de dançar e, embora a música continuasse, simplesmente ficamos ali, abraçados. Olhei em seu rosto. Meu Nathaniel. Meu coração doía só de pensar no quanto o amava. Se eu pudesse engarrafar a noite para de algum modo respirá-la quando as coisas ficassem difíceis...

Ele engoliu em seco várias vezes.

— Abby — começou ele, depois parou.

Ah, merda, tem alguma coisa errada?

— Está tudo bem? — perguntei.

Ele assentiu, quase distraído, antes de continuar:

— Eu estive, hmmmm, pensando nisso tantas vezes e inventei um discurso depois do outro. De algum modo, porém, acho que a abordagem simples é a melhor.

Mas o quê...?

Ele se afastou um passo, tirou alguma coisa do bolso do paletó e se posicionou sobre um joelho.

Minha mão voou à boca.

— Abby King — disse ele, os olhos cheios de amor e adoração. — Eu te amo. Quer se casar comigo? — Ele abriu o que

330

agora eu via que era uma caixa de aliança, expondo um solitário deslumbrante dentro dela. — Quer ser minha mulher?

Foi apenas quando ele disse "Abby" mais uma vez que percebi que eu estava paralisada, com as mãos cobrindo a boca.

Eu não respondi?

— Sim — eu disse, só por precaução, e o rosto dele explodiu numa expressão de alegria, alívio e prazer.

— Sim? — perguntou ele, ainda de joelhos no convés.

— Sim. Sim. Sim — repeti. A aliança parecia toda borrada. Ele se levantou.

— Você está chorando.

— Desculpe. — Enxuguei meus olhos. — É só você. Isso. — Apontei a aliança. — E então...

Ele tirou muito lentamente a aliança da caixa e a vi com mais clareza. O aro era composto de uma única fila de diamantes e a pedra central devia ter pelo menos três quilates.

Certificando-se de manter os olhos fixos nos meus, ele ergueu minha mão esquerda e beijou meu dedo anular, bem onde ele encontrava a palma da mão, antes de colocar a aliança ali.

— Cabe com perfeição — eu disse, finalmente rompendo o contato visual para observar minha mão. O luar ricocheteava na pedra impecável e minha mão parecia pesada e leve ao mesmo tempo.

— Eu trapaceei — disse ele. — Felicia me ajudou a escolher o tamanho.

Eu ri enquanto compreendi quanto tempo ele havia demorado planejando a noite.

— E Elaina?

— Na verdade, o vestido foi ideia dela — disse ele.

— Mas ela sabia? Sobre hoje?

— Hmmmm. — Ele fez que sim com a cabeça e ergueu minha mão esquerda mais uma vez. — Mal posso esperar.

— Eu também — eu disse, mexendo os dedos, sabendo exatamente do que ele estava falando. Íamos nos casar antes do final do ano.

Ele me puxou mais para perto, plantando beijos suaves no meu rosto. Enterrei os dedos em seu cabelo e levantei o queixo para encontrar minha boca na sua. O toque de seus lábios era tão familiar, entretanto ainda parecia tão novo. Abri a boca e senti seu gosto, pegando suas mãos e puxando mais para perto, deliciando-me por saber que *isto*, este homem, seu toque, seriam meus para sempre.

E eu seria dele.

Por fim, ele se afastou e beijou a palma de minha mão, os lábios roçando o dedo anular mais uma vez.

— Abby West — disse ele. — Gosto de como fica.

— Abigail West — falei, testando as palavras em minha língua.

— Ah, sim — concordou ele com um sorriso encantado. — Isso também.

Epílogo

SEIS ANOS DEPOIS

É sexta-feira à noite e a casa está silenciosa. Apollo está sentado no corredor do segundo andar, como sempre, entre as duas portas fechadas dos quartos. Ele suspira e apoia a cabeça nas patas, sabendo que não demorará muito para ver o bebê de novo. Talvez amanhã eles possam ir para fora e brincar de novo à sombra da casa na árvore.

Henry tem oito semanas. Sua irmã, Elizabeth, completa 3 anos no mês que vem.

A porta do quarto principal se abre e Abby sai, nua, exceto por um sutiã, seus passos leves e rápidos. Embora seu corpo ainda seja magro, mudou muito nos últimos anos. E embora suas noites não sejam nada repousantes, naquele momento não está cansada.

Ela foi promovida a diretora da biblioteca três anos antes. Nessa época, começou uma nova campanha literária, expandiu o programa de monitoria do ensino médio e implementou um acampamento de verão para alunos do ensino fundamental. Desfrutava de seu cargo, mas iria deixá-lo, entregaria seu pedido de demissão na semana seguinte pois queria ficar em casa com os filhos.

Esta noite, porém, seu foco está em algo inteiramente diferente e ela para por pouco tempo na frente de cada um dos dois quartos, para saber se não há nenhum som vindo de dentro antes de se virar e entrar na sala de jogos. Está ao mesmo tempo excitada e hesitante ao entrar. Excitada, porque é a primeira vez em muito tempo desde a última vez que ficaram lá, e hesitante pelo mesmo motivo.

Sabe que ele pegará leve com ela esta noite. Ele havia pegado leve também na primeira vez que jogaram depois de Elizabeth nascer. Mas ela não se importou. Depois de anos morando juntos, amando-se, brigando e fazendo as pazes, ela estava confortável sabendo que, na sala de jogos, ele é seu mestre.

Não deseja nada diferente disso.

Momentos depois de a porta da sala de jogos se fechar a suas costas, a porta do quarto do mestre se abre mais uma vez e Nathaniel vai para o corredor. Está com os jeans pretos que normalmente usa para a sala de jogos. Sua mente repassa os planos para a noite e ele gasta alguns minutos tentando prever a reação dela. Ela deve saber que ele não a pressionará demais. Isto servirá como uma nova adaptação para os dois.

Por um momento, ele fica na frente dos quartos das crianças e imagina os dois dormindo lá dentro. Elizabeth, tão cheia de vida, com olhos inquisitivos e uma mente curiosa muito parecida com a da mãe. E Henry, já mostrando sinais de uma alma sossegada e contemplativa.

Ele olha sua aliança de casamento, a que tinha sido de seu pai, e sorri antes de entrar na sala de jogos. Dentro dela está sua mulher, submissa, amante, a mãe de seus filhos e sua melhor amiga. Esta noite, ele mais uma vez comandará seu corpo e sua alma, jogando com os dois do modo com que ela tanto ansia, como só ele pode fazer.

Quando tiverem acabado, ele a carregará para o quarto dos dois, onde irá venerá-la com palavras e toques, envolvendo-a na segurança e no conforto de seu amor.

Este livro foi composto na tipologia Adobe
Caslon Pro, em corpo 11/14, e impresso em
papel off-white no Sistema Cameron da
Divisão Gráfica da Distribuidora Record.